비뢰도
飛雷刀

비뢰도 22

검류혼 장편 新무협 판타지 소설

초판 1쇄 찍은 날 § 2007년 3월 20일
초판 4쇄 펴낸 날 § 2007년 4월 14일

지은이 § 검류혼
펴낸이 § 서경석

편집장 § 문혜영
편집책임 § 장상수
편집 § 서지현 · 심재영

펴낸곳 § 도서출판 청어람
등록번호 § 제1081-1-89호
등록일자 § 1999. 5. 31
어람번호 § 제2-1158호

주소 § 경기도 부천시 원미구 심곡1동 350-1 남성B/D 3F (우) 420-011
전화 § 032-656-4452 팩스 § 032-656-4453
http://www.chungeoram.com
E-mail § eoram99@chollian.net

ⓒ 검류혼, 2005

ISBN 978-89-251-0613-7 04810
ISBN 89-5831-855-4 (세트)

※ 파본은 구입하신 서점에서 교환하여 드립니다.
※ 저자와 협의하여 인지를 붙이지 않습니다.

비뢰도

飛雷刀

FANTASTIC ORIENTAL HEROES

검류혼 장편 신무협 판타지 소설

22

운명의 폭풍우

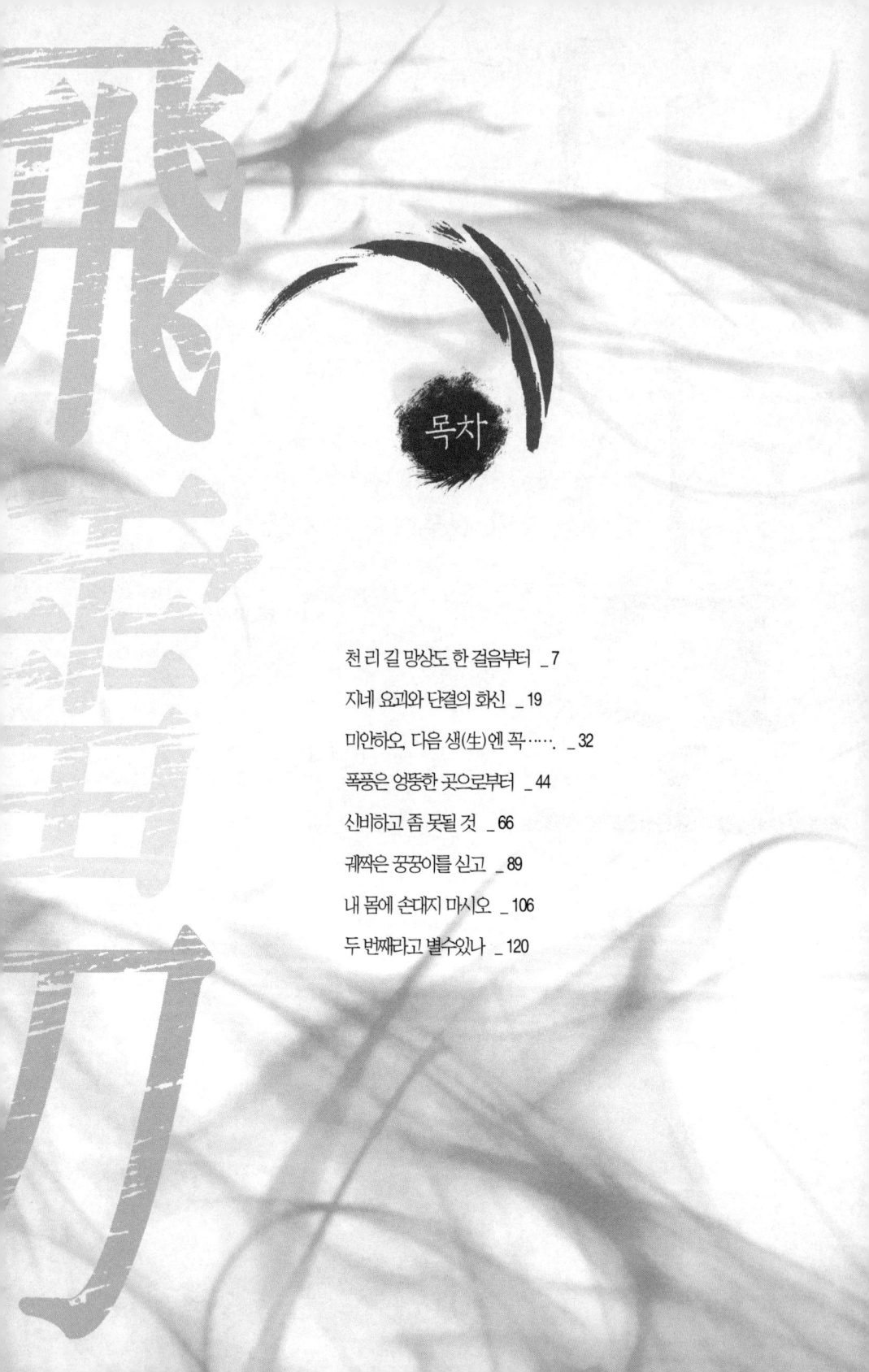

목차

천 리 길 망상도 한 걸음부터 _7

지네 요괴와 단결의 화신 _19

미안하오, 다음 생(生)엔 꼭……. _32

폭풍은 엉뚱한 곳으로부터 _44

신비하고 좀 못될 것 _66

궤짝은 꿍꿍이를 싣고 _89

내 몸에 손대지 마시오 _106

두 번째라고 별수있나 _120

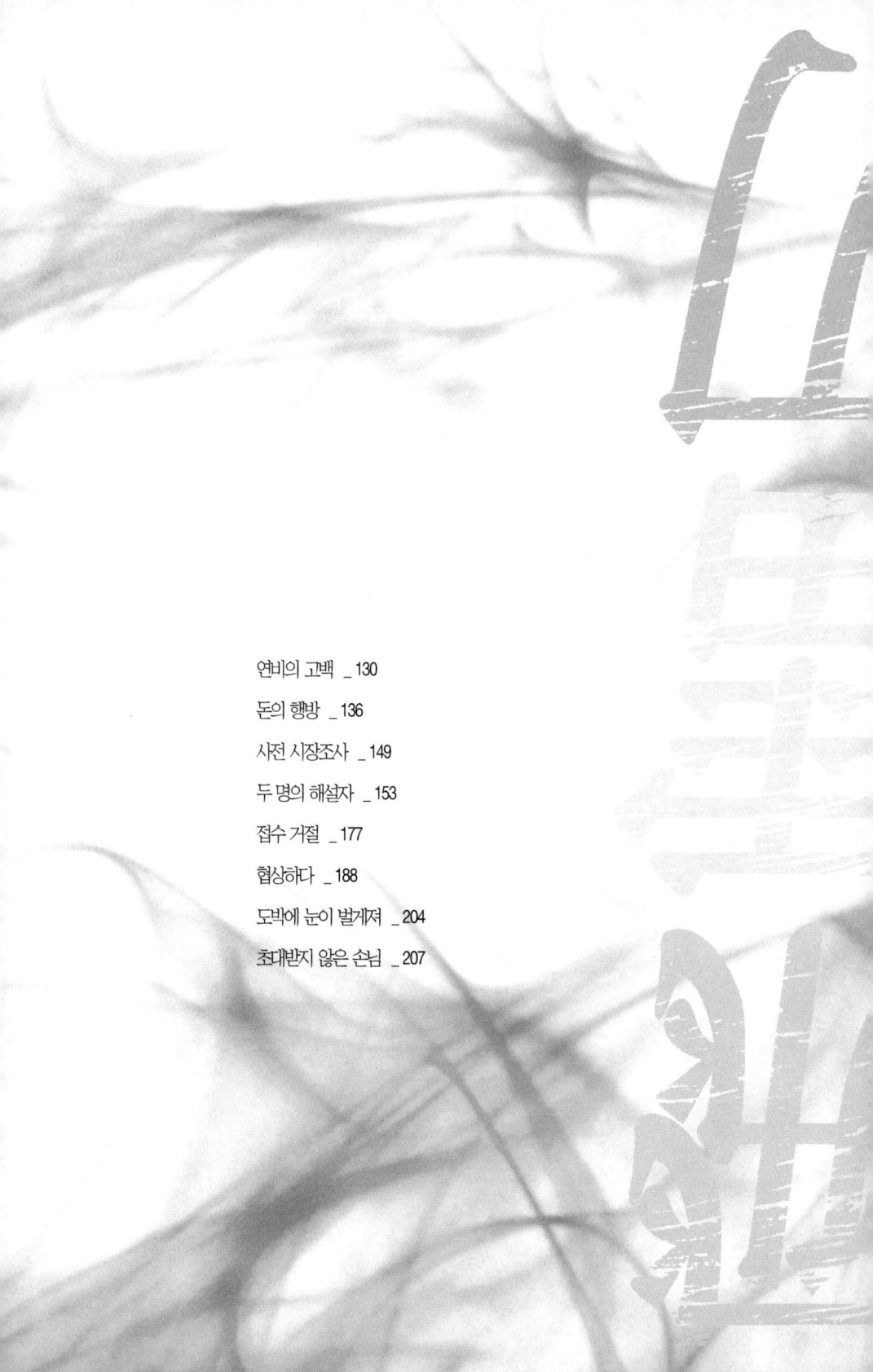

연비의 고백 _ 130
돈의 행방 _ 136
사전 시장조사 _ 149
두 명의 해설자 _ 153
접수 거절 _ 177
협상하다 _ 188
도박에 눈이 벌게져 _ 204
초대받지 않은 손님 _ 207

십면매복(十面埋伏) _219

밧줄의 무궁무진한 쓰임에 대한 고찰 _237

술 창고에 떨어진 하얀 유성 _261

백무후의 회상 _277

아직 돌아가도 늦지 않은 때[時]… _287

비류연과 그 일당들의 좌담회 _293

학생이라면 반드시 읽어야 할―그러나 거의 아무도 읽지 않는―천무학관 지정 필독 추천 도서 108종 _302

부록 _305

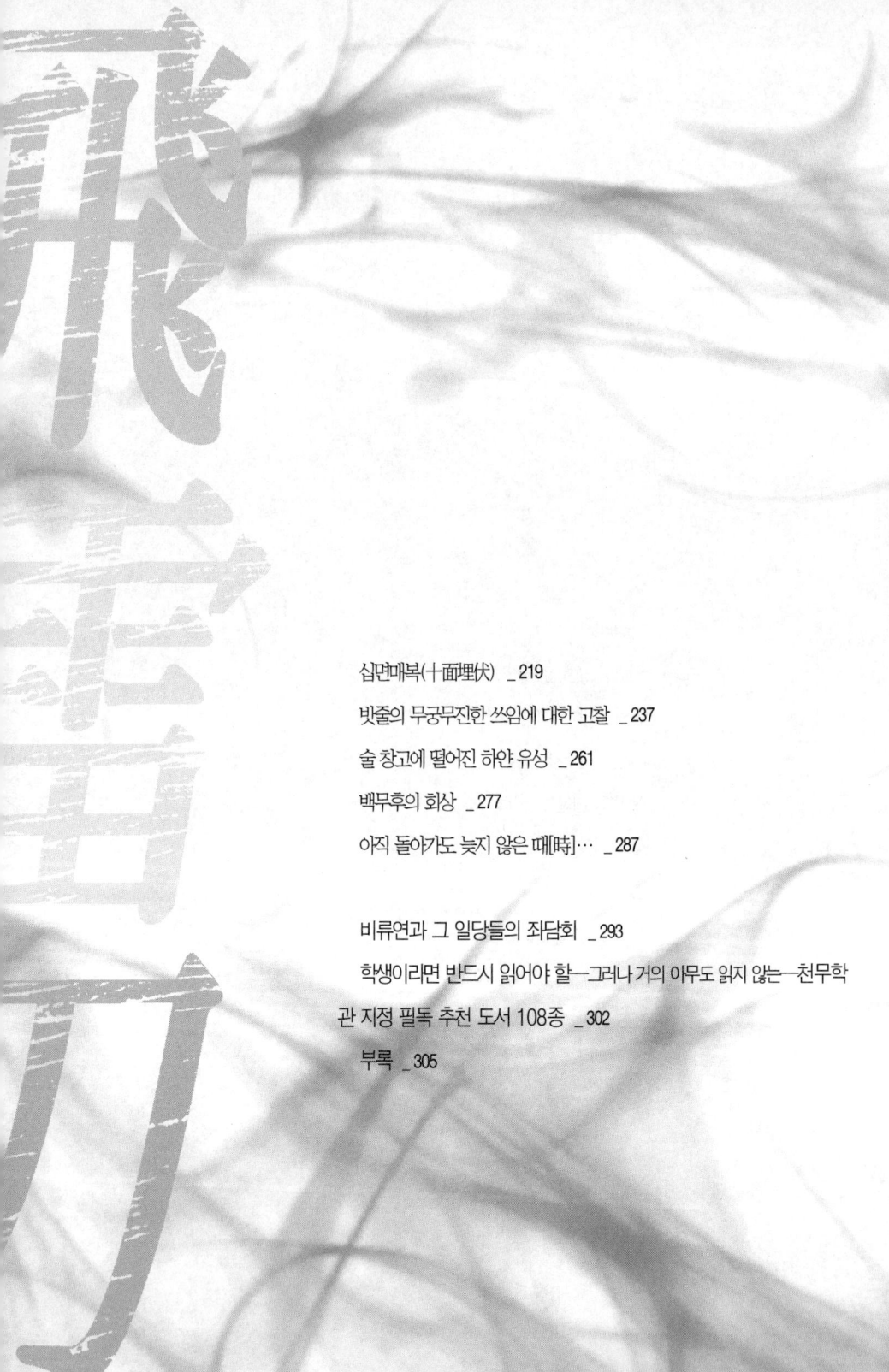

천 리 길 망상도 한 걸음부터
―고행의 망치질

힘껏 내려친 망치가 못을 때린다.

땅!

깊은 밤의 적막을 단숨에 깨뜨리며 날카롭게 울려 퍼지는 쇳소리. 거센 힘에 난타당한 못이 경련을 일으키듯 부르르 몸을 떨었다. 못이야 원래 어딘가에 박으라고 만들어진 것이지만, 야심한 시각이라 그런지 상당히 살벌한 분위기였다.

땅!

무식한 망치가 다시 한 번 힘껏 못을 내려쳤다. 엄청난 힘, 엄청난 박력. 지면 질수록 망치에 실린 힘은 점점 더 커지고 있었다.

망치를 든 주인공은 더욱더 살벌했다. 야밤에 머리칼을 길게 늘어뜨린 채 혼신을 다해 망치를 내려치는 여자다. 일격일격에 실린 힘은 웬만한 남자보다도 더 우악스럽다. 더구나 여인이 왼손으로 벽에 꾹 눌러 고정하고 있는 물건은 아무리 봐도 예사롭지 않았다.

노리끼리한 지푸라기를 배배 꼬아 만든 기분 나쁜 인형. 대충대충 사지(四肢)만 구분되게 건성으로 묶어놓은 티가 역력하다. 어딜 봐도 훌륭한 장식품이라고 여겨지지는 않는다. 게다가 지푸라기 인형의 심장 부위에는 이미 두 개의 대못이 빼기도 힘들 만치 푸욱 박혀 있었다. 망치를 든 여인은 인형의 가슴이 점차 대못으로 빼곡해지는 것을 바라보며 흐뭇한 표정으로 고개를 끄덕였다.

이 인형이 보기엔 참으로 허접하고 괴이하게 생겼지만, 기실 이곳 중원에서는 좀처럼 찾아보기 힘든 귀중품이었다. 사용법 역시 잘 알려져 있지 않았다. 그녀 역시 사랑의 만능 봉사꾼을 자청하는 흑십자회의 흑월을 통해 비밀리에 구입한 귀한 물건이었다.

"이건 말이죠, 사랑을 이뤄주는 효과 만점의 주술 도구예요. 무려 외제라구요. 바다 건너서 온! 정말 귀엽게 생기지 않았어요? 사용법도 무척 간단하답니다."

흑월의 말이었다. 도대체 어떤 경로로 바다 저편의 희귀 물건을 구했는지 신기하기만 하다. 그 때문일까, 가격은 역시 엄청났다. 이 물건을 손에 넣기 위하여 그녀는 화려한 홍옥 팔찌 두 쌍을 흑월에게 넘겨야만 했다. 그래도 우연히 미리미리 이런 물건을 구해놨기에 다행이지, 지금은 돈 따위를 따질 때가 아니었다.

"연비 이년, 두고 보자!"

어디서 굴러먹다 왔는지도 모를 그 개뼈다귀만도 못한 것이 그분의 청혼을 받다니……. 더 이상은 방치할 수 없었다. 낭군님이 워낙에 출중하신 탓에 보통 때도 잡것들이 항상 꼬리를 치긴 했지만, 낭군께서 누군가에게 청혼을 하셨던 적은 한 번도 없었다. 그 계집이 도대체 무슨 요사스런 사술을 부렸기에……! 그녀는 다시금 으드득 이빨을 갈았다. 돌도 씹히면 부스러질 정도였다.
 '하지만 나도 이것만 있으면……!'
 눈에는 눈, 이에는 이, 사술(邪術)에는 사술! 국산을 써볼까도 했지만, 역시 외제가 더 믿음이 갔다. 왠지 '이게 뭐야!' 싶게 생긴 것이 도리어 그녀의 마음에 쏙 들었다. 멀쩡하게 생긴 것들이 알고 보면 부실한 경우가 많으니, 허접하게 생긴 이 물건은 반드시 진품이리라! 무엇보다도 다른 것보다 열 배는 비싸니 그만큼 더 효과가 좋을 게 분명했다.

 "사랑하는 사람의 머리카락을 인형 안에 넣고 심장 부위에 대못을 푹푹 박아 넣으세요!"

 그러면 사랑의 염(念)이 담긴 화살이 대못처럼 님의 심장에 직격한다고 했다. 뿐만 아니라 방해꾼을 제거하는 살충 효과까지 발휘한다고 했다.

 "여러 사람이 효과를 봤다고 하니 틀림없을 거예요. 제대로 꽂히기만 하면 정말 화끈해진다더군요."

 두 손에 인형을 꼬옥 쥐어주던 흑월의 자신만만한 미소를 그녀는 기억하고 있었다. 틀림없이 영험한 물건이리라.
 '믿어라! 믿어라! 믿씁니다!'
 이런 일엔 무엇보다 맹목적인 믿음이 중요했다. 의심없는 마음, 의심 없는 마음, 정신통일, 정신통일, 일점집중, 일점집중!
 땅! 땅! 땅!

다시 한 번 대못에서 성난 불꽃이 튄다.
　촛불 두 자루만이 달랑 켜진 을씨년스런 방에서 사랑을 위해 이마에 송골송골 땀이 맺히도록 지푸라기 인형의 심장을 향해 힘껏 대못을 박고 있는 그녀는 바로 장강수로채의 딸, 교룡미(蛟龍美) 해어화였다.

　물론 해어화도 굳이 처음부터 이런 번거로운 방법을 쓰고 싶었던 것은 아니었다. 그녀에겐 평소에 즐겨 실천하던 간단하고 즉각적인 방법이 있었다. 믿음직스런 심복 중 하나를 불러서 넌지시 한마디를 던져 넣는 것이었다. 이를테면 어제 오후, 의미심장한 얼굴로 검지를 들어 보이며,
　"연비는, 절.교.야. 알았지?"
　라고 했던 것처럼. 그 계집만큼은 반드시 재기불능으로 만들어주리라는 굳센 다짐의 일환으로, 그녀는 이례적인 한마디를 덧붙였다.
　"너.니.까. 알아서 잘하리라 믿으마."
　묵묵히 명령을 듣던 심복은 험상궂은 얼굴을 일그러뜨리며 기괴하게 클클거렸다. 그는 항상 여자에게 이상한 쪽으로 잔혹하다고 악명 높은 인물이었다. 그 때문에 계속 그를 냉대해 왔던 그녀가 이번에는 일부러 불러다 놓고 '너니까' 알아서 잘할 거라니. 그녀가 뜻하는 바는 의심할 여지가 없었다. 그는 입가로 흘러내리려는 침을 꿀꺽 삼키며 희희낙락했다. 그녀에게 원한을 산 여인들치고 미모가 빠지는 계집은 하나도 없지 않던가. 흉흉하게 웃는 부하를 보면서 해어화는 만족스러운 미소를 지었다.
　그러나 바로 오늘 오후, 그녀의 얼굴은 경악으로 물들고 말았다.
　신이 나서 달려갔던 그 심복이 괴상한 모습으로 돌아왔던 것이다. 이마에 '변태(變態)'라는 글자가 적혀 있는 건 별문제도 아니었다. 본래 광포함과 잔혹함만이 유일한 개성이던 그였건만, 초점을 잃은 눈으로 털레

털레 돌아온 그는 어쩐지 순해빠진 한 마리의 양(羊)처럼 변해 있었다. 해어화는 동공이 풀려 버린 눈으로 자신을 바라보며 헤벌쭉 웃는 그의 얼굴을 보자마자 알 수 없는 오한으로 몸을 떨었다. 정말이지 끔찍한 미소였다.

연락을 받고 급히 달려온 의원은 눈동자와 맥을 확인하며 간단히 검사를 마치더니만 이내 고개를 가로저었다.

"전문 용어로 투라우마(透羅寓魔) 상태에 빠졌다 할 수 있겠습니다. 에에, 이를테면 지옥에서 올라온 나찰(羅刹)을 만난 듯 극도로 끔찍한 상황에서 정신적인 외상을 입어 마(魔)에 씌었달까요?"

"……?"

"뭐어, 쉽게 말하자면 주화입마의 친구 같은 겁니다."

"고칠 방법은?"

"……세월이 약이지요, 허허허."

그녀의 계획은 그렇게 실패로 돌아가고 말았다. 역시 연비라는 계집은 시술을 부리는 요녀임이 틀림없었다. 그렇다면 이쪽도 시술로 대응해야 하는 법! 때마침 그녀에겐 며칠 전부터 공을 들이던 주술 도구들이 있었으니.

'이번에야말로 반드시!'

쉐에에에에에엑!

냐—앙!

굳건한 결의를 갈무리한 망치가 질풍처럼 내달리며 다시 한 번 대못에 작렬했다.

파밧!

또다시 불꽃이 튀었다.

　　　　　＊　　　＊　　　＊

"큭!"
남자는 심장을 후벼 파는 듯한 고통에 가슴을 부여잡으며 무릎을 꿇었다.
"꺄아아아아악!! 왜 그러세요, 자군님?"
그를 둘러싸고 있던 여인들이 비명을 터뜨렸다.
"괜, 괜찮소. 갑자기 심장이 못에 찔린 듯 아파서……."
바닥에 한쪽 무릎을 꿇은 자군의 안색은 핏기가 가신 듯 매우 창백했다.
"꺅! 정말 괜찮으세요? 얼굴이 하얗게 질렸어요!"
그 정도 되는 고수면 생체대사활동을 인위적으로 제어하는 것도 어느 정도 가능한 법인데, 지금 그의 이마엔 송골송골 식은땀이 잔뜩 맺혀 있었다. 체면상 가까스로 참고 있을 뿐 상당히 괴로운 모양이었다.
"마, 맞아요. 마치 불치병에 걸린 미소년 같아요. 새하얀 침상에 앉아 찬바람이 불 때마다 창밖으로 떨어지는 낙엽을 보며 눈물짓는 가녀린 미소년 말이에요."
"아아, 병약……."
어째 그렇게 말하는 여인의 얼굴이 묘하게 상기돼 있었다. 아무래도 망상이 폭주하는 모양이었다.
"꺄악! 그런 모습도 너무너무 매력적이에요."
다시 한 번 여인들이 열광했다. 그네들이 열광할 만한 모습만 보여주면 사람이 아프든 말든 그런 것쯤은 아무래도 좋은 모양이었다. 자군은 또 자군 나름대로 이런 상황을 즐기고 있었다.

"훗!"

아, 역시 자신은 죄 많은 인간이었다. 자신 같은 초미소년은 아프고 병약한 모습마저도 하나의 미적 결정체로 승화되어 여인들의 애틋한 마음을 단숨에 사로잡고 마는 것이다. 하아, 이 얼마나 죄 많은 삶이란 말인가.

"아아아앗……!"

몇몇은 갑자기 코를 틀어막고 비틀비틀 무너져 내린다. 옆에선 재빨리 쓰러지는 이들을 부축한다. 몰래 야밤에 모여 연습이라도 한 것일까? 한두 번 해본 솜씨가 아닌지 손발이 척척 맞는다.

이러다 자군이 진짜 꼴까닥해 버리면 다들 현기증을 일으키며 쓰러질 것 같았다. 집단 자살을 고려할지도 모른다. 빨간 글씨로 기록될 사인(死因)에는 '망상의 극치'라는 내용이 포함될지도 모른다. 현실이 환상에 침범당한다는 것은 이런 경우를 두고 하는 말인가? 근거가 있든 없든, 현실성이 있든 없든, 이들에게 이미 망상은 삶을 살아야 할 의미가 되어 있었다.

거짓도 진실만큼, 아니, 때로는 진실보다 훨씬 더 현실에 미치는 파급 효과가 강대한 모양이다.

　　　　　　＊　　　＊　　　＊

"하악! 하악! 하악!"

여인은 망치를 축 늘어뜨린 채 가쁜 숨을 몰아쉬었다. 얼마나 내려친 것일까? 어깨가 심히 뻐근했다. 일격일격마다 혼신의 힘을 담은 결과였다. 그런데 효과는 정말 있는 걸까? 당장에 눈으로 확인할 수 없으니 너무도 답답했다.

"에잇, 뭐가 이렇게 힘들어!"

짜증이 치밀어 오른 해어화는 들고 있던 망치를 바닥에 내동댕이쳤다. 그녀로선 이제 막 효과가 나타나려던 참이라는 사실을 알 리 없었던 것이다. 꿈이 됐든 주술이 됐든, 뭔가를 이루려면 역시 끈기와 노력이 필요한 법이다.

몇 날 며칠씩이나 계속 이 짓을 해야 한다니, 해어화는 생각만 해도 더욱더 팔이 욱신거렸다. 게다가 흑월의 말에 의하면 결과를 즉시 확인할 수 없다고 했던가.

"개인 차가 있으니까요. 그치만 사용설명서대로 부지런히 하면 보름에서 한 달 사이엔 대개 효과를 본다네요."

성격 급한 그녀에겐 그것만큼 짜증나는 일도 없었다.

"대개 효과를 본다니, 그럼 그 '대개'에 속하지 않는 사람은 어떻게 되는데!"

그녀는 뒤늦게 흥분을 하면서 땅에 떨어진 망치를 콱콱 발로 밟았다. 웬만하면 사랑의 힘으로 참아보려고 했건만, 결국 사(四) 일째에 이르자 사랑의 인내심 따윈 바윗덩이와 결착해서 해저 삼만 리 밑으로 가라앉아 버리고 말았다.

"나 안 해, 안 해, 안 해!"

그녀는 평소에 또 달리 즐겨 쓰던, 그리고 어떻게 써야 하는지 잘 꿰고 있는 그녀만의 방책을 사용하기로 했다. 이름하여 '아빠! 도와줘요!' 작전!

권력창창, 재력풍부, 무력막강의 존재인 그녀의 아빠는 한 방울의 눈물과 한마디의 애교면 그 즉시 어디서든 달려와 도와줄 터였다. 그 만능의 힘을 지금 쓰지 않으면 또 언제 쓴단 말인가.

그녀는 바로 책상 앞에 앉아 일필휘지로 서신을 작성하기 시작했다. 비생산적인 일에 유달리 부지런한 그녀였다.

물론 마지막 마무리로 한 방울의 거짓 눈물을 떨어뜨려 서명을 흐리는 것도 잊지 않았다.

*   *   *

비록 그것이 거짓이라 해도 눈물 젖은 편지의 힘은 강력했다. 장강의 지배자라 불리는 흑룡왕은 노발대발해서 그 즉시 자신의 최정예 수하들을 긴급 소집했다.

이른바 '장강십용사', 물에서도 물 밖에서도 무적의 위용을 자랑하는 이들이었다. 장강수로채에 대항하다가 불시에 이들의 방문을 받은 자들은 누구 하나 무사하지 못했다. 이들은 곧 장강수로채의 힘의 상징이었다. 최근엔 이들 전원을 소집하는 일이 거의 없었는데, 고작 눈물 젖은 편지 한 장이 그것을 가능하게 한 것이다.

"가봐야 할 곳이 있다."

"어딥니까?"

어디가 되었든 즉시 달려가서 쓸어버릴 기세였다.

"마천각."

의외의 이름에 십용사가 술렁거렸다. 아무리 장강수로채라도 마천각은 손을 대기가 껄끄러운 곳이었다. 마천각의 체면을 생각해 주고자 그간 동정호에선 아예 영업 활동도 안 하지 않았던가.

"한 녀석만 손봐주고 바로 귀환해라."

흑룡왕의 말에 여기저기서 안도의 한숨이 터져 나왔다. 다행히도 채주의 머리가 갑자기 돌이킬 수 없는 상태에 이른 건 아닌 듯했다. 하나 아직 한 가지 의문점이 남아 있었다.

"저희 열 명이 다 나서야 할 만한 녀석입니까?"

"몰라!"

"예?"

실로 어처구니없는 말이었다.

"우리 딸이 필요하다면 필요한 거겠지."

"……."

"뭐냐? 그 눈빛들은! 불만이냐?"

흑룡왕이 눈이 찌릿 빛났다. 그는 개기는 부하들을 너그러이 보듬을 만큼 아량이 넓지 않았다.

"빨리 가서 후다닥 해결하고 와라. 최대한 확실히, 신속하게."

이 일로 인해 그들의 장강수로 지배권이 약해질 가능성은 안중에도 두지 않는 모양이었다. 공과 사를 구분하지 못하는 팔불출의 전형이었다. 그러나 이들 십용사 역시 그동안 부대낀 세월이 세월인지라, 말대꾸를 해봤자 매만 번다는 것은 잘 알고 있었다. 부하 주제에 어쩌겠는가. 상관이 까라면 까야지.

그래서 그들은 즉시 장강수로채에서 가장 빠르다는 쾌속선 '해신'에 올라타고 마천각으로 향했다.

육십 명의 장정이 일사불란하게 젓는 스무 개의 노가 날개처럼 펄럭였다.

'해신'은 질풍처럼 빠르게 장강을 가로질렀다.

사라져 가는 해신의 궤적을 물끄러미 바라보던 흑룡왕은 배가 보이지 않게 된 후에야 겨우 몸을 돌렸다.

"그럼 간만에 맡은 의뢰를 처리해 볼까."

그는 딸의 서찰을 받기 직전에 만났던 의뢰인을 떠올렸다. 의뢰 내용은 간단했다. 수단과 방법을 가리지 말고 중앙표국의 뱃길을 막아달라는 것이었다. 그렇다면 일거양득을 노릴 수 있는 최선의 수단은 딱 하나, '약탈'이었다. 그의 말을 듣자마자 의뢰인은 이렇게 답했었다.

"좋소, 좋구려."

재밌는 일에, 재밌는 의뢰인이었다. 얼굴을 가리긴 했지만 그가 누구인지 흑룡왕은 이미 알고 있었다. 그간 한두 번도 아니고 꽤 여러 번 봐왔던 의뢰인이다. 표면적으로는 계속 모른 척하고 있지만, 사업의 안전을 위해 뒷조사는 진작 끝내놓은 지 오래였다. 그는 바로 강호제일표국을 자부하는 중원표국의 사원검 중 하나. 자칭 '정파'의 인간이었다. 그리고 이곳 장강수로채는 원래 그와 같은 정파의 인간들이 발을 들여서는 안 되는 장소였다.

'중앙이고 중원이고 간에 우리야 떡고물이나 두둑이 챙기면 그만이지만, 표물의 목적지가 하필 또 마천각이라니.'

흑룡왕은 인상을 찌푸리며 귓구멍을 후볐다. 중앙 어쩌고 하는 잔챙이 표국이야 알 바 아니었지만, 마천각의 심기는 되도록 건드리고 싶지 않았다. 아무리 장강의 패자라지만 사업은 뭐니 뭐니 해도 안전제일 아닌가.

계집애 하나를 손봐주는 일쯤은 문제가 되더라도 적당히 둘러댈 수 있지만, 배를 굴려서 표물을 털어오는 것은 엄연히 '영업'인지라 뒷수습이 까다롭다. 하지만 중원표국은 보수도 보수려니와 단골 거래처 중 하나인 곳이니…….

'큰 놈 한 척으로 비밀리에 후딱 치고 빠져야지 뭐.'

빨리빨리 처리하고 의뢰비나 듬뿍 받아 흥청망청 써버리자는 원대한 계획을 마무리하고, 그는 자신이 아끼는 심복 부하를 불렀다.
"사각(四角)선장을 불러라!"
치고 빠지는 데 있어 물 위에서 그의 조함술을 당할 자는 아무도 없었다. 더구나 입까지 무거우니 이런 일에는 최적이었다.
'중양 어쩌고 떨거지들도 머잖아 고기밥이 되겠군. ……당분간 우리 딸내미는 식사 때 물고기가 나와도 먹지 말라 그래야지. 하여간 집단 급식 체제 이거 문제라니까. 뭘 먹고 사는지 검증도 안 한 물고기들을 애들한테 주다니. 에잇, 나쁜 놈들!'
일을 시작하기도 전에 망상은 이미 천 리 길을 달려가고 있는 흑룡왕이었다.

지네 요괴와 단결의 화신
―한숨짓는 여인들

달칵!

방문을 닫고 들어온 연비는 고개를 설레설레 저으며 손을 탁탁 털었다. 뭔가 불쾌한 화장실 청소라도 하고 온 것 같은 얼굴이었다. 휴식 시간을 틈타 예린과 연비의 방에 놀러 온 은설란이 조심스레 물었다.

"연 소저, 기분 나쁜 일이라도 있었나요?"

"어? 화장실 다녀오는 줄 알았는데."

오늘도 친애하는 언니 나예린을 보러 은근슬쩍 놀러 온 이진설이 옆에서 끼어들었다. 연비는 난감한 미소를 지으며 자리에 앉았다.

"으음, 저도 그런 줄 알았는데 어찌다 보니 요괴 퇴치를 하고 와버렸네요."

"기이한 일이로군요. 자세히 말해주겠어요, 연비?"

나예린이 정색을 하고 묻자 연비는 마지못한 듯 입을 열었다.

"화장실에 들어갔는데 기분이 이상해서 위를 올려다봤더니…… 글쎄,

지네처럼 어~엄청 징그럽게 생긴 요괴가 천장에 붙어서 절 보고 히죽거리지 뭐예요? 완전히 요괴였어요."

"끼아악! 말만 들어도 기분 나빠요!"

이진설이 몸서리를 치며 나예린에게 달라붙었다.

"연 소저, 설마 사실은 아니겠죠?"

은설란이 심각한 얼굴로 물었다. 연비의 말이 진담, 특히 인간을 지네에 빗댄 거라면 이는 절대로 그냥 묵인할 사안이 아니었다.

"연비, 괜찮아요?"

나예린도 걱정스러운 모양이었다. 연비는 그제야 기분이 좀 나아졌는지 쿡쿡 웃어 보였다.

"아아, 물론이죠. 은 소저, 그 요괴는 제가 얌전히 성불시켰으니까 이제 다시는 나타나지 않을 거예요."

"……성불이요?"

"네. 몇 가지 비법으로 혼내준 다음에 이마에 붉은 글씨로 놈의 이름을 새겨줬더니 성불해 버리더군요. 요괴들은 뭣보다도 자신의 이름이 밝혀지는 걸 가장 두려워하거든요."

연비가 너무도 막힘없이 얘기를 하자 세 사람은 이를 믿어야 할지 말아야 할지 혼란스러운 표정이 되었다.

"그런데…… 놈의 이름은 뭐였어요?"

고개를 갸웃거리는 이진설의 질문에 연비의 얼굴이 심각해졌다.

"딱 보면 알잖아요? 변.태(變態)."

"……푸훗."

순간적으로 말문을 잃었던 세 사람은 이내 곧 웃음을 터뜨렸다.

"어머, 웃을 일이 아닌데. 아무튼 마천각에 오고 나선 어쩐지 날마다 잊지 못할 경험들을 하게 되네요. 조속히 잊고 싶은 일들인데 잘 될지 모르겠어요."

"하아— 이야기 들었어요. 청혼 받았다면서요?"

은설란이 한숨을 내쉬며 말했다. 안 그래도 그녀가 놀러 온 진짜 이유는 사천왕의 활약(?)에 대한 소식을 들었기 때문이다. 이진설이 눈을 동그랗게 뜨고 반문했다.

"벌써 그쪽까지 소문이 퍼진 건가요?"

"파다하게요."

"……."

네 사람 사이에서 잠시간의 침묵이 이어졌다.

"하아— 미안해요. 그런 인간이 마천각 사람이라."

다시 한 번 긴 한숨을 토하며 은설란이 사과했다. 그런 구제불능을 존속시키고 있는 마천각을 대신하기라도 하듯이.

"뭐, 처음엔 신종 정신 공격 수법이 아닌가 의심했어요."

진심이 담긴 연비의 말이었다.

역시 그랬나, 그 심정 이해 못할 바가 아니었다.

"그런데 아무래도 진짜인 것 같더라구요. 음, 그게 더 치명적인 정신 공격이었지만요. 후훗, 덕분에 안계를 넓혔어요. '구제불능'이 무슨 뜻인지를 직접 체험하는 인생 수업이었으니까요."

아무렇지도 않은 듯 평정을 가장한 채 말하면서 상큼하게 싱긋 웃는다.

그 미소에 세 사람은 그만 말문이 막히고 말았다.

'화내고 있군!'

그것만은 여자의 직감으로 확신할 수 있었다.

"으으… 경고만으로 끝내서는 안 됐었는데! 좀 더 확실하게 말해 드릴 걸 그랬어요."

은설란은 손바닥으로 얼굴 반쪽을 가리며 민망해했다.
"은 소저가 그렇게 부끄러워할 필요가 어디 있어요? 마천각뿐 아니라 세상천지 어디를 가도 널리고 깔린 게 이상한 남자들이잖아요? 하여간 남자들이란, 십중팔구가 늑대니까 웬만하면 아예 상종을 말아야 한다니까요. 그렇죠, 린?"

당연하다는 듯 동의를 구하는 연비의 말에 나예린은 잠시 침묵을 지키다가 고개를 끄덕였다.

"알겠어요, 연비. 십중팔구는 확실히 그러하니까요."

"어라, 왠지 그냥 흘러들어서는 안 될 것 같은 발언인데요?"

연비의 호박색 눈동자가 자신을 바라보며 추궁하자 나예린은 다소 난감해졌다. 문득 양옆을 돌아보니 은설란과 이진설은 제각기 딴청을 피우고 있었다.

"으음, 괜찮은 사람들도 간혹 있다는 말이었어요."

"호오, 예를 들면요?"

짓궂은 미소를 애써 감추며 연비는 답을 재촉했다.

"……가령 모용 공자라던가, 효룡 공자라던가, 또…….."

연비는 '또 누구요?' 라고 물어보고 싶었지만, 나예린의 모습을 보고는 꾹 참았다. 나예린은 속눈썹을 길게 드리운 채 찻잔의 테두리를 따라 손가락으로 원 모양을 그리면서 상념에 젖어 있는 상태였다. 금세 한숨이라도 내쉴 것 같은 분위기였다. 그러나 막상 실제로 한숨을 쉰 건 은설란이었다.

"휴우……."

나지막하지만 상당히 복잡 미묘한 느낌의 한숨이었다.

"어머, 은 소저는 또 왜 한숨을? 무슨 고민이라도 있는 건가요?"

"핫! 내… 내가 그랬나요?"

아무래도 본인은 의식하지 못한 모양이었다. 중증이었다.
"무, 무슨 고민 같은 건 없어요. 다만……."
"다만?"
"그저 요즘은 모용 공자가 안 보이는구나 싶어서요. 어제도 없고 오늘도 없고, 이래저래 궁금해져서……."
용안의 능력이 아니어도 그녀의 말에서 실망의 기색을 읽어내는 데는 아무런 지장도 없었다. 원래부터 생각하는 시간이 그리 길지 않은 이진설은 재빨리 눈을 반짝이며 끼어들었다.
"킥킥, 어쩐지 어제오늘 은 소저가 연속으로 온다 했더니……."
"아하하하. 어, 어째서 그런 생각을……."
심중을 정확히 찔렀는지 흠칫 놀란 기색이었다. 미묘한 분위기가 타파된 것을 기뻐하며 연비도 짓궂은 미소를 지었다. '딱 걸렸어!' 라는 얼굴로 연비는 나예린에게 속삭이는 척했다.
"호오, 린, 모용 공자라면 분명 그……?"
"어흠, 어흠."
나예린이 살며시 고개를 끄덕이자 은설란이 헛기침을 했다.
"괜찮아요, 괜찮아. 이왕 오시는 것 일거양득, 일석이조면 좋은 거죠. 안 그래요?"
"그, 그런가요? 역시 그렇죠? 그런 거죠?"
그제야 숨통이 트인 은설란이 연비의 말에 반색을 했다. 살짝 발그레해신 볼이 귀여워 보였다.
"푸훗, 그런데 찾고 계신 모용 공자라면 근래 계속 방 아니면 우물가에 있다던걸요. 맞죠, 예린 언니?"
"맞아요, 벌써 사흘째인 것 같군요. 정말 대단해요."
뭐가 대단하다는 걸까? 은설란의 마음속에 심어진 의혹은 점점 크기를 부풀려 갔다.
"우, 우물이요? 거기서 도대체 뭘 하고 있는 거죠? 그것도 삼 일씩이나?"
예상 밖의 장소가 거론되자 은설란의 눈이 휘둥그레졌다.
"아, 그건 바로……."
한 박자 쉬고 이진설이 말했다.
"청소예요."
"아!"
은설란은 그만 순간적으로 납득해 버리고 말았다. 그것은 실로 그에게 어울리는 일이었다.

  *　　　*　　　*

공손절휘는 숙소에서 입을 닷 발이나 내놓은 채 투덜투덜 궁싯거리며 쓱싹쓱싹 걸레질을 하고 있었다. 이름 높은 공손세가의 후계자로 살아온 그로서는 평소 상상도 하지 못했던 몰골이었다.
'칠절신검 모용휘!'
이름 석 자만 떠올려도 절로 이가 갈린다.
'역시 그놈은 쓰러뜨려야만 할 적!'
공손절휘는 이를 뿌드득 갈았다. 자신을 이렇게 처참한 꼬락서니로 만든 그 얄미운 면상이 다시 떠올랐던 것이다.
'잘생기면 다냐! 두고 보자! 이 원한 내 잊지 않으리!'
역시 자신은 모용휘와는 양립할 수 없는 존재였음이 다시 한 번 증명되었다.
"하아……."

며칠 전 있었던 그 일을 생각하니 다시 한 번 절망의 그림자가 드리워진다. 두렵고 부끄러워서 감히 할아버님과 아버님껜 얘기조차 꺼낼 수 없었던 그 일이. 특히 가문의 보검을 건네준 부친께 어찌 고개를 들 수 있으리오. 가문의 지보가 한낱… 한낱…….

'크윽! 더 이상은 안 돼! 더 이상은 생각해 내지 마!'

공손절휘는 서둘러 기억의 재생을 단절시켰다. 더 이상 좌절이 계속되면 정신적으로 폐인이 될 위험이 있었다.

"그 망할 놈의 결벽증 환자 때문에!"

공손절휘는 복수를 다짐하며 두 주먹을 부르르 떨었다.

"참혹하군."

삼 일 전, 그 결벽증 환자는 배정받은 방을 훑어보며 이상한 말을 중얼거렸다. 역사에 길이 남을 바른 생활 청년 모용휘가 모종의 흉기(?)로 새파란 후배를 핍박(?)한 청소 강요 사건의 발단이었다.

물론 마천각에서 배정한 방은 절대 참혹한 수준이 아니었다. 다만 제십삼대의 부재로 몇 년째 비어 있던 건물이어서, 정기적으로 관리하긴 했어도 해묵은 때나 구석구석의 먼지까진 완전히 제거하지 못했을 뿐이었다. 최소한 이 정도 상태를 참혹하다고 여길 사절단 일행은 모용휘밖에 없을 터였다. 아무튼 그는 뜻하지 않게 같은 방에 배정받아 버린 공손절휘를 향해 고개를 홱 돌리더니 초롱초롱 눈을 빛내며 말했다.

"자, 시작하세. 드디어 그것들을 꺼낼 때가 왔군."

'뭘 말입니까?' 라고 공손절휘가 물어보려는 순간, 모용휘는 행랑(行囊)을 놓아둔 곳으로 척척 걸어가더니 무언가를 꺼내서 탁자 위에 가지런히 늘어놓았다. 그리고는 모종의 신병기를 재빠르게 조립하기 시작했다. 갑자기 왜 이러는지는 몰랐지만, 공손절휘는 자신도 모르게 가슴이 뛰는 것을 느끼며 그의 손놀림을 집중해서 지켜보았다. 눈 깜빡할 새에 조립이 끝나 버리자 그는 경악하고 말았다.

"헉! 이, 이것은… 빗자루와 먼지떨이?!"

"홋. 진가를 알아보겠나? 얼마 전에 특별히 구해왔지. 기능성뿐 아니라 휴대성도 뛰어나다네. 삼단 분리와 조립도 가능할뿐더러, 여기를 누르면 길이 조절도 가능하지. 속이 빈 특수 금속 재질이라서 가볍고도 탄탄하다네. 특히 여기 이 부분은 부드럽지만 내구력 좋은 특상의 말총 재질일세. 이 말총 부분만 교체할 수도 있지. 게다가 이 미려한 외양! 믿을 만한 정보에 의하면 황궁에도 납품된다고 하더군. 놀랍지 않나? 이제 싸리와 대나무의 시대는 갔다네!"

명마(名馬)를 얻은 장수의 눈빛으로 열광하며 말하는 모용휘를 바라보며 공손절휘는 혼란에 빠졌다.

"그건… 그래서 어떤 식으로 이용되는 겁니까? 뭐랄까, 청소를 하는 척하다가 손잡이를 돌리면 암기가 발사된다거나……."

"…그게 대체 무슨 소린가? 자네도 많이 피곤한가 보군. 오늘은 일단 자정까지만 청소하고 빨리 쉬세나."

그리고 모용휘는 행랑에서 꺼낸 흰 천으로 머리와 허리를 둘러싼 다음, 양팔의 소맷단을 끈으로 동여매서 걷어붙였다. 완벽한 본격 태세였다.

"……."

모용휘가 총채를 집어 들고 등을 돌렸을 때, 공손절휘는 소리없이 발걸음을 돌렸다. 일단은 그대로 탈출한 후에 모용휘의 심각한 상태를 누군가에게든 알리고 도움을 요청할 생각이었다. 살기 어린 총채, 즉 먼지떨이개가 자신의 등을 겨누기 전까지.

"어딜 가나, 이 중요한 때에?"

"크윽!"
자신을 향한 총채를 보며 공손절휘는 신음했다.
'중요하긴, 개뿔이!'
그러나 그 말은 속으로만 맴돌 뿐, 입 밖으로 나오진 않았다. 총채에 어려 있는 뭔가 단호하고도 집요한 모종의 결의 때문일까. 그대로 한 발짝이라도 움직이면 총채에 달린 털들이 암기처럼 파파팟 광속으로 발사될 것 같았다.
"젠장."
공손절휘는 은연중에 왼쪽 허리춤으로 오른손을 뻗었다. 검의 손잡이가 손에 와 닿자 은근히 마음이 놓였다.
"그건 설마, 청소를 하기 싫다는 뜻인가?"
"당연하지요. 그런 건 하인들에게나 시키면 될 것 아닙니까. 저는 지금까지 청소 같은 건 한 번도 해본 적 없는 사람입니다."
"이런. 수신제가(修身齊家)는 군자의 본분일세. 자신이 머무르는 곳을 청결하게 다스리는 일도 제가(齊家)에 속하거늘, 자네는 그런 일을 타인에게 맡길 수 있단 말인가?"
"있습니다만."
망설임없는 즉답이었다.
"자랑은 아니군. 난 가능하면 늘 직접 청소를 해왔네. 어떤가, 자네도 제가(齊家)를 몸소 실천하면서 안계를 넓혀보지 않겠나?"
그러면서 총채를 앞으로 내밀었다. 그것이 마치 새로운 세계로 향하는 열쇠라도 된다는 듯이. 그러나 대답은 이미 정해져 있었다.
"혼자 하시지요!"
공손절휘는 일말의 여지도 없이 단호하게 거절했다. 그리고 그 순간, 모용휘의 기도가 미묘하게 변화했다.

"할 수 없군. 뽑게."

"뭘 말입니까?"

"검(劍) 말일세. 자네가 검으로 이 총채를 꺾을 수 있다면 자네 마음대로 해도 좋네. 하지만 그러지 못할 경우, 앞으로는 자네도 몸소 청소를 해야 하네."

"…그거, 역시 특수 병기였습니까?"

"계속 그 소린가? 정신 차리게. 이건 단지 신개발 조립식 총채일 뿐일세."

공손절휘는 헛웃음을 웃었다. 신개발이든 조립식이든, 총채로 검을 막겠다니. 이 사람은 역시 정상이 아니었다.

"그럼 그 결정, 후회하지 마십시오!"

모용휘는 묵묵히 고개를 끄덕였다. 그리고 사태는 결국 강호인답게 무력 해결, 즉 공손세가 가문의 보검과 신개발 조립식 총채의 대격돌로 가닥을 잡게 되었다.

챠랑!

검이 뽑혔다. 새하얀 검신이 푸르스름한 빛을 발했다. 어차피 강도 실험을 해볼 필요도 없이 무기의 우위는 명백했다. 그 엄청나게 까마득한 간격은 절대 실력으로 메울 수 있는 수준의 것이 아니었다.

단 일격의 칼질에 저 보기 싫은 신제품 총채는 재생 불가의 폐품이 될 것이고, 그 여파로 가문의 원수인 저 청소광도 무사하지 못하리라. 공손절휘는 그렇게 믿었으나, 그는 한 가지를 간과하고 있었다. 아무리 날카로운 검이라도 닿지 않으면 벨 수 없다는 사실을.

"헛?"

검을 내지른 그의 입에서 기함이 터져 나왔다. 찌르기가 빗나간 것이다. 그 순간, 모용휘는 그의 검을 총채로 세차게 후려쳤다.

땅! 맑은 소리를 내며 쇠가 울렸다.

휘리리릭!

그 때를 놓치지 않고 총채의 털들이 흡사 천잠사처럼 보검을 휘감아갔다. 일순간 빈틈이 생긴 공손절휘의 품 안으로 모용휘가 단숨에 파고들었다.

툭. 기우뚱!

가벼운 발짓 한 번에 균형을 상실한 공손절휘의 세계가 빙그르르 한 바퀴 회전했다.

쿠당탕! 요란한 소리와 함께 등짝과 척추가 비일상적 고통에 신음했다. 반격의 실마리를 제거하고자 낙법을 할 여지조차 모조리 빼앗은 터라 충격이 고스란히 등짝과 그 중심축을 강타한 것이다.

"자, 이제 청소할까?"

꼴사납게 쓰러진 공손절휘를 내려다보며 모용휘는 실로 담담하게 말했다.

"크윽……."

공손절휘는 속으로 진저리를 쳤다. 샌님처럼 얌전한 면상이지만 역시 방심해선 안 되는 거였다. 진검, 그것도 가문의 보검을 들고도 총채 하나 떨어뜨릴 수 없었던 자신의 한심한 실력에 그는 뼈저리게 좌절했다.

"이것부터 익히게."

몸을 바로 세운 그에게 모용휘가 불쑥 두 가지 물건을 내밀었다. 티없이 희고 보송보송한 천 조각, 그리고 작은 두루마리였다.

"우선 지금 준 걸레로 기본기를 익히면서 두루마리에 적어놓은 주의사항들을 숙지하도록. 원래는 감옥에 있을 누군가를 감화코자 준비했던 것인데, 자네에게 먼저 주게 될 줄은 몰랐군."

공손절휘는 멍해진 얼굴로 걸레라 불리는 순백의 천 조각과 두루마리를 받아 들었다. 마치 무공 비급처럼 보이는 두루마리에는 단정한 글씨로 '청법십이도(淸法十二道)'라 적혀 있었다.

"휴우, 요즘은 효룡도 안색이 안 좋아졌어요. 옆 방, 그러니까 모용 공자 방에서 한밤중까지 계속 쓱쓱싹싹 소리가 나더래요. 게다가 모용 공자가 우물가에 갈 때마다 방에 남은 좌절… 아니, 공손 공자가 혼자 뿌득뿌득 이 가는 소리가 들려서 숙면을 이룰 수 없다나. 꿈자리도 뒤숭숭하대요, 아주."
"하아, 적당히 하면 좋을 텐데……."
이진설의 하소연에 한숨으로 화답하는 은설란이었다.
"청소에 대해서라면 모용 공자에게 '적당'이라는 개념이 통할 리 없지요. 외골수라 해야 될지, 집착이라 해야 될지……."
연비의 맞장구에 은설란의 몸이 순간 흠칫 굳어졌다.
"어머, 연 소저도 그 사람에 대해서 무척 잘 알고 있네요?"
예사롭지 않은 시선이 연비를 향했다. 연비는 속으로 뜨끔했지만 겉으론 도리어 피식 웃어버렸다.
"척 보면 알지 않나요? 남자가 그렇게 새하얀 옷을 먼지 하나 없이 유지하는 것만 봐도 절대 '적당히' 할 사람은 아니고, 배 타고 오면서도 선실(船室)을 청소하던걸요. 뭣보다도 얼굴이… 청소에 관해서라면 한 치 양보도 없을 것 같은 관상이랄까?"
"흠, 그건 확실히 그렇군요."
나예린도 옆에서 동의를 표해주었건만, 은설란은 여전히 의혹의 시선을 거두지 않고 있었다.
"아니, 은 소저는 왜 계속 그런 눈길을?"
"꽤 자세히 관찰하고 있었구나 하는 생각이 들어서요. 만난 지 얼마

되지도 않았는데 말이죠."

이래서 사람은 말을 아껴야 하는 법이다. 연비는 마지막 승부수를 걸기로 했다.

"푸훗, 걱정 말아요. 좀 특이하다고 느꼈을 뿐이지, 은 소저의 경쟁자가 될 일은 없을 테니까 말이에요."

연비의 말이 끝나기도 전에 은설란의 얼굴이 확 달아올랐다.

"무, 무슨 얘길 하시는 거예욧! 겨, 경쟁자라뇨! 난 결코 그런 사람은……."

항의를 하면 할수록 말소리가 점점 더 수그러들더니 급기야 커다란 한숨으로 뒤바뀌었다.

"하아…… 정말 하고많은 사람 중에 왜 하필 그 사람일까요?"

한탄 같은 반문에 누구도 답을 해줄 수 없었다.

인간의 마음은 그 어떠한 잣대로도 측량할 수 없고, 이성의 힘을 누를 만큼 강력하다. 그렇기에 마음을 다스리는 것이야말로 구도자들의 숙원이 아니었겠는가.

은설란은 일견 착잡해 보이면서도 묘하게 들뜬 얼굴로 자리를 떨치고 일어섰다. 인간의 마음은 참으로 단순하면서도 복잡한 것이었다.

미안하오, 다음 생(生)엔 꼭…….
—삼재(三才)의 비밀

'은, 은 소저?'
우물가에서 걸레를 빨고 있던 모용휘는 멀리서 은설란이 나타난 것을 발견하고는 일시정지 상태가 되었다. 그러나 그것도 잠시뿐, 벌떡 일어선 그는 전광석화처럼 걸레와 세탁 도구들을 우물 뒤쪽에 무참히 처박아 버렸다. 허리에 둘렀던 청소용 치마도 바람처럼 우물 뒤쪽으로 날려 보냈다.

'됐어! 좋아, 이제 옷매무새를 점검한다! 소매! 바지!'
소맷단과 바짓단을 걷어붙여 동여맸던 끈들이 신속히 처리되었다. 웬만한 고수가 아니라면 이 모든 과정이 그저 우물가에 회오리가 한차례 지나는 것처럼 보일 지경이었다.

마지막으로 소매를 털어내고 가슴을 펴는데, 어느새 청량하고 부드러운 목소리가 들려왔다.
"오랜만이에요, 모용 공자."

두근! 쿵!

그녀의 입에서 자신의 이름이 흘러나오자 가슴이 뛰기 시작했다.

"아, 네, 오랜만… 입니다."

모용휘는 은설란을 마주 보다가 얼른 시선을 돌렸다. 이상했다. 그날 밤, 술 취한 그녀를 방에 옮겨다 준 이후부터 왠지 그녀를 똑바로 바라보기가 힘들어졌다. 마음은 보고 싶은데도 몸은 반사적으로 자꾸만 도망가려고 한다. 아니, 그 반대인가? 은설란을 보고자 하는 것이 어느 쪽인지, 피하고자 하는 것은 또 어느 쪽인지, 이제는 모용휘 자신도 혼란스러웠다.

갈피를 잡을 수 없었다. 자신의 상태를 파악할 수 없다는 것이 너무나 무서웠다. 두려웠다. 그래도 이렇게 보고 있으면 역시 빨려 들어갈 것 같았다. 붉은 입술에 가서 눈이 멎는다.

두근. 다시금 심장이 세차게 맥동한다. 모용휘는 또 한 번 자신을 책망했다. 평상심을 유지하지 못하는 것은 어디까지나 수행 부족 탓이라는 자책이었다. 그게 자연스러운 반응이라고는 전혀 생각지 못하는 듯했다. 그런데 기분 탓일까, 자신을 보는 은설란의 눈빛이 기묘했다.

'혹시, 음흉한 놈이라고 여기는 건가?'

만일 그렇다면 자신에게 남겨진 길은 기연도 안 나올 절벽에서 뛰어내리는 길뿐이다.

"모용 공자?"

"예? 옛! 그흠!"

당황한 티가 역력한 대답에 은설란은 어색한 미소를 지으며 손가락으로 머리를 가리켜 보였다.

"저기, 머리에……."

"예? 머리요?"

뜬금없는 말에 모용휘는 어리둥절했다. 갑자기 머리는 왜…… 턱! 무의식적인 반응으로 머리를 향하던 자신의 손에 뭔가 펄렁거리는 것이 잡혔다.
있었다! 청소용 머릿수건이…….
"아, 아니… 그러니까… 이건……."
먼지에 대한 대비책으로는 훌륭했지만, 그다지 타인에게 보이고픈 모습은 아니었다. 특히 마음에 두고 있는 여성에게는 더더욱.
"쿡! 잘 어울리네요. 빨래하러 나온 새색시 같아요."
모용휘의 두 손이 머릿수건을 잡아채 꼬깃꼬깃 뭉치는 동안 그의 혼백은 기연없는 절벽을 향해 달려가고 있었다.
"그러고 보면 모용 공자랑 혼인하는 사람은 상당히 힘들겠어요. 그 높은 청결 수준을 유지하려면 말이죠."
"아니, 전 결코 은 소저를 힘들게 할 생각은… 청소 같은 건 제가 해도……."
라고 화급히 손사래를 치다가 모용휘는 그만 그대로 얼어붙었다.
'방금 나, 뭔가 해서는 안 될 말을 하지 않았나?'
등 뒤에서 식은땀이 좔좔 흘렀다. 그는 불호령이 날아올 것을 각오하고 쭈뼛쭈뼛 은설란의 기색을 살폈다.
"……."
그러나 상대로부터는 아무런 반응도 없었다. 불호령은커녕 은설란도 그처럼 얼어붙은 것인지 고개를 푹 숙인 채 말이 없었다. 왠지 볼이 발그레해 보였다. 두 사람 사이에 무거운 침묵이 내려앉았다.
'어떻게든 이 위기를 모면하지 않으면 안 돼!'
모용휘는 혼란 속에서 서둘러 변명거리를 찾았다.
"아, 아니, 그러니깐… 그러니깐… 은 소저 얘기가 아니라… 장차 혼인할 소저라고 말하려던 것이 말이 헛나왔네요."
 그의 횡설수설한 변명에 은설란의 얼굴에서 핏기가 싹 가셨다.
 "그런가요? 그렇군요. 이제야 확실히 알아듣겠어요."
 칼날처럼 예리하고 싸늘한 목소리가 북풍한설을 연상케 했다.
 "예? 어, 무슨……."
 무언가 엄청난 실수를 한 것 같은데 그게 뭔지 확실히 짚을 수가 없었다. 아무리 검술에 능해도 인간관계, 특히 여성과의 관계에서는 백치나 다름없는 모용휘였다.
 "누구인진 몰라도 혼인할 소저는 좋겠네요. 제 얘기도 아닌데 참견해서 미안해요. 그럼 잘 지내시길."
 차갑게 얼굴을 굳힌 은설란이 몸을 홱 돌렸다. 순간, 눈가에 빛이 아롱지는 게 마치 눈물이 맺힌 것처럼 보였다. 모용휘는 두 눈이 휘둥그레졌다.
 "기다리세요, 은 소저! 그건 아닙니다! 그건 아니에요! 은 소저 얘기가 아닌 것이 아니고… 언제든 참견해도 괜찮습니다! 참견하십시오!"
 그는 은설란을 향해 손을 뻗으며 자신이 무슨 말을 하는지도 모르고 되는대로 절박하게 외쳤다.
 "……!"
 얼굴을 붉히며 돌아본 은설란의 커다란 눈동자가 의혹으로 물들었다. 시선의 끝은 뻗어진 손끝에 머무르고 있었다.
 "……그건 또 무슨 뜻이죠?"
 아차!
 내밀었던 손에서 꼬깃꼬깃 뭉쳐진 머릿수건을 발견하고 모용휘는 서둘러 그것을 다시 등 뒤로 숨겼다.
 "이, 이건 아닙니다."

"그럼 방금 전에 하셨던 말씀은 무슨 뜻인가요?"

이건 마지막 기회였다. 아무리 둔한 모용휘라도 그것만은 알아차렸다. 무인으로서의 본능이, 아니, 남자로서의 생존 본능이 외치고 있었다. 지금이 무언가가 결판나는 중대한 국면이라는 것을.

'잘못하면 내일은 없다!'

긴장한 그는 은설란에게 답변할 말을 황급히 찾기 시작했다. 하지만 사서오경과 명언집, 무공 지식을 포함한 모든 학식과 지식도 지금 이 순간만큼은 아무짝에도 쓸모가 없었다. 여자들과의 결핍된 대화 경험, 또한 부족한 융통성이 지금 이 순간 그를 궁지로 몰아넣고 있었다. 그리고 언제나 그렇듯 시간은 무한정하지 않았다.

"됐어요!"

은설란이 마침내 참지 못하고 소리쳤다.

"사내가 이렇게 용기가 없다니! 이래서야 그날의 재탕이군요!"

실망이 가득한 목소리였다. 모용휘의 정신은 충격 속에 비틀댔다.

'그, 그날이라니······.'

차라리 짐작 가는 날이 없었다면 좋았을 것을. 그러나 그녀가 진탕 퍼마시고 쓰러진 그날을 어찌 잊을 수 있겠는가. 아직도 자신의 등은 그녀의 온기를 기억하고 있었다.

그날의 일이 떠오르자 갑자기 뇌 속이 뜨끈뜨끈해지는 것 같았다. 시야가 일렁거렸다.

"얼마나 용기를 냈는지도 모르면서······ 무슨 남자가 겨우 털끝 하나 남겨두고 포기를······!"

그날, 맞닿을 정도로 가까이서 바라본 그녀의 그 무방비했던 얼굴이 모용휘의 뇌리 속을 가득 메워 버렸다. 흑단(黑緞)처럼 빛나던 머리칼, 뽀얗고 따사로운 피부, 수려한 눈매, 단아한 콧날, 그리고 촉촉하게 빛나던 붉은…….

모용휘의 얼굴은 이제 잘 익다 못해 불타오를 정도로 새빨개졌다. 그의 머리는 이미 먹통이 되어서 내공으로 안색을 다스릴 수 있는 상태가 아니었다. 그 와중에 한 가지 의문이 떠올랐다.

"…그날, 서… 설마 깨 있었습니까?"

"그랬다면요? 뭐 달라지는 거라도 있나요?"

빨갛기는 매한가지인 얼굴로 은설란이 눈을 흘겼다.

"아, 아니, 그건 아니지만……."

그렇게 되묻는데 무슨 할 말이 있겠는가. 그는 오늘 저녁 유서에 무슨 말을 적을지 고민하기 시작했다.

─은 소저, 미안하오. 다음 생(生)엔 꼭, 꼬옥…….

유서에 적을 뒷말을 구상하며 식은땀을 뻘뻘 흘리고 있는 모용휘를 향해 은설란이 후속 공격을 날렸다.

"호색한도 나쁘지만, 우유부단 지지부진도 나쁘긴 똑같아요!"

흠칫!

그 말은 송곳이 되어 모용휘의 가슴을 찔렀다.

"기다리는 것도 정도껏이지, 애간장 태우면 재미있어요? 여자가 꼭 먼저 말해야 하나요? 부끄럽게! 나도 여자예요! 알겠어요?"

"아, 옙! 알겠습니다."

얼떨결에 부동자세로 대답하고 말았다.

"바보!"

마지막 치명타를 날리고 은설란은 표표히 사라졌다. 모용휘는 감히 멀어져 가는 그녀를 잡을 엄두를 내지 못했다. 그의 용기는 이미 바닥난 상태여서 더 이상 짜낼 여분이 남아 있지 않았다.

"바보?"

남겨진 모용휘는 멍하니 은설란이 남기고 간 말을 곱씹어보았다. 반박의 여지가 없었다. 아무래도 그녀의 평가는 사실인 것 같았다.

　　　　　　*　　　　*　　　　*

얼빠진 얼굴로 은설란이 사라진 방향을 하염없이 바라보던 모용휘의 귓가에 익숙한 목소리가 들렸다.
"쯧쯧쯧, 뭐 하는 게냐?"
모용휘가 깜짝 놀라 몸을 틀었다.
"노야?!"
우물가 뒤의 나뭇가지를 젖히고 걸어나온 노인이 곰방대를 입에 물며 한심하다는 눈빛으로 그를 보았다. 바로 혁중 노인이었다.
"오, 오셨습니까?"
"사내 녀석이 여심 하나 제대로 못 읽어서야 어디다 쓰겠느냐?"
혁중 노인이 혀를 차며 말했다. 모용휘는 얼굴이 화끈해졌다.
"쯧쯧, 뭐 나도 그쪽은 전문이라 할 수 없으니 뭐라 할 처지는 아니다만……. 뭐, 됐다. 그건 그렇고, 오랜만이구나."
노인이 몇 가지 과제와 고약한 사부 둘만 붙여준 채 휙 사라진 후로, 벌써 두 달은 족히 지나 있었다. 천무학관에서 헤어졌는데 설마 마천각에서 만날 줄이야. 하긴 이 노인이 마음만 먹는다면 강호상에 갈 수 없는 곳은 어디에도 없었다.
"예, 오랜만에 뵙습니다. 그간 어떻게 지내셨는지요?"
"응? 아, 몇몇 처리할 일이 있어서 약간 바빴다. 미아 찾아 삼만 리라고나 할까……."
적당히 둘러대는 말투였다. 자세히 말하고 싶지 않다는 분위기라 모용휘도 더 이상 캐묻지 않았다.

"그래, 그동안 진전은 있었느냐?"

혁중 노인은 곧바로 본론에 들어갔다.

"송구스럽습니다, 노야."

모용휘가 고개를 푹 숙였다. 염도와 빙검에게 호된 수련을 받았으나 그다지 만족스러운 성과는 없었던 것이다. 보이지 않는 벽이 그의 앞을 가로막고 있었다.

"뭐, 됐다. 크게 기대했던 건 아니니까. 그냥 천재도 아니고 무신(武神)이라고까지 불리던 녀석의 진전이다. 네가 아무리 천재적인 자질이 있다 해도 쉽게 체득하긴 어렵겠지."

감당하기 힘든 말로 느껴졌는지 모용휘는 손사래를 쳤다.

"처, 천재라니요. 당치도 않습니다. 저 같은 범재에겐 너무나 과분한 호칭입니다."

모용휘의 얼굴이 딱딱하게 굳었다. 한 점 거짓없는 진심이었다. 시대를 바꿀 역량을 지닌 자만이 천재라 불러도 부끄럽지 않은 법. 무신은 전란의 시대를 누비면서 무림사(武林史)에 지워지지 않을 이름을 남겼다. 그러나 아직도 검성의 그림자에서 벗어나지 못한 채 반 발자국도 내딛지 못해 아등바등하는 자신은 그런 재능도 기개도 턱없이 부족했다.

"네가 천재인지 아닌지는 아직 너 스스로 판단할 수 있는 문제가 아니다. 평가란 항상 후대에 이루어지는 거니까. 너는 그저 어떻게든 그 비밀을 풀고 그것을 익히는 수밖에."

"비밀이라시면 그 건곤조화경의……."

"그래, 그것 말이다. 그 두 녀석은 좀 어떠냐?"

"여전하십니다."

"끙, 아직도 쌓아둔 앙금 때문에 티격태격하는 모양이구나. 자기 둘을 쓰러뜨린 자만이 그걸 볼 자격이 있다니, 그놈들도 참 어지간히 해야 할 텐데. 이그, 한심한 것들."

노인이 보기에 그들이 내건 조건은, 정말 실력있는 이를 찾고 싶어서가 아니라 단순히 서로 합치기 싫어서 부리는 투정에 불과했다.

"하나 어차피 그 정도는 되어야 하는 것 또한 사실이다. 앞으로 네가 싸워야 할 적들은 그 이상의 고수들일 테니까."

도대체 싸워야 할 적들은 어떤 자들이기에? 모용휘는 아연해졌다. 현재 그의 목표는 화산에서의 굴욕을 되갚아주는 것밖에 없었다. 보이지 않는 적은 그 존재조차 의문이 들 정도로 현실감이 없었다. 아마 화산의 화겁(火劫)이 없었다면 여전히 그러했으리라.

"좋다! 그렇다면 그 녀석들을 이길 수 있는 비책을 가르쳐 주마! 오체투지하며 감사하도록! 음하하하!"

홍소를 터뜨리며 자신만만한 어조로 말했다.

"정말 그런 게 있습니까?"

요령이나 비책 정도로 단숨에 메워질 만한 격차는 아니었다. 단련을 받으면 받을수록 그 격차를 실감할 수 있었다. 그 둘에 비하면 자신은 아직 새파란 애송이. 그들이 서 있는 곳까지는 아직도 머나먼 길을 걸어가야 했다.

"그럼, 물론 있고말고. 이건 나중에 가르쳐 줄 생각이었는데, 계획을 변경하는 수밖에. 어차피 이걸 깨닫지 못하면 다음 단계로 넘어갈 수도 없고……."

"그게 무엇입니까?"

"나도 정확히는 몰라."

툭 던져 주듯 내뱉는 답변이었다.

"예?"

어이가 없었으나 별로 농담 같지도 않았다.

"아, 오해 말거라, 아가야. 난 그냥 전언자일 뿐이니까. 전혀 모르는 건 아니지만, 정수를 얻었다고 말할 수는 없구나. 이건 내 친구가 남겨준 말인데, 건곤조화경의 열쇠라고 하더구나."

그 말인즉, 이 이치를 깨닫지 못하면 건곤조화경의 무공을 습득할 수 없다는 이야기였다.

"가르침을 주십시오."

모용휘는 노인 앞에 무릎을 꿇고 고개를 숙였다. 궁극의 가르침에는 그에 상응하는 예를 표해야만 하는 것이다.

"오래전, 친구에게 부탁받았던 가르침을 지금부터 너 모용휘에게 전하겠다."

"삼가 가르침을 받들겠습니다."

"삼재(三才)의 이치를 깨달아라!"

그리고는 말했다.

"끝!"

비책의 전수 과정이라기엔 너무나 짧아서, 진짜 비책인지마저 의구심이 들었다. 혹시 장난치는 게 아닌가 의심될 정도였다.

"표정이 꼭 돌 맞은 개구리 같구나. 걱정 마라, 장난 아니다."

아무래도 마음이 읽힌 모양이었다. 그렇게 티가 나는 얼굴이었나 하며 모용휘는 잠시 반성했다.

아무튼 그 안에 어떤 비의(秘意)가 들어 있다 해도, 한 가지 확실한 점은 단기간에 효과 보기란 절대 불가능하다는 정도였다.

"저어, 삼재라 함은 천지인(天地人), 그 삼재 말씀이십니까?"

확인차 물었다.

"그래, 그거다. 그거 말고 다른 삼재도 있느냐?"

당연한 걸 괜스레 물어본다는 어투였다.

"삼재검법이라고 할 때의 그 삼재요?"

"그래, 바로 그거!"

혹시나 했는데 역시나였다. 그런데 그 삼재에 뭔가 비밀이라고 할 만큼 거창한 게 숨어 있었나?

삼재검법. 말이 검법이지 그냥 인(人)의 종 베기, 지(地)의 횡 베기, 천(天)의 찌르기, 이 세 가지 기본 초식을 총칭하는 말일 뿐이었다. 검법의 걸음마며 기본 중의 기본이었다.

"그건 기본 중의 기본 아닙니까?"

그런 게 무슨 염빙(焰氷) 공략의 비책이 된단 말인가?

딱! 모용휘의 머리통에서 불꽃이 튀었다.

"떼끼! 기본을 무시하지 마라. 모든 것은 언제나 기본부터 시작하는 법이야! 요즘 젊은것들은 어찌 된 게 하나같이 바로바로 성과를 얻으려 든단 말이야. 쯧쯧쯧."

'말세야, 말세!'를 부르짖으며 혁중 노인은 혀를 끌끌 찼다. 모범생 모용휘는 황망해져서 우왕좌왕 어쩔 줄을 몰라 했다. 어느 정도 본심을 지적당했기에 더욱 당황스러웠던 것이다.

"반성하고 있느냐?"

모용휘를 흘깃 바라보며 혁중 노인이 물었다.

"예, 제 생각이 짧았습니다."

모용휘가 고개를 숙이며 대답했다.

"음, 그럼 됐다. 다음부턴 안 그러면 되는 것이지. 네 녀석은 같은 실수를 계속 반복할 녀석이 아니라고 믿는다."

"감사합니다, 노야."

그제야 노인은 만족한 듯 고개를 끄덕였다.

"그럼 다시 시작해 볼까? 귀를 열고 잘 듣도록 해라. 기본과 기초를 명확히 이해하지 않으면 모든 공부는 사상누각일 뿐이다. 언제부터 천지인 합일이 칼 들고 똑바로 서 있는 것으로 바뀌었는지 모르겠지만, 그 안에 담긴 비의는 그렇게 간단치 않다."

'그런가?'

아무리 생각해도 천지인 삼재에서 더 끄집어낼 것은 없어 보였다.

"내 친애하는 친구 녀석이 그러더군. 천, 지, 인, 삼재(三才)의 비밀을 깨달을 때 태극으로 가는 길이 열린다고!"

모용휘는 정신을 바짝 차리고 그 말을 가슴속 깊이 새겨 넣었다.

"이 말에 담긴 의미를 궁구(窮究)하지 않고서는 결코 이치에 도달하지 못하리라. 알겠느냐?"

"예, 명심하겠습니다."

대답은 똑 부러졌지만 삼재의 비밀이라니. 그동안 숨 쉬듯 당연하게 여기며 조금도 숙고하지 않았던 문제가 갑작스레 화두로 던져졌다. 뚝딱하고 금방 답이 나올 리 없었다.

"하아, 이제 어쩌지? 당분간 이 비밀을 풀 때까진 답보(踏步)…… 뭐, 그런 걸까?"

여태껏 걸음마 단계라고 생각했는데, 그마저도 제대로 걷지 못하고 답보라니. 이래서야 걸음마는커녕 배밀이 상태였다.

폭풍은 엉뚱한 곳으로부터
─운명의 전환점

"항해는 순조롭습니다, 국주님!"
"음, 좋은 바람이야. 이대로라면 내일 중엔 도착할 수 있겠어."
장우양은 고개를 들어 자랑스러운 시선으로 돛대 위를 바라보았다. 강바람을 맞으며 백호기와 연화검기가 나란히 펄럭이고 있었다.
"이젠 여기까지 왔군!"
멀고도 다난한 길이었다. 변방의 조그만 표국에서 시작해 이제는 천하를 무대로 경쟁할 수 있을 정도로 성장했다. 다시 처음부터 걸으라 하면 아마 걸을 엄두조차 내지 못하리라.
"이제 곧 동정호에 진입합니다."
"음."
이제 이 협류만 빠져나가면 바로 넓디넓은 동정호가 그들은 반길 터였다. 그들이 향하는 곳은 마천각이 아니었다. 마천각이 정확히 어디 있는지는 장우양도 몰랐다. 다만 동정호변의 한 마을에 배를 대놓으면 표물을 인수하러 마천각에서 사람이 올 거라고 했다.
 '여기까지 와서도 마천각엔 들어가지 못한다니. 아쉽지만 어쩔 수 없군.'
 그런데 한 가지 마음에 걸리는 게 있었다.
 '노야께선 어쩔 셈이실까?'
 분명 노야는 마천각에 들어가신다고 했다. 그러나 이대로라면 마천각에 발을 들일 기회는 전무하다. 그렇다고 노야가 '이런, 그럼 할 수 없군!' 이라며 그냥 물러날 사람은 절대 아니다. 만난 지는 오래되지 않았으나, 그 정도는 충분히 파악할 수 있었다.
 "설마……."
 문득 머릿속으로 불길한 상상이 유성처럼 스쳐 지나갔다.
 '에잇, 아니겠지. 설마 그렇게까지 하겠어? 암, 그렇고말고.'
 그러나 강하게 부정하면 할수록 불안은 점점 더 커져만 갔다.
 "제발 아무 일도 없기를……."
 장우양은 무사태평을 바라며 천지신명에게 열심히 기도를 드리기 시작했다. 그러나 신심이 부족했던 탓일까? 그의 기도는 채 일각도 되지 않아 먼지처럼 부스러지고 말았다.
 땡땡땡땡!
 돛대 위에서 주변을 감시하던 선원이 요란스레 비상종을 쳐댔다.
 "큰일 났다! 흑룡선이 나타났다!"
 절규에 가까운 외침에, 좀 전까지 안온한 평화를 만끽하던 갑판은 아비규환의 수라장으로 바뀌었다.
 "뭐라고! 그놈들이 여긴 왜? 여긴 영업 장소도 아니잖아!"
 보고받은 장우양의 입에서 경악성이 터져 나왔다.
 흑룡선. 검은 돛과 검은 용이 새겨진 검은 깃발을 두른 흑선이었다.

물길에 어두운 장우양이지만, 장강수로채의 눈치도 보지 않고 장강을 저희들 맘대로 휘젓고 다닌다는 악명 높은 수적 집단에 대해서는 익히 들은 바가 있었다.

'젠장, 기도할 때 향도 피우고 지전(紙錢)도 태울걸! 죽자 살자 기도하는 것들이 한두 놈이 아닐 텐데! 건방지게 맨 입으로 빌었다고 천지신명이 도리어 진노했구나!'

그는 되지도 않는 생각을 하며 이를 악물고 후회했지만 별 소용은 없었다.

"제기랄! 그래도 이건 너무하잖아!"

천지신명의 야속함을 원망하면서도 장우양은 서둘러 뱃머리에 바싹 붙어 눈을 부라렸다. 사태를 파악하기 위함이었다.

수평선 너머로 물길을 거스르며 검은 그림자가 서서히 그 모습 드러냈다.

그것은 온통 불길한 검은색으로 칠갑되어 있었다. 배를 이루는 골조도, 선체도, 돛도, 깃발도, 노도 모두 검게 칠해져 있었다. 지금이 밤이었다면 어둠 속에 묻혀서 코앞까지 다가왔어도 눈치 채지 못했으리라. 그래서 흑룡선의 별칭은 일명 '그믐의 사신' 이었다.

야밤에 그들을 만나 무사했던 배는 지금껏 단 한 척도 없었다. 어지간한 기술 없이 밤에 물길을 가는 것은 위험하기 때문에 야밤에 나다니는 배가 원래 적기는 했지만.

중앙표국 역시 안전을 기하고자 해가 저물 때쯤이면 항상 뭍에다 배를 안착하곤 했었다. 게다가 마천각에 표물을 전달하는 입장인 만큼, 이런 데서 벌건 대낮에 수적을 만날 줄은 상상도 못했던 터였다.

"도망가 봐야 잡히겠지. 선택의 여지는 없겠군."

흑룡선은 타협을 모르는 맹수였다. 통행세 따위로는 턱도 없었다. 찔끔찔끔 뺏느니 시원하게 털자는 게 그들의 신조였다. 그래선지 배 자체도 오로지 공격과 파괴와 약탈을 목적으로 만들어놓았다. 선수(船首) 밑으로 튀어나온 두 개의 강철 충각(衝角)은 무소의 뿔을 연상케 했고, 그 어떤 폭풍에도 끄떡없을 듯한 돛대와 일사불란한 스물네 개의 노는 보기만 해도 압도적이었다.

싸우면 죽고 도망치면 잡힌다. 그러니 얌전히 포기하고 모든 것을 고스란히 바치라고 그 불길한 검은 배는 말하고 있었다.

'그런데 바칠 만한 게 있나? 그래 봤자 사절단 학생들 짐인데.'

값비싼 상품들은 거의 없는 배. 저들의 정보망이라면 이미 그쯤은 익히 알고 있을 텐데, 도무지 납득할 수 없는 처사였다. 아무튼 흑룡선은 어느덧 유유히 접근해서는 적당한 거리에서 멈춰 섰다. 갈고리와 밧줄을 던지기에 딱 좋은 거리였다.

아니나 다를까, 어깨 근육이 부담스러운 거한 하나가 칭칭 감고 있던 굵은 밧줄을 머리 위로 빙빙 돌리기 시작했다. 회전하던 밧줄이 날아가자마자 그 뒤에서 또 다른 거한이 나타나 밧줄을 빙빙 돌리기 시작했다.

휘이이이이잉!

바람을 가르는 소리와 함께 밧줄이 날아왔다. 밧줄은 한 치의 오차도 없이 배의 난간에 강철의 발톱을 박아 넣었다.

"어서 밧줄을 잘라라!"

다급한 목소리로 장우양이 외쳤다. 두 눈 멀쩡히 뜨고 다리를 만들어줄 수는 없는 노릇이었다. 표두 몇몇이 나서서 다급히 검으로 밧줄을 내려쳤다. 그러나 시커먼 밧줄들은 특수한 처리가 되어 있는지 흠집만 날 뿐 끊어지질 않았다. 쇠심줄보다도 질긴 밧줄이었다.

날아드는 밧줄들 속에서 장우양은 침착해지려고 애쓰며 앞으로 나섰다. 표행의 안전을 위해선 뭐든 시도해 보아야 했다. 그는 배의 선미로 나가 포권을 하며 대화를 시도했다.

"본인은 사천의 중앙표국을 이끄는 국주 장우양이라 하오. 귀하들은 어느 곳에서 오신 형제들이시오?"

내공이 실린 목소리라서 또렷이 울려 퍼졌지만 대답은 돌아오지 않았다. 혹시나 하는 마음에 장우양은 내공을 실어 다시 한 번 큰 소리로 외쳤다.

"다시 한 번 묻겠소! 어느 곳에서 오신 형제들이시오?"

그러나 대답은 또다시 침묵이었다. 그래도 우두머리인 국주가 침착하게 대처하자 처음엔 당황하던 표사들도 서서히 차분함을 되찾아갔다. 전열을 가다듬을 좋은 기회였다.

"처리해라!"

얼굴이 사각형처럼 네모진 사내가 험악하게 외치자, 검은 밧줄을 밟으며 열두 명의 돌격대가 날쌔게 달려들었다. 언제나 선봉에서 피를 부르는 흑룡선의 정예 '십이아(十二牙)'였다.

이때, 선실 문이 열리며 한 노인이 걸어나왔다.

"시끄럽다. 대체 웬 소란이냐? 잠도 못 자게."

노사부였다. 밧줄을 밟으며 날렵하게 뛰어오는 이들에겐 눈길 한 번 주지 않은 채, 노사부는 곧바로 장우양에게 상황을 캐물었다. 그 등 뒤를 향해 흑룡선으로부터 십이아가 질풍처럼 달려들었다. 이런 꼬부랑 노인 네쯤은 장우양과 함께 베어버리면 그만이라고 판단했던 것이다.

"조심하십시오, 노야!"

등 뒤에서 달려드는 열두 그림자를 보며 장우양이 다급한 목소리로 외쳤다. 이들 십이아의 목적은 장우양의 목이었다. 그 외에는 관심도 없었기에 갑작스레 나타난 노사부는 그저 단순한 방해물에 불과했다. 그저 언제나처럼 싹둑 베어버리면 그만이었다. 그러나 항상 통용되던 그 법칙이 오늘만큼은 작용하지 않았다.
쿵, 쿵, 콰다당!
"뭘?"
시큰둥한 목소리로 노사부가 반문했다.
'헉!'
장우양은 기겁했다.
'방금 무슨 일이 일어난 거지?'
사실 그는 두 눈을 똑바로 뜨고 있었지만 사태 파악이 제대로 되지 않았다.
'그러니까 질풍처럼 달려들던 저 열두 명이 순간 공중에 멈춘 듯했는데. 그다음에… 그다음엔……'
기억에 단절이 일어난 듯 그 부분만 텅 비어 있었다. 마치 기억의 한 부분을 송두리째 도려낸 기분이었다. 그가 확인할 수 있는 것은 단지 결과적인 현상뿐. 지금 그의 눈앞에는 갑작스레 모든 힘을 잃고 후드득 바닥으로 떨어진 열두 명의 그림자가 나뒹굴고 있었다. 어째서 저런 알 수 없는 현상이 일어났는지 그 원인은 끝내 파악되지 않았다. 그제야 등 뒤를 향해 기계적으로 고개를 돌린 노사부가 한마디 했다.
"뭐냐, 별것도 없잖아?"
아래는 볼 생각도 없는 모양이다. 항상 그랬지만 사소한 것에는 신경 쓰지 않는다는 게 나름의 원칙인 듯했다.
"아, 예……"
장우양은 그 무덤덤한 모습에 다른 말을 할 수 없었다.
장우양이야 얼이 빠지든 말든 신경 쓰지 않은 채 노사부는 자신이 탄 배의 앞을 가로막고 있는 흉측하고 불길한 검은 배를 유심히 바라보았다.

"음?"

대부분의 일들을 사소한 것으로 치부해 버리는 노사부의 시선을 끌었다는 점에서 일단 이 검은 배는 합격점이라 할 수 있었다. 분명 그 합격과 동시다발적으로 십중팔구 불행 당첨일 게 불 보듯 뻔했지만. 그들로선 지금 이 순간 남아 있는 약간의 기회나마 소중히 여기지 않으면 안 될 판이라는 것을 알 도리는 전혀 없었다.

"흐음……."

한참 동안 검은 배를 물끄러미 바라보고 있던 노사부가 물었다.

"이보게, 저 까만 배, 비싼가?"

처음에 장우양은 자신이 무슨 말을 들었는지 이해하지 못했다. 그의 사고 체계 너머에 존재하는 말이기 때문이었다.

"예? 죄, 죄송합니다. 잘 듣지 못했습니다."

당황한 장우양이 허겁지겁 사죄했다.

"쯧쯧, 아직 젊은 녀석이 그리도 귀가 어두워서야."

그러나 노사부는 친절하게도 더 추궁하지 않고 다시 한 번 또박또박 말해주었다.

"저 까만 배, 단가가 꽤 세냐고 물었네."

그제야 장우양도 겨우 그 내용을 이해할 수 있었다. 납득할 수는 없는 대화였지만 의사소통에 그리 큰 문제가 있지는 않았다.

"아마도 상당히 비쌀 것으로 사료됩니다. 일단 무엇보다 특별 주문 제작품일 게 틀림없으니까요."

이미 예상한 답변이라는 듯 노사부는 담담하게 고개를 끄덕였다.

"흐흠, 역시 그렇겠지?"

"그… 그렇습니다, 노야."

가슴 저 밑바닥, 무의식의 밑바닥으로부터 솟구쳐 오르는 알 수 없는 불안감이 장우양의 목소리에 균열을 만들어냈다.

"그럼 접수해야겠군."

내용과 맞지 않게 너무나 평온한 목소리에 장우양은 그만 자신의 귀를 의심하고 말았다.

"예에? 접수라니, 저 배를 손에 넣는다는 말씀입니까?"

'아니, 자넨 아까부터 가는귀가 먹었나?' 라고 말하는 노사부의 시선을 감내해 가며 장우양이 반문했다.

"접수해서 어찌시게요?"

"팔아야지."

"파, 팔아요?!"

지나치게 경악한 나머지 장우양은 하마터면 눈이 튀어나올 뻔했다. 그러나 노사부는 여전히 태연하기만 했다. 마치 이런 일이 삼시세끼를 챙겨 먹는 것과 크게 다를 바 없는 일이라는 듯이.

"저 정도로 잘 만든 배라면 꼭 도적질용이 아니라도 수요가 있겠지. 아마 있을 거야. 일단 쓰레기 청소부터 하고 접수해야겠군. 갈 길을 막았으니 그의 대한 대가는 치르게 해야 하지 않겠는가? 시간은 금이라는 말도 있고."

"그, 그렇지만……."

겨우 길을 막았다는, 그리고 비싼 배라는 이유만으로 그 악명 높은 흑룡선과 정면으로 부딪치겠다는 것일까. 아무리 그 끝을 알 수 없는 노야라지만 보통 사람인 자신의 머리로는 도저히 이해가 가지 않는 사고방식이었다.

"쓸데없이 시비 거는 놈들이야 있으나 없으나 별 상관 없지만, 저만한 배는 쓸모가 있으니 상하지 않도록 조심조심 다루게나. 사회의 독초들이 중간에 방해하려 들면 물고기 밥으로 던져 버리고."

노사부의 지시는 매우 상세하고 구체적이었다. 다만 그 일을 누가 하는가 하는 소소하고도 현실적인 문제가 남았을 뿐이었다.

"거기, 늙다리! 뭘 그렇게 자꾸만 씨부렁거리냐!"

성질 급한 수적 한 명이 배 저편에서 걸걸한 목소리로 고래고래 욕지기를 퍼부었다. 위협할 생각인지 흉흉한 밧줄을 채찍처럼 휘두르며 철썩철썩 갑판 바닥을 치고 있었다.

'히에엑―!'

그 안하무인의 극치를 달리는 무례한 광경을 목도한 장우양은 얼굴이 핼쑥해졌다. 그러나 노사부는 별로 개의치 않는 것인지 여전히 안색이 태연하기만 했다.

"역시 그냥 다 물고기 밥으로 던져 버리는 게 좋겠네. 개야 아무리 짖어도 상관없지만, 꼴을 보니 저러다 배 망가뜨리겠군. 약간 시끄럽기도 하고."

노사부는 장우양을 빤히 쳐다보며 조분조분 말했다. 핏기가 사라진 장우양의 얼굴은 이젠 하얗다 못해 탈색될 지경이었다.

낮고 차분한 목소리였지만 건너편 흑룡선에 타고 있는 이들의 귀에도 한 자 빠짐없이 똑똑히 들렸다. 흑룡선의 총수권자로서 네모진 얼굴의 사나이, 일명 사각(四角)선장은 험악한 목소리로 커다랗게 외쳤다.

"흑룡뇌전(黑龍雷箭), 준비! 저 재수없는 늙다리를 좌표의 중심으로 넣어줘라!"

그의 손끝이 노사부의 미간을 가리켰다.

끼리리리릭! 그르르릉!

사각선장의 등 뒤에서 묵직한 기관음이 들렸다. 그와 동시에 사각선장의 자식들인 양 직사각형으로 생긴 상자가 노사부 쪽으로 향했다. 아래

위로 각각 여섯 개씩 네모난 구멍이 뚫려 있는 무척 특이한 모양의 물건이었다.

"노야, 저것은……!"

그것을 본 장우양의 얼굴이 새파랗게 변했다. 그도 소문으로는 익히 들은 바가 있었다.

흑룡뇌전!

그것은 흑룡선이 자랑하는 거대한 십이 연발 쇠뇌로, 화살 하나의 크기가 무려 사람 키만 한 무시무시한 물건이었다. 단 일격에 배의 외벽을 부수고 선저까지 꿰뚫을 수 있는 가공할 파괴력을 지닌 대함무기(對艦武器)였다. 확실한 건, 절대로 사람에게 쓸 법한 대인무기는 아니라는 점이었다.

"바다 사나이들을 모욕한 죄에 대한 응징이다!"

사각선장은 염라대왕이라도 된 것처럼 한쪽 손을 들어 올리며 엄숙하게 선언했다. 절체절명의 상황이었으나, 억울해진 장우양은 속으로 이렇게 외쳤다.

'바다? 그건 아니잖아아—!'

"지옥에 가서 참회하라, 늙다리! 일번 발사!"

올라갔던 손이 떨어짐과 동시에 천둥이 울려 퍼지며 폭풍이 몰아쳤다. 장우양은 두 눈을 질끈 감으며 자신의 죽음을 예감했다.

"히익!"

그는 본능적으로 몸을 움츠리려 했다. 그러나 그의 몸은 아래로 굽혀지지 않았다. 바람처럼 보이지 않는 힘이 그의 행동을 저지하고 있었다.

쉐에에에에에엑!

바람을 찢는 소리가 바로 코앞에서 들려왔다.

"……?"

감았던 눈을 빼꼼히 뜨고는 상황을 살피던 장우양의 입이 충격으로 쩍 벌어졌다.
 엄청난 위력을 품고 발사된 흑룡뇌전 하나가 노야의 손아귀에 얌전히 잡혀 있는 광경이 눈에 들어왔던 것이다. 노사부는 아무렇지도 않은 표정으로 무덤덤하게 그것을 받아 들고 있었다.
 "일, 일번 뇌전은 고장인가!"
 사각선장은 경악과 불신에 빠져 자신이 본 것을 있는 그대로 받아들이지 못했다.
 그가 상상한 것은 흑룡뇌전의 살인적인 위력에 으스러져 형체를 잃어버린 노인의 잔해들이었다. 저렇게 무덤덤한 얼굴로 노인이 태평하게 서 있는 광경은 도무지 용납할 수 없었다. 가슴 밑바닥에서부터 스멀스멀 기어오르는 이 생소한 감각을 어떻게든 떨쳐 내기 위해선 시급히 무언가를 하지 않으면 안 되었다.
 "이… 이번에서 십이번까지 전탄(全彈) 준비!"
 광기와 혼란에 가득 찬 목소리로 사각선장이 외쳤다.
 "저, 전탄 준비!"
 두렵기는 등 뒤의 부하들도 마찬가지였다. 흑룡뇌전 정도의 병기를 한꺼번에 발사하려면 통상적으로 좀 더 준비 시간이 걸리는 게 정상이었겠지만, 선원들의 공포는 그 시간을 놀랍도록 단축시켰다.
 "배고 늙다리고 단숨에 부숴라! 일제 발사!"
 슈슈슈슉! 쒜에에에엑!
 엄청난 속도로 회전하는 열한 발의 흑룡뇌전이 노사부와 중앙표국의 표선을 향해 쏟아져 나갔다. 우선 반쯤은 부숴놓고 나서 털든 버리든 할 셈인 모양이었다. 장우양은 절망했다. 이래선 행여 노야가 목숨을 건진다 해도 배와 그 위의 사람들은 무사할 수 없을 터였다. 노야가 아무리

막강하다곤 하나 그 몸은 하나였고, 대책없이 날아오는 화살은 총 열한 발이었던 것이다.

'끝장!'

장우양이 유언을 생각할 틈도 없이 그렇게 뇌까린 것도 무리는 아니었다. 그러나……

스르르르르륵!

아무래도 그는 진짜 염라대왕으로부터 아직 인생을 끝내기엔 너무 이르다는 판정을 받은 모양이었다.

단 하나였던 노사부의 몸이 두 개로 늘어났다. 두 개는 다시 네 개로, 네 개는 다시 여덟 개로, 여덟 개는 열여섯 개로 나뉘어졌다.

파바바바바박!

그 신형들을 향해 흑룡뇌전이 매서운 속도로 꽂혔다.

"마, 말도 안 돼!"

여전히 사태를 납득하지 못하는 사각선장이었다. 그러나 그의 상황 인지력이 짧음을 탓할 일만은 아니었다. 바로 그 순간, 장우양도 똑같은 말을 입에 담았던 것이다. 그것도 그럴 것이 노야에게서 나뉘어 나온 열한 인영의 손에 모두 흑룡뇌전이 하나씩이 들려 있었던 것이다. 허공을 찢는 쾌속함으로 성벽마저도 으스러뜨릴 것 같던 무서운 회전력은 어디에다 갔다 버렸는지, 열한 노야의 손에 들린 열한 대의 화살은 새색시처럼 얌전했다.

그런데 그러다 보니 다섯 명의 인영은 빈손이었다. 그중 한 노야가 자신의 빈손을 으쓱 들어 올리며 불평했다.

"뭐야, 너무 많이 나눴나?"

"그러게."

"너무 오랜만에 쓰다 보니……"

"힘이 과했던 듯."

"쩝!"

그 말이 끝남과 동시에 할 일 없는 네 인영이 사라졌다. 열두 명의 노사부가 사각선장을 바라보았다. 그는 이미 서 있을 힘도 없는지 바닥에 주저앉아 있었다. 아까 전의 그 위용은 귀신을 본 듯한 표정에 묻혀 사라진 지 오래였다.

"뇌전?"

노사부의 얼굴에 뭔가 못마땅한 기색이 떠올랐다.

"쯧쯧, 이런 허접한 장난감에 감히 '뇌(雷)' 라는 이름을 쓰다니……. 사칭 죄는 죗값이 크지."

하고 싶은 말은 그거였던 모양이다.

스르르륵, 나뉘어져 있던 열한 분신이 한곳을 중심으로 모여들었다. 맨 처음 날아온 일번을 포함한 열두 발의 화살은 장우양의 앞에 서 있던 노사부 앞에 차곡차곡 쌓였다.

"부숴 버릴까도 싶지만, 꽤 값을 받을 수 있을 것 같으니……."

그러니 참는다는 뜻이었다. 노사부가 뒤를 돌아보며 한마디 했다.

"이해했나?"

빠릿하게 직립 부동자세를 취하며 장우양이 대답했다.

"옙, 이해했습니다, 노야!"

장우양은 자신이 무엇을 해야 하는지 확실히 이해했다.

"그래, 그렇다면 다행이군. 이제 중앙표국도 새 깃발을 걸었으니 새로운 무용담도 하나쯤 있어야겠지. 마침 하는 김에 오늘 한 건 올려들 보게나."

장우양의 어깨를 툭툭 치며 노사부가 말했다.

"그, 그런 겁니까?"

"음, 그런 걸세. 아참, 그리고 사망자는 단 한 사람도 내지 말아야 하네! 웬만하면 부상자도 발생하지 않도록 주의하게!"

"노… 노야……."

그렇게까지 저희들의 안위를 걱정해 주시다니요. 장우양은 북받쳐 오르는 감격을 이기지 못하고 눈시울을 붉혔다.

"뭘 울 것까지야. 이런 것쯤은 여유롭게 압승해 줘야 선전에 더 도움이 되니까 그렇지. 이상한 데서 일일이 감동하면 곤란해."

노사부는 잔혹한 진실을 가려주는 자비를 베풀 생각이 조금도 없는 것이 분명했다.

"헉! 그, 그런 겁니까?"

"그런 거야. 그러니 죽지 마. 다치지 마. 단 한 명도 다치지 않고 이겼을 때만이 그 효과가 극대화될 테니."

"예! 명심하겠습니다!"

여전히 부동자세로 장우양이 대답했다.

"아참! 아까 말했듯이 그 요상한 쇠뇌는 그냥 놔두도록!"

"예? 지, 진담이셨습니까?"

저 물건은 감히 노야를 향해 이빨을 드러낸 버릇없는 맹수였다. 당연히 그 죄를 물어 산산조각 내야 마땅했다.

"무기에 무슨 잘못이 있겠냐, 그걸 쓴 놈들이 문제지. 사람은 미워하되 무기를 미워해선 곤란하지. 특히나 희귀한 무기는 비싸게 팔리는 법! 알겠냐?"

잠시 동안 넋을 잃은 장우양을 무시한 채 노사부는 가볍게 손가락을 튕겼다.

딱!

그것이 신호였다.

한쪽엔 절망의 선율을, 다른 한쪽에 승리를 향한 환희를 울려 퍼지게 할 분기점이었다.

"돌격!"
"적을 제압하라!"
장우양이 검을 빼 들며 외쳤다.
"와아아아아아아아!"
"발라 버리자!"
사기충천한 함성과 동시에 표두들과 표사들이 겁도 없이 당당하게, 저들이 만들어둔 밧줄 사다리를 밟으며 흑룡선을 향해 용감하게 도약했다.
의외로 싸움은 싱겁게 끝났다. 관전할 자세로 의자까지 대령해서 자리에 앉은 노사부는 한가로이 귀를 후비면서 중앙표국의 표두들과 흑룡선의 선원들이 한데 섞이는 것을 지켜보았다.
이미 괴노인의 신위에 사기가 완전히 꺾였는지 흑룡선의 사내들은 생각만큼 힘을 발휘하지 못했다. 뒤쪽에서 노사부가 버티고 있는 한, 그 시점에서 이미 이야기는 끝나고 막은 내려간 것이다.
그 뒤에 일어난 중앙표국의 표사들의 용맹한 진입은 그저 무대 뒷정리에 불과했다. 그러나 필요한 일이기도 했다. 왜냐하면 무대의 주인공 대부분은 뒷정리에 그다지 관심이 없었기 때문이다.
"이건 꿈이야! 이건 꿈이야! 이건 꿈이야!"
사각선장이라는 이름으로 더 유명했던 흑룡선의 선주, 심야사신 흑사각은 절망에 물든 눈으로 그렇게 반복해서 외쳤다.
물 위에서만은 최강이라고 자부했었다. 어둠 속의 어둠, 흑도의 정점 중 하나인 장강수로채 안에서도 일부 수뇌부밖에 모르는 그들은 장강수로채가 밖으로 내놓고 할 수 없는 일들을 어둠 속에서 은밀히 처리하는 해결사들이었다. 그렇기에 그들은 언제나 싸움 속에 있었다.
 그들이 지난 나날 동안 맡아온 일에 비하면, 겨우 이제 갓 이름을 얻기 시작한 표국의 표선을 물밑으로 장사 지내는 것은 일도 아니었다. 너무 쉬워서 오히려 불쾌할 정도였다. 그렇다. 그들이 예상한 건 결코 이런 지옥과도 같은 광경이 아니었다.
 '물 위에서는 최강'. 이제 그것은 이미 지나간 덧없는 과거에 불과했다. 흑룡선의 나머지 부하들 역시 별다른 저항 한 번 제대로 해볼 생각도 못하고 모두들 사로잡히고 말았다.
 노사부는 갑판에 마련된 간이 의자에서 아예 눈을 감은 채 느긋하게 누워 있었다. 배 저편에서 잠시 잠깐의 소란이 있었지만, 그 소란은 금세 잠잠해졌다. 잠시 후 한 사람이 다가왔다.
 "모두 끝났습니다, 노야!"
 한바탕의 격전 때문인지 보고하는 장우양의 이마엔 구슬땀이 송골송골 맺혀 있었다.
 "음, 끝났나? 예상보다 빠르군. 조금 더 걸릴 줄 알았는데."
 눈을 빼꼼 뜨며 노사부가 말했다.
 "다 노야 덕분입니다."
 그 자신도 이렇게 쉽게 그 악명 높은 장강의 무법자 흑룡선을 접수할 수 있으리라고는 꿈에도 생각지 않았었다. 그 일을 완수한 지금도 이것이 꿈인지 생시인지 알쏭달쏭했다.
 "결과는?"
 노인이 짧게 물었다.
 "송구스럽게도 아직은 힘이 미진하여 부상자가 여섯 명 나왔습니다. 아, 중상은 아닙니다. 배도 그 이상한 무기도 별다른 손상 없이 점거했습니다. 적들 중 생각만큼 격하게 저항하는 자는 적어서 거의 다 생포했습니다. 물에 뛰어든 놈들도 대략 건져 냈습니다만, 혹 없어진 놈이 있는지 좀 더 시간을 두고 수색해 볼까요?"

지금껏 수장시킨 배만 해도 백여 척에 달하는 그 흑룡선을 상대로 대단한 전적이라 할 수 있었다. 아니, 거의 기적에 가까웠다. 눈앞의 이 노인이 없었다면 이루어지지 않았을 기적.

"됐네. 한 마리 정도야 뭐."

"네?"

"아닐세. 그나저나 흠집이 별로 없다니 좋구먼. 함께 끌고 가게. 생포한 놈들은 관아에 넘겨 현상금과 맞바꾸면 되겠고, 배는 끌고 가다가 괜찮은 곳이 있으면 팔아야겠군. 요 근처에 저만한 배를 사줄 만한 곳이 있을까 모르겠군."

"역시 파는 겁니까?"

"그럼 뭣하러 이렇게 귀찮고 번거로운 과정을 거쳤겠나? 그냥 한 방에 침몰시켜 버리면 그만인 것을."

"한 방 말입니까?"

"그래, 한 방."

아무래도 농담처럼 안 들린다는 점이 무서웠다.

'노야라면 가능할지도……'

어느새 그게 당연하다고 생각하게 된 장우양이다.

"일반 배라면 구입처가 많이 있겠지. 하지만 저놈은 전투선이야. 오직 물 위에서의 유효한 전투를 상정해서 오직 그것만을 위해 건조되고 개량된 물건이지. 제값을 받기 위해선 그 가치를 알아줄 구매자를 찾아야 할 게야."

가장 가까운 곳에서 저걸 팔 만한 장소는 장우양이 알기에 딱 한 곳뿐이었다.

"제가 그럴 만한 사람들이 모이는 곳을 알고 있습니다. 그곳이라면 아마 저 정도 되는 배를 사줄 사람이 나타날 것 같습니다."

"호오?"

계속해서 감겨 있던 노인의 눈이 슬며시 열렸다. 그리고 물었다.

"그곳이 어딘가?"

장우양이 허리를 숙이며 공손히 대답했다. 자신의 한마디에 얼마나 많은 폭풍이 몰아칠지 알지 못한 채, 그는 입을 열었다.

"그곳은 바로……."

장우양은 잠시 한 박자 쉰 후 말했다.

"강호란도(江湖亂島)라는 곳입니다."

운명을 훔쳐보는 눈이 있었다면 절대 하지 않았을 그 한마디가 마침내 소리가 되어 울리며 세상으로부터 의미를 부여받았다.

드디어 한 사람의 운명이 거센 폭풍의 궤도 속으로 한 발짝 들어가는 순간이었다.

*   *   *

중앙표국의 표선과 약 삼십 장 정도 떨어진 곳에 동동 떠 있던 나무토막 밑에서 불쑥 팔 두 개가 튀어나오더니 사람이 하나 솟아 나왔다. 혹여 누가 그 광경을 봤다면 물귀신이라도 나타난 줄 알고 혼비백산했으리라.

탈탈탈!

피수의를 입고 나무토막을 꼭 껴안은 사내가 흠뻑 젖은 머리칼을 요란하게 털어댔다. 물을 털어내려는 건지 진저리를 치는 것인지 애매한 움직임이었다. 얼굴이 창백하게 질려 있는 것도 비단 물의 차가움 때문만은 아닌 것 같았다.

"젠장, 들킨 건 아니겠지? 아니, 들켰나? 그런데 그냥 보내줘?"

말도 안 되는 일이었다. 분명 혼란한 틈을 타서 부랴부랴 남몰래 배를 빠져나와 한참을 잠수해 있었다. 하지만 찜찜했다. 마치 뭔가가 자신을 계속 보고 있었다는 느낌을 지울 수가 없었다.

장강수로채의 정보 기관인 심해전의 일급 비밀 요원인 장강어묵 장용, 그의 주 임무는 흑룡선에 대한 밀착 감시였다. 사실 그와 흑룡선은 장강의 물밑 존재란 점에서 동류였다. 흑룡선이 비밀 임무를 수행하면서 혹여 뒤로 횡령하는 게 없는지, 보고를 확대하거나 축소하지는 않는지 감시하는 것이 그의 주요 임무였다. 흑룡선 그 자체만으로 매우 강한 힘이라 따로 이렇게 감시원을 붙여두지 않으면 아무리 장강수로채의 주인이라 해도 불안하지 않을 수 없었던 것이다.

저 흑선 한 척이면 장강수로채의 쾌선 열 척도 능히 당해낼 수 있는 물건이다. 장강수로채에서도 그 막대한 건조비 때문에 단 세 척밖에 없다는 그 흑룡선이, 겨우 사천 변방의 신흥 표국이 운영하는 표선을 공격하다 되레 제압당하다니! 직접 보지 못했다면 믿지 못할 일이었을 것이다. 흑룡뇌전을 맨손으로 잡다니, 그것도 분신술까지 하면서! 그 자신도 지금은 헛것을 봤던 게 아닌가 싶을 정도였다.

"하지만 그 말은 빼는 게 좋겠지?"

너무 신빙성없는 이야기를 넣으면 꿈꿨냐는 소리를 들을 수도 있었다.

"그래도 배를 판다고 했으니, 목적지는 역시 그곳일 수밖에. 이만하면 본채에서도 만족하겠지."

그건 정말로 큰 성과였다. 그래도 설마 그걸 팔 생각을 하다니, 정말 담대한 배짱이었다.

"이 사실도 넣어야 하나?"

믿어주지 않을 것 같은 사실 또 하나를 과연 집어넣을지 말지 고민하지 않을 수 없었다. 비록 노인의 정체는 알아낼 수 없었지만, 그래도 그건 가장 중요한 정보였다.
"아참! 이럴 때가 아니지! 어서 지금으로 알리지 않으면!"
곧이어 장강 위를 한가롭게 떠다니던 쪽배에서 비둘기 한 마리가 날아올랐다.

* * *

푸드득!
비둘기 한 마리 때문에 장강수로채가 들썩거릴 정도로 소란스러워졌다면 아무도 믿지 않을 것이다. 그러나 그것이 특일급(特一級) 서신, 그것도 '지급'을 지닌 비둘기라는 것을 알았다면 다들 고개를 끄덕이리라.
채주 집무실로 향하는 수리전주 이맹의 발걸음에 서두르는 기색이 역력했다. 그의 손에는 방금 전 받아 든 서신이 꽉 쥐어져 있었다.
과연 채주의 반응은 어떨 것인가? 내심 불안하기 짝이 없었다.
"뭣이? 뺏겼다고!"
역시나 흑룡왕은 대뜸 고함부터 쳤다.
"예, 그렇습니다."
"그걸 말이라고 해? 그걸 어떻게 뺏길 수 있어?"
"그게… 불명입니다."
빡!
"불명이라고? 지금 장난해? 흑룡선이 제압당했는데 어떻게 그 이유가 불명일 수 있나! 그 위에 무슨 천무삼성이라도 떼거리로 타고 있었대?"
"그렇다는 보고는 없었습니다."

폭풍은 엉뚱한 곳으로부터

"약 먹었냐?"

"아직 안 먹었습니다."

"그래? 난 또 한꺼번에 약 집어먹고 훼까닥한 줄 알았지. 자네도 그게 얼마짜린지 알지?"

"물론 잘 알고 있습니다."

"아무튼 좋아. 어떻게든 그걸 다시 찾아와!"

"진정하십시오, 채주님!"

"이런 쌍! 지금 진정하게 됐냐? 배 열 척 값을 잃게 됐는데?"

"다행히 목적지는 알아냈습니다."

번쩍!

이맹의 말을 듣는 순간 흑룡왕의 광란이 잠시 멈추었다.

"뭐라고? 그런 건 빨리 좀 말하란 말이야! 그래, 어디야?"

"보고에 따르면 강호란도라고 합니다."

틀려도 자신에게 전혀 책임이 없다는 태도로 이맹이 대답했다.

"그래? 좋아! 틀리면 죽을 줄 알아?!"

그건 사양하고 싶었지만 주먹이 너무 가까워 속으로만 삼킬 수밖에 없었다.

"그럼 누굴 보내시겠습니까?"

이맹이 조심스런 목소리로 물었다.

"내가 직접… 아니, 아니지! 부채주를 보내. 그 녀석도 요즘 한 일이 없었으니 가끔은 일하라 그래. 아무리 친동생이라지만 요즘 세상에 놀고먹을 수야 없지."

당연하지만 부채주 역시 혈육이란 이유만으로 부채주 자리를 꿰찬 건 아니었다.

일례로 그의 현상금 값은 그의 형보다 높았다. 그만큼 저지른 일들이

다종다양했다는 반증이다. 그 때문에 무척 자존심이 상하기도 했다. 하지만 너 왜 나보다 현상금이 높아, 하며 추궁할 수도 없는 노릇이었다.
"부채주님을 말입니까?"
떨떠름한 어조로 이맹이 반문했다. 실력은 있지만 성정이 너무 폭급하고 잔인해서 좋아하지 않았다.
"그래, 그 녀석. 그 녀석을 보낸다. 흑룡선 이호와 함께!"

신비하고 좀 못될 것
—진정한 교류

'한 번 더 심각하게 재고해 봐야 하나?'
 막다른 복도 끝, 남궁상은 살짝 닫혀 있는 방문 앞에 멈추어 섰다. 섣불리 들어갔다간 돌이키기 힘들 것 같은 느낌이 들었다.
 '에이, 괜찮겠지.'
 남궁상은 그렇게 생각하며 어깨를 으쓱했다. 자의든 타의든 대장을 맡게 된 이후부터 계속 무거워지고 있는 어깨였다. 마천각은 사실상 적진이나 다름없다. 그 적진의 한복판에서 떠밀리듯 대장이 되었으니 이만저만 부담이 되는 게 아니었다.
 마음 같아선 염도나 빙검, 유은성과 진소령에게 자문을 청하고 싶었지만 이들은 학생들 간의 사소한 일에는 관여하지 않겠다는 태도를 고수하고 있었다. 어차피 사절단으로 온 것이니만큼 생사지로의 위기 상황이 아니라면 각자 '천무학관의 무인'으로서 알아서 해결하라는 뜻이었다.
 문제는 알아서 해결하기에는 이곳 마천각을 너무 모르고 있다는 점이다. 이래서야 캄캄한 어둠 속을 더듬거리며 걷는 것과 다를 바 없다. 더구나 뜬금없이 나타나 미폭국 어쩌고 하던 남자가 괴이한 초대장을 남기고 간 시점에, 남궁상에게는 무지의 어둠을 밝혀줄 빛이 절대적으로 필요했다.

초대에 응하기로 했으니 험한 꼴을 당하고 싶지 않다면 어떻게든 시급하게 정보를 긁어모아야 할 판국이었다. 그래서 회의가 끝나자마자 곧바로 위치를 파악해서 찾아온 곳이 이 복도 끝, 정보 담당관으로 결정된 비연태의 방문 앞이었다.

남궁상은 마하령의 마뜩찮은 반응과 여성 관도들의 적대적인 평가를 떠올리며 잠시 망설이다가, 마음을 굳게 먹고 방문을 두드렸다. 이미 주저할 시간은 없었다.

똑똑!

들어오라는 말에 남궁상은 문을 열고 안으로 들어갔다.

방 안에 발을 들이자 후끈한 열기가 온몸으로 전해져 왔다. 비연태의 방은 뜻밖에도 이미 사람들이 북적이는 상태였다.

열기 충천의 주범들은, 조그만 탁자 앞에 둘러앉아 문서들을 펴놓고 갑론을박하고 있는 덩치 큰 뚱보 셋이었다. 비연태, 변태남, 그리고 또 한 명의 사내가 등을 돌리고 앉아 있었는데, 다들 무서울 정도의 집중력을 발휘하고 있었다.

"다들 무슨 시험 준비라도 하시는 겁니까?"

"아, 남궁 대장인가. 잠시만 기다려 주게. 아직 작업이 덜 끝나서."

자리에 앉은 채 비연태가 대답했다.

"상관없습니다. 기다리지요."

이들이 무엇을 하고 있나 궁금해진 남궁상은 순순히 그러겠다고 대답했다. 비연태는 고개를 끄덕이며 입을 열었다.

"다음은 관설지."

관설지? 남궁상은 갑작스런 호명에 고개를 갸웃거렸다.

"두 자 한 치."

비연태의 유급 동료이자 애소저회의 부회주인 변태남이 즉답했다.

"정보 수위는 이급, 정보 단가는 이조 삼항으로 적용합니다."

남궁상 쪽에서는 등만 보이는 사내가 연이어 답했다. 많이 들어본 목소리였다.

"좋다. 다음 화설옥."

"두 자."

변태남의 즉답에 나머지 사내도 질세라 답했다.

"정보 수위는 삼급, 공개 단가는 삼조 일항 적용합니다."

'저 목소린?'

남궁상은 그제야 그 목소리의 주인공이 누군지 깨달았다. 그는 분명 주작단 중 한 명인 금영호가 확실했다. 도대체 저들은 지금 무엇을 하고 있는 것일까.

"음, 남궁산산."

이번에는 남궁상도 무척 잘 아는 이름이었다. 혈육, 그것도 쌍둥이니 오죽하겠는가. 심상찮은 대화에 남궁상의 의문은 커져만 갔다.

"역시 두 자."

"잠깐!"

변태남의 답을 금영호가 제지하고 나섰다. 비연태는 눈을 빛내며 재촉했다.

"말해보게."

"그건 낡은 정보입니다. 남궁산산은 최근 식이 조절을 통해 두 자였던 것을 한 자 아홉 치로 줄였습니다. 정보 갱신을 요청합니다."

"승인하네. 남궁산산, 두 자에서 한 자 아홉 치로 변경 승인."
"확인했습니다. 신규 정보이므로 일급, 단가는 일조 구항으로 책정하겠습니다."
"그럼 계속 다음으로 넘어가지. 마하령은?"
비연태가 다시 질문을 시작했다. 남궁상은 점점 혼란스러워졌다.
"두 자 한 치와 미확인 수치가 하나 더 존재."
잠시 사내들 사이에서 침묵이 이어졌다.
"음… 그 수치는 봉인해 두도록. 혈겁을 부를 수 있네. 그녀가 누구의 딸인지 잊지들 말게."
"알겠습니다, 회주."
일제히 대답하자 비연태는 서류를 덮으며 선언했다.
"오늘은 손님이 왔으니 이쯤에서 중단한다."
사내들이 척척척 문서들을 정리하는 것을 멍하니 보다가, 남궁상은 미심쩍은 눈길을 비연태에게 향했다.
"비연태 선배님, 저 문서들은 어디에 쓰이는 서류들입니까?"
"아, 소중한 학술 자료지."
남궁상은 고개를 갸웃거렸다.
"학술 자료요? 정말 학술 자료입니까?"
"물론! 면학 활동의 필수 지참물, 음… 그보다는 학문의 집대성을 위한 연구 자료라는 게 더 정확하겠군."
비연태는 진지한 얼굴로 두 눈을 반짝반짝 빛냈다. 아무리 봐도 거짓말하는 얼굴은 아니었다.
"그, 그렇군요. 선배님에게 그런 면모가 있을 줄은 몰랐습니다. 복잡한 수치나 금전 단위가 논해지는 것을 보면, 일종의 회계학 같은 겁니까?"

끊임없이 언급되던 여관도들의 이름을 애써 무시하며 남궁상은 조심스레 물었다. 그러나 비연태의 답은 역시나였다.

"설마. 일종의 여성학일세."

"……여, 여성학입니까?"

"그렇다네. 특히 오늘의 문서들은 미녀들의 삼부수치와 정보회계학을 접목시킨 궁극의 자료들이지. 이 학문 체계가 집대성되면 미래에는 남자들이 배워야 할 궁극의 학문으로 자리 잡게 될 걸세. 어때, 자네도 우리와 함께 연구해 보겠나?"

"말씀은 감사하지만 사양하겠습니다. 그런데 금영호, 자넨 왜 여기 있나?"

남궁상은 정중히 거절하며 아예 말을 돌려 버렸다. 난감하기도 하거니와, 뭣보다도 금영호가 왜 여기 있는지 의아했다. 남궁상도 익히 잘 알고 있는 금호상회의 아들, 주작단의 황금두꺼비와 동일인물인 그 금영호가 언제부터 비연태나 변태남과 의문의 갑론을박을 함께 하는 사이가 되었단 말인가. 그러나 정작 금영호 본인은 태평한 얼굴로 입을 열었다.

"아, 몰랐나? 난 여기 애소저회의 회계를 맡고 있다네."

새삼 새로울 것도 없다는 말투였다.

"선배님들, 그게 사실입니까?"

어이없는 표정으로 남궁상은 비연태와 변태남을 바라보았다. 기억을 잠깐 더듬으며 비연태가 대답했다.

"당연히 사실이지. 한 일 년 된 것 같은데?"

"그래, 그쯤 되었지."

서류 정리에 여념이 없던 변태남도 가볍게 맞장구쳤다. 같은 주작단의 동료로서, 그리고 단장으로서 일 년 동안이나 그 사실을 모르고 있었다니 상당한 충격이 아닐 수 없었다. 게다가 금영호뿐만이 아니었다.

존재감이 미약한 터에 아까부터 시야 한 귀퉁이에서 그늘로만 인식되던 왼쪽 방구석으로 남궁상은 시선을 옮겼다. 침상 위에 여리여리한 몸매의 청년이 쪼그리고 앉아서 손가락으로 침대 이불보를 깔짝거리는 것이 보였다. 방의 한 중심에서 뭉글뭉글 피어오르는 수상쩍은 열기에 밀려난 듯한 모습으로, 청년의 연분홍빛 옷엔 매화 무늬가 수놓여 있었다.

"자넨 준호 군 아닌가?"

남궁상이 방구석 한 귀퉁이에서 발견한 것은 바로 화산파 제자 윤준호였다.

"그렇습니다. 용케 알아보셨군요."

윤준호는 어두운 그늘에서 애소저회 정예들의 대화에 끼지 못하고 소외된 채 쭈그리고 앉아 있었다. 창백한 안색이었다.

"자네가 왜 여기에?"

그런 사람으로 안 봤는데 실망했다는 눈으로 남궁상이 자신을 바라보자 윤준호는 당황하며 말까지 더듬거렸다.

"아, 아닙니다. 사실 오늘은 딱히 달리 갈 곳도 없고, 그저 이 방은 제 방이라서……."

"……그냥 애소저회의 면학 활동에 동참하기로 했다고 해도 굳이 뭐라고 할 생각은 없는데."

윤준호는 남궁상의 불신에 찬 시선에 각혈이라도 할 법한 얼굴이 되었다.

"거, 거짓말이 아닙니다. 비연태 선배님과 같은 조여서 같은 방을 배정받았을 뿐입니다."

"……."

남궁상은 잠시 할 말을 잃어버렸다. 숙소 배정은 원래 같은 조에 속한 두 명이 방 하나를 쓰는 것을 원칙으로 하고 있었다. 역시 이래저래 문제가 많은 방 배정이었다.
 "유은성 노사님께 부탁은 해봤나?"
 그의 질문에 윤준호는 한풀 더 기가 꺾여서는 힘없이 답했다.
 "안 그래도 노사님을 찾아가 여쭤보았더니, 같은 조에 방 바꿀 사람이 있으면 교체해 주신다 하셨습니다만……."
 "그런데?"
 "다들 그냥 사양하겠다고……."
 '왠지 그 마음도 납득이 되어버리는군.'
 남궁상은 윤준호에게 마음속으로 애도를 표했다.
 "안됐지만 적응해 보게."
 "노력은 하고 있습니다만……."
 장담할 수는 없었다. 남궁상도 잔혹하게 거기까지 기대하지는 않았다. 그런데, 무심코 시선을 돌리던 남궁상은 흠칫 놀라고 말았다.
 '이 작은 방에 대체 몇 명이 들어와 있는 거야!'
 자신까지 합하면 이미 세 명이 인원 초과이거늘, 알고 보니 윤준호의 옆에 앉아 면벽을 하는 사람이 또 하나 있지 않은가!
 그는 벽과 유사한 색의 얇은 천 조각을 머리에 걸친 채 심지어 의복까지 벽과 비슷한 색으로 차려입고 있었다. 얼핏 보면 그저 벽이 울퉁불퉁 튀어나온 것처럼 보이는 것이, 아마 작정하고 은신해 있는 모양이었다. 그렇다고는 해도 무공을 수련해 온 남궁상마저 쉽게 발견할 수 없었다니, 누군진 몰라도 보통내기가 아니었다.
 "그쪽에 계시는 이는 뉘시오?"
 남궁상은 경계심 어린 존댓말로 물었다.
 "……눈썰미가 좋으시오. 그냥 안 보고 지나쳐도 상관없는데."
 무척이나 의기소침한 목소리였지만, 남궁상은 듣자마자 그가 누구인지를 알 수 있었다.

"그 목소리는 장 형 아닙니까? 아니, 장 형은 또 무슨 일로 이런 곳에 있습니까? 그것도 그런 독특한 모습으로."

"그냥 잠시 피신 중이니 신경 쓰지 말고 말씀들 나누시구려."

평소의 당당하던 장홍은 온데간데없어졌는지, 말의 끝 무렵엔 목소리가 살짝 떨리기까지 했다.

"피신? 대체 무엇으로부터?"

"이 세상에서 가장 무서운 것으로부터. 더는 알 것 없소이다. 그냥 단순한 개인 사정이오."

장홍은 머리를 가려두었던 천을 내리더니 남궁상을 돌아보며 손을 내저었다. 어두운 얼굴이었다. 그러나 남궁상도 쉽게 물러서진 않았다. 주제넘은 짓일 수도 있지만, 그는 대장으로서 관도들의 문제에 대해 숙지하고 있을 필요가 있었다. 그게 사건으로 발달될 가능성이 높을 때는 더욱더.

"흠. 원한 관계요? 일단은 대장 직위를 맡은 만큼, 대략 장 형이 어떤 위협을 느끼는지는 알려주시는 편이……."

장홍은 원한 관계라는 부분에서 몸을 움찔했다.

"원한 관계라… 아마 그렇겠지. 아마도……."

회한에 담뿍 젖은 목소리였다. 남궁상은 더욱더 걱정이 되었다. 원한 관계라면서 저렇게 숨으려 하다니, 누가 봐도 장홍 쪽이 '원한을 산' 입장인 게 분명했다.

"그렇다면 이런 곳에서 피신이 되겠소? 사람들이 드나드는 곳이니 금방 알려질 텐데."

장홍은 고개를 저었다.

"그 문제라면 은신술로 보완하고 있소. 그리고 이곳이 가장 안전한 곳이오. 어떤 여인이라도 설마 여기까지 들어오진 않겠지."

아무래도 그가 피하고 있는 인물은 여성인 모양이었다. 특히 애소저회를 꺼리는 여성이라면 아마도 미인일 확률이 컸다.
'그렇다면 확실히 이곳이 안전하긴 하겠군.'
입맛을 다시는 남궁상에게 비연태가 물었다.
"그런데 무엇을 원하나?"
"아! 선배님께 정보 담당관을 맡아주십사 부탁하려고 왔습니다. 수집해 주셨으면 하는 정보도 있고요."
"정보 담당관? 허허허. 이제야 대외적으로 나의 가치가 빛을 발하는군. 좋아. 정보 수집이야 본래 내 일이니까. 그래, 누구 것이 알고 싶나? 진 소저?"
비연태는 흡족한 미소를 지으며 고개를 주억거렸다.
"진 소저라뇨?"
남궁상이 눈을 끔뻑이며 대답했다.
"자네라면 응당 진 소저의 정보를 부탁하려는 것 아니었나?"
역시 비연태는 정보통답게 연애 정보에도 빠삭했다.
"절대 아닙니다. 최소한 선배님이 여성학이라 말씀하시는 정보들과는 전혀 관련이 없습니다."
단호한 어조로 남궁상이 대답했다.
"그거 말고도 뭔가 궁금할 게 있단 말인가?"
비연태에게 있어선 그것보다 절실한 문제는 존재하지 않았다. 하지만 남궁상에게는 절실하고도 다급한 문제들이 산적해 있었다.
"우선은 우리가 초대받아 갈 곳이 어딘가에 대한 정보가 필요합니다. 으음, 이제부터 찬찬히 설명해 드리겠습니다."

다음날 오전, 천무학관 사절단 일행의 숙소에서 그다지 멀지 않은 곳에 위치한 아담한 화원. 어디서 구했는지 모를 붉은 꽃들을 잔뜩 쌓아놓은 채 꽃잎을 따서 바구니에 담아 나르던 미폭수호단 여인들은 끔찍한 방문객을 맞이해야만 했다. 바로 비연태였다.

"까아악! 변태다!"

여인들은 비연태를 보자마자 소란을 떨며 사방으로 흩어졌다. 살이 뒤룩뒤룩 찐 사내가 얼굴에 땀을 뻘뻘 흘리며 게슴츠레한 눈으로 자신들을 보고 있으니, 생리적 혐오감을 담은 비명 소리가 계속해서 산발적으로 울려 퍼진 것이다.

그러나 비연태는 별다른 동요 없이 사방의 미녀들을 이리저리 훑어보며 두 눈을 날카롭게 빛냈다. 눈에 띄는 미녀마다 놓치지 않고 뇌리 속에 새겨둘 태세였다. 그는 여자만 보면 외모와 삼부수치를 기억하는 습관이 있었다.

이리저리 움직이던 비연태의 시선 끝자락에, 화원 구석에 위치한 조그만 정자(亭子) 안에 앉아 꽃바구니에 둘러싸여 있는 미남자의 모습이 보였다. 자군이었다. 그는 여자만 보면 외모와 삼부수치를 기억하는 습관이 있었다.

자군은 두어 가지 요리가 차려진 주안상 앞에 앉아 있다가 비연태와 눈이 마주치자 인상을 찌푸리며 싸늘하게 말했다.

"누군지 몰라도 돌아가는 게 좋을 거요. 우리 미폭수호단과 나 미폭공자가 머무르는 곳엔 아름답지 못한 자는 다가올 수 없소!"

꽃바구니를 목숨처럼 부둥켜안고 미폭공자 자군의 옆으로 속속 집결하던 여인들은, 그의 낭랑한 목소리에 황홀한 눈길을 보내며 재잘거렸다. 병약 미소년도 좋지만 역시 왕자님일 때가 더 멋지다는 둥, 미폭국의 미에 대한 추구는 영원히 계속될 거라는 둥, 정상적인 사람으로서는 도저히 이해하기 어려운 대화들이었다.

미폭국 특유의 무형 폐쇄 공간이 형성되는 것을 보면서도 비연태는 당황하지 않았다. 이런 반응쯤은 충분히 예상했던 것. 밤새 철야 작업으로 그는 애소저회 간부들을 동원해 만반의 대비를 하고 온 참이었다.

　　미폭공자 자군, 그는 여성들에게는 구름처럼 부드러운 한편 남자들의 존재는 웬만하면 무시해 버리는 경향이 있다고 했다. 그러나 비연태는 달랐다. 그에게 있어 남자들은 언제나 소중한 고객이자 동료였다. 그들이 벌이는 연애 사업만 해도 미소저들에 대한 정보를 갱신하는 데 막대한 영향력을 행사하는데, 어찌 남성들의 존재를 무시할 수 있단 말인가.

　　자군이라는 자는 수려한 용모와 문무를 겸비하고 여성들의 특이 취향을 소화할 수 있다는 강점이 있긴 했지만, 남성들을 등한시하는 것은 기필코 치명적인 결함이 될 터였다. 비연태는 미숙한 자군에게 깨달음을 내려주기로 했다.

　　"흐음. 육체는 무인이지만, 아름답고 고고한 것을 좋아하고 겁이 많은 심약한 성격. 고결함과 이상, 독특함을 추구하는 정신. 평소 생활은 늘 지루한 느낌. 즉, 미폭공자의 진짜 이상형은 구 할 구 푼의 확률로 거기 있는 소저들 중엔 해당 사항 없다. 그렇지 않나?"

　　비연태는 단조롭고 느긋한 목소리로 중얼거리듯 말했다. 크지 않은 목소리였지만, 미폭수호단 여인들은 그대로 굳어버리고 말았다.

　　창! 챙! 차랑!

　　여인들은 각자의 무기를 꺼내 들고 무시무시한 살기를 뿜어냈다.

　　"허, 헛소리! 우리 자군 공자님은 한 사람의 것이 되지 않아!"

　　"그래, 맞아맞아! 꺼져라, 변태! 꼬치가 되기 전에!"

　　분노하는 여인들의 반응을 보며 비연태는 한가롭게 허허 웃었다.

　　"허어, 이런이런. 오해하지 마시구려. 소저들의 말이 맞소. 이상형은 이상형일 뿐, 실제와 다를 수 있지. 하나 그가 좋아하는 유형을 알아두어서 나쁠 것은 없지 않겠소?"

"그, 그건……!"

반박할 수 없었는지 여인들은 웅성거리며 자군의 눈치를 살폈다. 작위적인 자세로 홀로 쓸쓸히 술잔을 기울이던 자군은 훗 하고 웃으며 술을 마셨다. 이번에는 고독한 방랑 검객의 모습을 연출하려는 듯했다.

"천하는 넓다 하나 대장부의 지기는 몇이나 될꼬! 알지도 못하는 자가 까마귀처럼 깍깍대는구나."

비연태는 그의 말에는 대꾸하지 않고 할 말을 해버렸다.

"훗. 자네의 이상형은 강인한 여신! 차갑고 이지적이며 신비하고 좀 못될 것. 그리고 최중요 사항은 자네에게 냉혹해야 한다는 것이지! 자신은 쳐다봐 주지도 않는 고고한 미녀일수록 마음이 끌린다! 그렇지 않나?"

"……."

뜨끔해하는 자군을 보며 좌중에 침묵이 흘렀다. 아무래도 비연태의 말이 정답이었던 게 확실했다.

챙강! 찰캉! 사방에서 미폭수호단이 손에서 무기를 떨어뜨리는 소리가 들려왔다.

"자, 자군님은 못된 여인을 좋아하셨던 건가?"

"흑흑, 착하고 상냥하게 살려고 노력해 왔는데."

웅성거리는 여인들을 진정시키려 자군이 뭐라고 말하려던 때, 비연태가 다시 한 번 끼어들었다.

"괜찮소, 괜찮아. 문제가 있으면 해결책도 있는 법. 마천 십삼대 동남쪽 야외 정원에서 애소저회의 간부들을 찾으면 세심한 상담 후에 소저들 각각의 개성에 맞는 묘안을 연구해 주리다. 애소저회, 기억해 두시오."

"헛소리! 변태의 도움 따윈 필요없어!"

"그래그래, 우린 자군님을 믿어요!"

여인들은 그렇게 외치면서 제각기 품속에서 지첩을 꺼내 들고 뭔가를 열심히 적었다. 개중엔 필기도구를 지참하지 못했는지 치맛단을 북 찢어 연지로 연락처를 적는 경우도 있었고, 눈을 질끈 감고 새끼손가락을 깨물어 피의 기록을 남기는 여인들도 있었다.

그 광경을 멍하니 지켜보던 자군은 재빨리 정신을 수습하고 비연태에게 화살을 돌렸다.

"애소저회? 그런 수상쩍은 단체를 홍보하려고 우리 미폭국에 와서 소란을 빚다니! 어서 돌아가지 못할까, 이 잡상인!"

"무슨 말씀을. 이 몸은 본래 자네와 거래를 하러 온 것일세. 방금 것은 단순한 주의 환기 정도로 생각해 주게."

"거래라니, 나는 그런 아름답지 못한 행위는 하지 않……!"

휘릭!

자군은 말하던 중 비연태가 자신을 향해 던져 준 책자 하나를 무심결에 받아 들었다.

"후회하진 않을 걸세."

미인도감(美人圖鑑).

표지에 적힌 제목을 파악한 자군은 냉큼 책을 펼쳐 들고 휘리릭 훑어보았다. 그리고는 손을 내저어 미폭수호단의 여인들을 정자 밖으로 물러나게 한 후 비연태를 안으로 불러들였다. 한동안 아무 말 없이 뚫어지게 책장만 넘겨보던 그는, 마침내 감탄을 터뜨렸다.

"이… 인정하긴 싫지만, 훌륭하군!"

마지막 장을 덮은 자군의 최종 감상이었다. 마치 막혀 있던 숨을 한꺼번에 내쉬는 듯한 모습을 보면 그가 얼마나 집중했는지를 알 수 있었다.

"어떤가? 거래 재료가 될 것 같은가?"

"크흠, 이 정도 자료라면 확실히 거래할 만한 가치가 있지. 이 정도면 앞으로 미폭국 건설의 초석이 될 만하오. 감탄스럽군."

어느새 호의적인 자세가 되어 말투도 한결 공손해진 자군이었다.

"계속 그 말이 거론되는 걸 보면, 미폭국 건설이란 말은 실로 농담이 아닌가 보군."

"아, 본 공자의 오랜 염원이라 할 수 있소. 아름다운 미녀들이 웃고 떠들며 놀 수 있는 낙원을 만드는 것 말이오. 그리고 난 그 낙원의 군주가 되는 것이지."

물론 그 낙원에 남자는 오직 자기 자신 한 명뿐이었다.

"호오, 그것참, 매우 훌륭한 꿈이군. 사내대장부라면 자고로 그 정도 꿈은 꿀 줄 알아야지. 그런데 그 미폭국이라는 것은 나의 꿈과도 어쩐지 상당히 비슷한 데가 있군."

지금 이곳에는 이들에게 꿈과 망상의 차이를 뚜렷이 구별시켜 줄 만한 뛰어난 선생이 부재중이었다.

"당신도 미폭국 건설을 꿈꾸는 거요?"

경계심 서린 목소리로 자군이 물었다. 이런 일에 동지가 생긴다 해도 그는 조금도 기쁘지 않았다. 미녀라는 희소 귀중 자원은 언제나 한정되어 있게 마련이다. 때문에 경쟁자가 늘어나면 불리해질 뿐이었다. 특히 저렇게 범상치 않은 경쟁자는 더더욱 사양이었다.

"아니, 내가 꿈꾸는 곳은 미폭국이 아닐세."

"그럼 뭐요?"

날카로운 질문에 비연태는 잠시 뜸을 들이다가 답했다.

"문란루주(紋鸞樓主)!"

"문란루주?"

"그렇소. 보다 정확히는 '문란루'라는 이름을 지닌 누각의 주인이 되는 것이지. 특급의 미녀들이 최상의 춤과 최고의 노래를 파는 곳, 그곳이 바로 문란루라네. 극상의 아름다움을 보다 많은 이에게 알리는 것이 내가 이 땅에 태어난 사명이지."

"오오! 그런 고귀한 사명감이!"

자군이 감동한 목소리로 말했다. 그는 아직까지 이토록 훌륭한 사명감을 지닌 사내를 만나본 적이 없었다.

하지만 지적할 건 지적해야 했다.

"하지만 문란루(紋蘭樓)라니, 이름이 좀 천박한 것 같지 않소? 난 무엇이든 이름 짓는 것이 가장 중요하다고 생각하오만."

"천박하다라……. 확실히 그럴지도 모르지. 하지만!"

눈을 부릅뜨며 말했다.

"한 번쯤 가보고 싶은 이름 아닌가?"

"그, 그건 그렇소."

자군이 순순히 인정했다.

"게다가 문란(紊亂)이 아니라 문란(紋鸞). 즉, 둥근 문양이란 뜻이라네. 빙글빙글 돌아가는 둥근 물레방아가 그 문란루의 상징이 될 것일세."

"오오, 물레방아라!"

"처음에는 풍차를 써볼까도 했지만, 역시 물레방아가 제격이지. 그 물레방아는 강호 유흥 업계의 전설적인 상징이 될 것일세. 수많은 미녀들이 그곳에서 춤과 노래를 팔게 되겠지. 하늘하늘한 옷들을 걸치고 말일세. 옷은 가벼우면 가벼울수록 좋다는 게 내 지론일세."

"그건 동감이오."

서로를 알아주는 지기를 만난 두 사람은 굳게 손을 맞잡았다. 뜨거운 혼이 담긴 시선이 두 사람 사이에 오갔다.

"그럼 어떤가? 이제 마음이 바뀌었나?"

"음, 지음(知音)을 만난 자리를 자축하는 의미로 거래에 응하겠소."

"좋아. 거래 내용과 형식은 정보의 가치와 난이도에 따라 서로 적절히 공평을 기해 차근차근 조정하도록 함세. 그럼 일단, 자네가 궁금해하는 정보는 어떤 여인에 관한 것인지 말해보게나."

"검은 제비."

자군은 망설임없이 대답했다. 요즘 그가 계속 생각하는 것은 어떻게 하면 이 미녀의 마음을 손에 넣을 수 있는가 하는 것이었다. 지금까지의 방법, 그러니까 뛰어난 미모와 매력만으로는 그녀의 마음이 쉽사리 넘어올 기미가 보이지 않았다. 그러니 그녀에 대해 조금이라도 더 알아내는 것이 선결 과제이리라.

"검은 제비라면 연비, 그 의문의 현의 미녀를 말하는 거겠지?"

"바로 그렇소. 연 소저야말로 장래 미폭국의 안주인, 내 미래의 반려자니까 말이오."

자군은 자신의 진솔한 마음을 전혀 숨길 생각이 없었다. 도리어 사방팔방에 마구잡이로 알릴 수만 있다면 그렇게 하고 싶었다.

"그렇군, 잘 알겠네. 그럼 나도 거래 조건을 말하지. 내가 알고 싶은 것은……."

비연태는 첫 번째로 거래할 정보에 대해 차분하게 말을 꺼내기 시작했다. 바야흐로 사절단이 온 이후 처음으로 흑백양도 간에 진정한 교류 활동이 벌어지는 순간이었다.

* * *

다음날 저녁 술시(戌時) 초.

초대장에 적힌 대로 사절단 일행은 동정호 입구의 부두에 집결했다. 초대장에는 '그곳'으로 가는 배가 오면 그 배를 타고 와달라고 했다.

그 말에 따라 남궁상은 사절단 전원을 이끌고 나루터로 향했다. 전원 초대라고 했으니 꿍꿍이야 어찌 됐든 이쪽도 그대로 응해주지 않을 수 없었다.

"이게 정말 그곳 맞습니까?"

남궁상은 아연해하는 표정이 되어 일행에게 질문을 던졌다.

"아마도 그런 것 같소만……."

백무영이 애매하게 말끝을 흐리며 대답했다. 그 옆에 자리한 용천명과 마하령의 반응도 마찬가지였다.

"이거 정말 놀랍군요."

들어올 때만 해도 무시무시한 귀신 형상으로 그들을 긴장케 했던 귀문 부두는 지금 휘황한 등불들로 화려하게 번쩍이고 있었다. 문은 활짝 열려 있었고, 그 주위로 화톳불들이 줄지어 환하게 타오르고 있었다. 즐겁게 다녀오시라고 배웅하는 모양새였다. 잔뜩 긴장하고 나온 사절단 일행은 한마디로 바보가 된 기분이었다.

"하필 밤에 부둣가로 나와서 배를 기다리라기에 좀 더 을씨년스런 경험을 할 거라고 생각했더니, 이건 완전히 잔칫날이네요."

사절단 일행에 섞여 있던 연비는 옆에 선 나예린을 바라보며 한마디 하지 않을 수 없었다. 항구에 바글거리는 엄청난 인파 때문에 부두는 심히 부산스러웠다.

"그러게요. 설마 이렇게 소란스럽고 복잡할 줄이야… 사람들이 너무 많군요."

나예린도 주위를 빙 둘러보며 감상을 피력했다. 설마 하니 마천각에서 이 많은 사람들을 다 초대한 것은 아닐 텐데, 왜 이런 시각에 부둣가가 이렇게 붐비는 것일까?

그녀의 말대로 여기엔 너무 많은 사람들이 배를 타기 위해 모여 있었다. 마치 축제에 참가하는 사람들처럼 그들은 웃고 떠들며 삼삼오오 짝을 지어 움직이고 있었다. 남녀노소를 불문하고 다들 어딘지 들떠 있는 모습이었다.

연비와 나예린 외에도 함께 모여 있던 천무학관 사람들은 죄다 주변을 돌아보며 술렁이고 있었다. 마천각의 괴이한 초대가 사절단 일행을 당황시키는 것이 목적이었다면, 그들은 이미 그 목적을 달성했다고 할 만했다.

"린, 괜찮아요? 안색이 약간 좋지 않은데?"

연비는 걱정스런 시선으로 나예린을 살펴봤다. 다른 사람이 봤다면 '그게 그건데'라고 할 정도의 미미한 차이였지만, 나예린의 표정이 살짝 굳어 있음을 눈치 챘기 때문이었다.

"아뇨, 괜찮아요. 그저 사람들이 너무 많아 당황한 것뿐이에요. 제 마음의 수련이 덜된 탓이죠."

하지만 아무리 수련을 해도 되는 것은 되고 안 되는 것은 계속 안 되는 법이다. 사람들이 많이 모여 있는 곳을 나예린은 좋아하지 않았다. 성향이 그렇게 자리 잡혔기 때문이기도 하지만, 언제나 거대한 의식의 소용돌이에 휘말려 든 것만 같은 기분이 들기 때문이다. 무방비하게 있으면서 있는 것만으로도 거대한 사념의 덩어리가 흘러들어 와버리고 만다.

다른 천무학관 일행들 속에 섞여 있는데도 지나가는 행인들은 가던 길도 되돌아오며 나예린이나 연비가 서 있는 쪽을 흘끔흘끔 쳐다보았다. 이젠 어느 정도 익숙해지기는 했지만, 나예린은 여전히 그들의 시선이 불편했다.
"이런, 이쪽에만 오면 길을 잃어버리나. 왜들 저렇게 두리번두리번 흘끔거리는지 모르겠네요. 린의 얼굴 닳으면 어쩌려고."
연비가 주위를 둘러본 뒤 투덜거렸다.
"사실 다들 연비를 보고 있는 건 아닐까요?"
굳었던 얼굴을 풀며 나예린이 웃었다. 다른 사람이 듣기엔 별말 아니었지만, 그녀로선 지금 순간에 할 수 있는 가장 큰 농담이었다. 이 정도 여유를 부리는 것도 아마 곁에 연비가 있어준 덕분이리라.
"으윽. 그럴 리가 있겠어요? 상상만 해도 소름 끼치네요."
그러면서 연비는 항상 손에서 놓지 않는 검은 우산, 현천은린을 활짝 폈다. 그리고는 예린을 부드럽게 자기 옆으로 끌어들였다. 우산의 그림자가 두 사람을 감쌌다.
"어때요? 이러면 조금은 가려지겠죠?"
'웬 우산이야' 라며 쳐다보고 지나가는 이들은 더 많아졌지만, 확실히 사람들의 시선으로부터 얼굴을 가리는 것엔 즉효였다.
그러나 사절단 일행 중에는 그 모습을 보고 연비를 부러워하는 이들이 둘이나 있었으니, 바로 이진설과 장홍이었다.
이진설의 경우는 그저 '나도, 나도 우산 사서 예린 언니랑 같이 쓸 거야!' 라며 옷고름을 질끈 무는 정도였지만, 장홍의 경우는 좀 더 심각했다.
"음, 저렇게 유용한 은신 도구가 있었다니. 이보게, 효룡, 휘. 미안하지만 좀 더 이쪽으로 밀착해 줄 수 없겠나? 누구라도 자네들 사이에 나라는 인간이 존재한다는 것을 깨달아선 곤란하다네."
장홍은 행여 말소리가 새어나갈까 최대한 소리를 낮추며 땀을 뻘뻘 흘렸다. 어디서 독화살이라도 날아올까 전전긍긍하는 소심한 탐관오리 같은 모습이었다. 효룡과 모용휘는 마뜩찮은 표정으로 뻣뻣하게 붙어 섰다. 탁 트인 지형에서 단체로 줄을 선 마당에 이렇게까지 해야 할 이유가 있냐고 둘 다 묻고 싶었지만, 핼쑥한 얼굴로 절박하게 부탁하기에 딱해서 그냥 넘어가는 중이었다.
 아무튼, 연비에서부터 모용휘에 이르는 이들이 현재 바라는 것은 모두 똑같았다.
 "빨리 배가 도착했으면 좋겠네요."
 연비는 어깨를 으쓱하며 말했다. 이럴 거면 차라리 한시라도 빨리 배에 타는 게 더 낫다는 생각이었다.
 그때, 사절단 좌측으로 소란스런 목소리가 들렸다. 여인들 둘이서 주위를 둘러보며 누군가를 찾고 있었다.
 "아가씨, 아가씨?"
 주위를 반복해서 둘러보지만 찾고자 하는 사람의 그림자는 보이지 않는 듯했다. 복장이나 말투로 미루어보면 마천각의 누군가를 따라온 시녀들 같았다.
 "마천각에서 시녀를 한 사람도 아니고 두 사람이나 두고 있다니. 주인은 상당한 재력가일지도 모르겠네요."
 연비가 지나가는 말처럼 나예린에게 속삭였다.
 매우 대비되는 색깔의 두 사람은 운집한 군중의 무리를 이리저리 헤치며 주위를 계속 두리번거렸다.
 "영령 아가씨가 이쪽으로 사라진 게 맞니?"
 "맞다. 나는 이쪽으로 알고 있다."
 둘 중에 발랄해 보이는 시녀의 입에서 이름 하나가 거론되었다. 그런데 그 처음 들었어야 할 그 이름이 나예린은 생경하지 않았다.
 '영령? 어디선가 들은 이름인데. 분명히······.'
 잠시 기억을 뒤져 보자 스쳐 지나갔던 기억 하나가 떠오른다.

'아, 그렇군. 옥 교관이 입에 담았던 그 사람.'

그제야 납득이 간다. 나예린에게 필적할 기도라는 평에 한 번쯤 만나고 싶다는 생각도 했었다. 호승심은 아니었다. 그냥 한 번 만나보고 싶었을 뿐이다. 같은 길을 걸어가는 사람으로서. 하지만 아무래도 지금은 기회가 아닌 듯했다.

'이곳에 왔다는 것은 저 배를 탄다는 것이겠지? 그럼 저 배가 도착하는 곳에서 혹시 만날 수 있을지도 모르겠네.'

인연이 있다면 분명 그렇게 되리라.

"왜요? 무슨 생각해요, 린?"

잠시 다른 생각에 잠겼던 나예린을 연비가 현실로 끌어왔다.

"아, 아무것도 아니에요. 마천각에서도 나중에 한 번 만나보면 좋을 것 같은 사람이 생겨서요."

살짝 미소 지으며 나예린이 대답했다.

"어머, 별난 일이네요. 혹시 남자?"

"아니요, 여자예요."

"그렇군요. 다행이네요. 손에 피를 묻히지 않아도 돼서."

연비가 싱긋 웃으며 혼잣말처럼 중얼거렸다.

"예? 지금 뭐라고……?"

"아뇨, 그냥 혼잣말이었어요."

아무 일도 아니라는 듯 연비는 나예린을 바라보며 다시 한 번 해맑게 웃어 보였다.

그때, 어두운 수면 저편에 불빛 하나가 나타나더니 점점 더 커지기 시작했다. 불빛은 하나가 아니라 셋이었다. 하긴, 이 많은 사람들을 태우려면 하나로는 부족했을 것이다.

"배가 왔군요. 의외지만."

막 도착한 세 척의 배를 바라보며 나예린이 말했다.

"그러게요. 저 배, 생각했던 것보다 뭐랄까……."

연비는 우산을 접으며 잠시 뒷말을 찾았다.

"상당히 화려하군요."

나예린이 뒷말을 받았다. 연비는 곧장 고개를 끄덕이며 짝 소리가 나도록 손뼉을 마주쳤다.

"맞아요. 귀신이 나올 것처럼 음침한 배를 보낼 줄 알았더니."

도착한 배는 상상과는 달라도 한참 달랐다. 돛이 너덜너덜한 유령선도 아니고, 그렇다고 평범하지도 않았다. 다만 지나치다고 해도 좋을 정도로 무지막지하게 화려했다. 돈이 남아돌아서 배 여기저기에 돈을 처바른 게 아닌가 하는 의심이 들 정도였다.

"설마 홍등가 같은 곳으로 가는 건 아니겠지요?"

배의 생김새는 연비가 결국 다른 말을 찾지 못하고 그렇게 평할 만했다. 장식도 화려하고 불빛 속에서 휘황한 색색의 등이 빛을 발하는 배였지만, 그것들은 홍등가에 걸린 색등처럼 너무도 경박한 빛이었다. 그러나 대부분의 사람들은 그런 빛에 흥분되는 모양이었다.

꽤나 화려한 복장을 갖춘 마천각의 사람들이 그 배를 타기 위해 줄지어 서 있는 것만 봐도 잘 알 수 있었다.

"끝이 보이지 않는군요. 우리들이 탈 자리가 있을지……."

"도대체 어디로 향하는 걸까요?"

아직 장소는 알려지지 않았던 것이다.

"글쎄요. 하지만 이렇게 사람도 많으니 이제 물어보면 되지 않을까요?"

하룻밤에 세 척의 배가 운행된다니, 상당히 많은 이들이 이 배의 목적지로 향한다는 의미이기도 했다.

"자, 다들 움직입시다!"

부둣가 앞쪽에서 누군가가 큰 소리로 외쳤다. 남궁상을 위시한 일행들은 안내자의 인도에 따라 정해진 배로 승선하기 시작했다.

사절단 일행이 타는 배는 적, 녹, 황, 주, 청으로 색색이 빛나는 오색등이 배 위를 화려하게 빛내는, 가장 요란스레 장식된 배였다. 음침하기는커녕 똑바로 쳐다보면 눈이 부실 정도로 화려했다. 곳곳에 설치된 금장식들이 불빛을 받아 금빛 휘광을 발하며 배에 올라타는 사절단 일행들을 향해 손짓하고 있었다.

*   *   *

대나무 발 너머에 드리워진 한 그림자를 향해 무릎을 꿇고 있는 영령의 모습은 지극히 공손하고 경건했다. 그도 그럴 것이, 지금 저 대나무 발 너머에 있는 사람은 그녀의 몸과 마음의 주인이었던 것이다. 그것은 그녀의 기억 깊숙한 곳에 새겨진 절대적 명령이라서 영령은 그 명령을 거역할 수 없었다. 얼굴을 떠올릴 수가 없다는 점이 아쉬울 뿐.

"그럼 부탁하겠다, 령."

사내가 조용한 목소리로 말했다.

"걱정 마세요."

한쪽 무릎을 꿇은 채 부복해 있던 영령이 깊숙이 머리를 숙였다.

"제 생명은 주군의 것, 반드시 사명을 완수하겠습니다."

그 한순간, 영령을 굽어보고 있던 인영의 눈동자가 미미하게 흔들렸다. 그러나 자신의 복종을 나타내기 위해 그림자 건너편에서 고개를 숙이고 있던 영령은 그 짧은 흔들림을 볼 길이 없었다.

궤짝은 꿍꿍이를 싣고
―비연태의 호언장담

남궁상은 선실을 둘러보며 생각에 잠겼다.
'왠지 더 수상한걸. 나도 대사형의 영향으로 시선이 삐딱해진 건가?'
그는 고소를 지으며 머리를 긁적였다.
선실은 서너 명의 인원이 함께 쓸 수 있을 정도로 넉넉하고 안락했다. 배는 이미 출발했는데도 별다른 부유감이나 흔들림을 느낄 수 없었다.
충격에 대비하기 위해선지 침상이나 탁자가 바닥에 고정되어 있다는 것, 가구들의 모서리가 죄다 둥글둥글하다는 것, 또한 천장이 낮다는 것을 제외하면 마치 뭍에 있는 값비싼 객실에 들어온 같았다. 색조가 지나치게 밝고 화려해서 도리어 격이 떨어진다는 게 아쉬울 뿐이었다.
'그나저나 이건 어디다 쓰는 물건일까?'
남궁상은 둥근 탁자 앞에 앉아 자신이 들고 온 나무 궤짝을 바라보았다. 초대장과 함께 온 물건이었다. 서찰엔 배에 타면 열어보라고 적혀 있었다. 그리고 남궁상은 순진하게도 그 말을 지금까지 계속 지키고 있었다.

"그럼 배에도 탔으니 슬슬 이걸 열어볼까요?"

남궁상은 고개를 들며 앞에 앉아 있는 세 사람을 바라보았다. 탁자 맞은편에는 용천명과 마하령, 백무영이 함께 자리하고 있었다.

"그게 좋겠네. 물건의 종류와 상황에 따라서 긴급 대책을 세우는 게 좋으니."

최악의 경우를 상정한 듯 백무영은 무겁게 말했다.

"설마 위험한 물건은 아니겠죠?"

마하령도 긴장한 모양이었다. 기실 흑도의 습성으로 볼 때 이 안에 살인적인 기관장치가 설치되어 있다 해도 이상할 게 없었다.

"내가 살펴본 바에 의하면 특별한 장치 같은 건 되어 있지 않는 것 같소, 하령. 독 검사도 이미 끝났고."

친근하게 부르는 하령이란 호칭에 남궁상은 깜짝 놀랐다.

'아니, 이 두 사람, 언제부터 막 이름을 부르기 시작한 거지?'

얼마 전까지만 해도 서로 잡아먹지 못해 안달하던 앙숙 사이가 아니었던가. 정말 남녀 사이의 일은 너무나 변화무쌍하여 자신의 둔한 사고로는 도저히 쫓아갈 수가 없었다.

"그렇다면 다행이지만 조심해서 나쁠 건 없죠."

잠시 생각하던 마하령이 대답했다.

"물론이오. 충분히 주의를 기울여야 하오. 그렇잖은가, 대장?"

"아직 '임시' 입니다."

남궁상이 새삼 강조했다. 얼렁뚱땅 자리를 꿰차는 대사형 같은 방식을 그는 인정할 수 없었던 것이다.

"물론 충분히 주의를 기울일 겁니다. 그러니 안심하시지요, 마 소저."

"그럼 부탁드려요, 대장님."

남궁상이 열쇠를 들고 앞으로 나섰다. 열쇠를 여는 것은 대장인 자신의 몫이었다.

'이것도 시험인가?'

불안하고 찜찜하긴 하지만 그렇다고 회피할 수도 없었다. 그랬다간 당장에 겁쟁이 취급 당할 게 분명했다. 그리고 위험이 도사리고 있는 이상 다른 사람에게 맡긴다는 것도 탐탁지 않았다.

철컥.

열쇠가 조용히 열쇠 구멍 안으로 빨려 들어갔다. 상자와 일체형인 자물쇠가 더욱 불안을 부채질하고 있었다.

'에잇, 그렇다고 열쇠를 돌리자마자 뻥 하고 터지진 않겠지?'

아무리 흑도 놈들이라지만 철천지원수도 아니고 그렇게까지 무모한 행동은 걸어오지 않을 것이었다. 최소한 그렇게 믿는 게 정신 건강상 좋았다.

'에잇, 왜 대장 같은 걸 시켜서······.'

오늘부터 무척 상자나 자물쇠가 싫어질 것 같은 예감이 강하게 들었다.

"하나··· 둘······."

조금 떨어진 곳에서 대기하고 있는 두 사람이 대비할 수 있도록 숫자를 센다.

다시 한 번 심호흡을 크게 하고 언제든지 뒤로 튀어나갈 수 있도록 만빈의 준비를 하며, 남궁상은 천천히 열쇠를 돌렸다.

찰칵!

마침내 잠금이 풀렸다.

다행히 상자는 폭발하지 않았다. 그들 세 사람 역시 무사했다. 하지만 상자 안에 든 물건이 뭔지는 아직 여전히 알 수 없었다. 그들로선 처음 보는 물건이었기 때문이다.

"이게 뭐죠?"

마하령이 상자 안에 든 물건 중 하나를 꺼내며 물었다.

"글쎄요? 처음 보는 것이로군요."

"동전처럼 생겼는데……."

"목전인가?"

모양은 동그랗고 크기는 동전보다 조금 더 컸는데, 재질을 보아하니 꼭 나무로 만든 동전 같았다. 빨간색과 파란색, 총 두 종류로 이루어져 있었다.

"어디에 쓰는 물건일까요?"

가운데에 십(十)과 백(百)이라는 숫자가 새겨져 있었다. 하지만 물건을 살 때 쓸 수 있는 것은 아니었다. 이런 걸 받아주는 가게가 있다는 이야기는 들어본 적이 없다. 국가 공인 검증도 거치지 않은, 그것도 나무 쪼가리를 누가 받아주겠는가?

"잠깐만요. 여기에 글자가 새겨져 있네요?"

그녀의 말대로 자세히 보니 동그란 목전의 네 귀퉁이에는 각기 글자가 새겨져 있었다. 마하령은 천천히 그것을 한 글자씩 읽어나가기 시작했다.

* * *

연비는 그림처럼 우아하게 난간에 기대어서서 멀어져 가는 마천각을 보며 생각에 잠겼다.

'남궁상, 이 녀석은 대체 뭐 하는 거야! 어디로 가는지 정도는 후딱 알아내서 알리지 않고.'

배가 출발한 지금까지도 감감무소식이라니. 나중에 단단히 재교육을 시킬 필요가 있을 것 같았다. 하지만 지금은 나예린이 선실에서 기다리고 있는 관계로, 연비는 일단 간편하고 조속한 수단을 택하기로 했다. 적당한 사람을 물색한 다음 붙잡고 물어보면 답은 금방 나올 터였다.

"저기, 실례합니다."
"응? 헛, 넵."
청년이 잔뜩 긴장하며 대답했다. 어째서인지 얼굴이 붉다.
"이 배의 목적지는 어딘가요?"
"예? 그, 그야……."

*   *   *

"강(江)… 호(湖)… 란(亂)… 도(島)……? 지명일까요?"
마하령이 고개를 갸웃거렸다. 명칭을 보아하니 무슨 섬 같은데, 그녀로선 처음 듣는 생경한 지명이었다.
"우리가 향하는 곳의 지명이 아무래도 그 강호란도 같군요."
백무영의 말에 남궁상이 동의를 표했다.
"동감입니다. 그럼 이것은 혹시 그 강호란도라는 곳에서 쓰는 화폐가 아닐까요?"
불친절하게도 초대장에는 이 안의 물건에 대해 일언반구도 적혀 있지 않았기에, 아직은 추측밖에 할 수 없었다. 마하령에게서 건네받은 목전을 뚫어져라 살펴보던 용천명이 한마디 했다.
"그럴듯하군. 하지만 확실히 하려면 일단 위로 올라가서 유능한 조언자를 구하는 게 좋을 것 같네."
그때, 선실 문이 스르르 열리며 대답이 들려왔다.

"멀리 갈 필요 없이 내가 알려주지."

남궁상 일행은 크게 놀라서 문 쪽으로 고개를 홱 돌렸다. 그러나 활짝 열려진 문 바깥에는 아무도 없었다. 마치 문이 저 혼자 열린 것 같았다. 분명 문고리를 걸어놓았건만, 귀신이 곡할 노릇이었다.

마하령은 바람처럼 복도로 달려나가 날카로운 목소리로 외쳤다.

"누구냐? 모습을 드러내라!"

복도엔 사람 그림자도 찾아볼 수 없었다. 은은한 불빛에 그녀의 그림자만이 길게 드리워져 있을 뿐이었다.

챙!

뒤따라 나온 용천명이 조용히 도를 뽑으며 말했다.

"찾아오신 손님께서는 선실로 들어오시지요."

"아, 손님은 무슨. 같은 편이네, 같은 편. 어이쿠, 미용에 안 좋으니까 그렇게 인상 찡그리지 말게나. 주름살이 생기면 아깝지, 아깝고말고."

살짝 드리워져 있던 선실 그림자 중 왼쪽 귀퉁이가 일렁이더니 그 부분만 불쑥 앞쪽으로 길게 늘어났다. 그리고는 그 그림자 뒤에서 한 인물이 모습을 드러냈다.

"이럴 수가!"

문 앞에 따라 나온 남궁상이 놀라며 외쳤다. 그는 그 비좁은 그림자 안에 은신하고 있기엔 너무나 덩치가 컸다.

"대체 언제부터?"

용천명의 목소리에도 미미한 감탄이 어려 있었다. 이 세 사람의 이목을 속이다니, 은신술이 보통 대단한 것이 아니었다.

"네… 네놈은……!"

마하령은 그가 모습을 숨기고 있을 때보다 더욱더 경계하며 외쳤다. 겨누고 있던 도를 치울 생각이 눈곱만큼도 들지 않았다.

"네놈이라니. 너무하는구만, 마 소저! 그래도 일단 선배인데."

거구의 사내가 작게 불평하며 남궁상들을 향해 걸어왔다. 그가 한 걸음 한 걸음을 뗄 때마다 배가 기우뚱거리는 것만 같았다.

"당신이 왜 여기 나타난 거죠?"

호칭은 바꿨지만 그 안에 스며진 혐오감은 여전했다. 칼도 여전히 그 사내를 겨누고 있었다.

"허참, 그래도 일단 정보 담당관 아닌가."

그러고 보니 그런 일이 있었던 것도 같았다. 그때 좀 더 여성들을 대표해서 결사적으로 반대했어야 했는데……. 지금 그런 생각 해봤자 때늦은 후회였다.

"멀리서 찾을 건 없다는 게 무슨 뜻이지요, 선배?"

피를 부르고 싶어 부르르 떨고 있는 마하령의 도를 조심스레 내려주며 용천명이 물었다. 그는 그녀의 도를 다시 도집에 넣기 위해 한참이나 그녀를 달래야만 했다.

"아, 자네들이 알고 싶어하는 것 같아서 말이야. 강호란도의 정보, 그걸 내가 알려주겠네. 오랜 세월 동안 모든 미녀들의 정보를 연구하고 관장해 온 내가 말일세!"

그림자 속에서 나타난 거구의 정체는 바로 '여자들의 적', '변태지존', '여성평화위협지존재(女性平和威脅之存在)' 등등 다양한 이름으로 불리고 있는 애소저회의 영구명예회주 비연태였다.

"천무학관에는 재학연한 같은 게 없습니까? 십 년 내에 졸업해야 한다거나 하는."

되묻는 용천명의 목소리도 따뜻하진 않았다. 그가 처음 천무학관에 입학했을 때도 그는 애소저회의 회주로 있었다. 그리고 지금도 여전히 그러했다.

"그럴 리가. 사람은 배움의 끈을 놓아서는 안 되는 법 아니겠나? 좀 더 모르는 것을 배우기 위해선 끝없이 노력해야지. 난 아직 모르는 게 많아. 그 모든 것을 학문으로 집대성하기 전에 이곳을 그만둘 수 있겠는가!"

주먹을 불끈 쥐며 신념에 가득 찬 목소리로 비연태가 외쳤다. 멋모르는 사람이라면 심금이 울릴 정도로 진심이 담겨 있는 말이었다.

"학문? 대체 무슨 내용이기에?"

백무영은 한쪽에서 고개를 젓고 있는 남궁상의 얼굴을 보지 못한 채 반문했다.

"삼부수치(三部數値)!"

주먹을 불끈 쥐며 뜨거운 피에 불타는 눈으로 비연태가 외쳤다. 그의 살들도 동시에 출렁였다.

"삼부?"

백무영의 의아함과 함께 마하령의 눈썹이 본능적으로 꿈틀거렸다. 남궁상은 속으로 한탄했다. 자신들의 정보 담당관이 가장 모으고 싶어하는 정보는 앞으로도 역시 그런 쪽의 정보가 아닐까 하는 불길한 예감이 엄습하기 때문이었다.

"천무학관에 거하고 있는 모든 미인들의 삼부수치를 모두 알지 못하다니. 아아, 난 나의 무지가 너무나 수치스럽고 부끄럽다네! 자네들도 나의 이 부끄러운 마음을 알겠는가?"

울 것 같은 눈으로 비연태가 물었다.

"선배와 같은 학관 출신이라는 사실이 좀 부끄럽긴 하군요."

한숨을 꽉꽉 내쉬며 남궁상이 대답했다.

"그것보다 강호란도에 대해서나 알려주십쇼. 그렇게 호언장담하시는 걸 보니 확실히 알아오셨겠죠?"

남궁상의 요구에 비연태가 선선히 고개를 끄덕였다.

"날 누구라고 생각하나? 물론 알아왔네. 미녀들이 즐겨 입는 속옷 색깔이나 삼부수치, 혹은 신체 비밀들을 캐내는 것에 비하면 이런 것을 알아내는 것쯤은 누워서 떡 먹기라네."

"아, 그러세요?"

이제 남궁상에겐 반박할 기운도 남아 있지 않았다.

"그만 하십시오. 계속하다가는 저희까지 강호 절반의 공분을 살지도 모르니까요."

기운 빠진 대장과 멍해진 참모, 움찔거리는 마하령을 대신해 부대장 용천명이 나섰다.

"그런가? 야박하기는."

비연태가 투덜거렸다. 마하령이 참지 못하고 한마디를 내뱉었다.

"당연한 반응이라고 생각하는데요? 짐승에 대한 대비는 여자 스스로 해야죠."

비록 철로 만든 칼은 거뒀지만 혀 밑의 칼까지 거둘 생각은 없는 모양이었다.

"그런데 누구한테 알아온 정보입니까? 출처는 믿을 만합니까?"

조심성 많아 때때로 소심하다는 평을 받고 있는 남궁상이 되물었다.

"물론 믿을 만하네."

"누굽니까, 그게?"

"여성의 아름다움을 사랑하고 칭송하는 고결한 마음씨를 가진 나. 같. 은. 사람이라네. 지기를 만난 듯한 기분이었지, 음!"

그 만남을 다시 한 번 상기하는 것만으로도 무척 만족스러운 듯 비연태는 흐뭇한 미소를 지으며 고개를 끄덕였다. 그러나 네 사람은 그 점에서 더욱더 믿음이 가지 않았다.

"그래서, 그 지기가 대체 누굽니까?"

"자군, 자기를 자군이라 하더군. 별호가 그러니깐 뭐라더라? 아, 맞다! 미폭공자였지. 참, 다른 건 다 좋은데 그 작명 감각만큼은 따라가기 힘들더군. 대단한 친구야!"

그것이 칭찬의 의미인지 아니면 그 반대인지 헷갈리는 네 사람이었다.

"아, 그 사람 말입니까? 용케도 그런 정신 구조가 독특한 사람한테 정보를 빼올 수 있으셨군요, 선배?"

"아, 그거야 거래를 좀 했지."

기쁜 듯이 전신의 살을 출렁이며 비연태가 대답했다. 그 모습에 마하령은 절로 미간을 찌푸렸다. 그녀는 본능적인 혐오감을 느끼며 무의식적인 방어 태세에 들어가 있었다. 그 용천명에게서도 승리를 이끌어낸 마하령이었다. 그녀는 강했다. 하지만 이자는 조심해야 한다고, 이자는 위험하다고 마하령의 본능이 경고하고 있었다. 그녀는 그 경고를 조금도 소홀히 해야겠다는 마음이 들지 않았다.

"거래? 설마……?"

남궁상의 반문에 비연태는 고개를 끄덕였다.

"걱정 말게, 우리 쪽에 대한 정보를 거래 재료로 삼지는 않았으니까. 그런 걸 거래할 수야 없지."

그런 기본적인 것도 모를까 봐서? 비연태는 그렇게 말하고 있었다. 하지만 그를 보고 있으면 하나부터 열까지 다 걱정되는 네 사람이었다. 그에게는 가장 원초적인 것, 즉 상식이라는 것이 결여되어 있는 것처럼 느껴졌던 것이다.

"그럼 뭘로 거래했습니까?"

"그거야 그가 매우 흥미로워하고 있는 일에 대해서지."

"그게 대체 뭡니까?"

"그거야 뻔한 것 아니겠나? 바로 검은 제비, 그러니까 연비 소저에 대한 정보였지."

비연태의 자신만만한 대답에 남궁상은 고개를 푹 숙였다. 그것도 결국은 '우리 쪽에 대한 정보'가 아니던가. 비록 전혀 다른 방향인 것 같긴 했지만. 일행 중에서 가장 빨리 이성을 회복한 백무영이 의아함을 표출했다.

"연비 소저의 정보? 그게 그렇게 결정적인 정보였습니까?"

"당연하지. 청혼하기 위한 정보인데."

마하령은 기가 차서 반문했다.

"청혼이요? 그거 농담 아니었나요?"

"글쎄… 적어도 내가 보기엔 진담인 것 같더군. 그건 거짓말하는 자의 눈이 아니었어."

자아도취에 빠진 인간의 눈일지도 모른다는 의견은 굳이 덧붙이지 않았다.

"그래서, 넘겨주었습니까?"

남궁상의 긴장 어린 확인에 비연태는 고개를 저었다.

"그 정보는 우리 업계 사람들 사이에서도 매우 비싼 값이 매겨져 있다네. 빙백봉 나예린보다는 못하지만 최근 들어 그 가치가 급속도로 높아지고 있지. 하지만 정보가 너무 적어. 수십 명이 달라붙었지만 아직 정보 하나, 속옷 한 점 빼내오지 못했다네. 그 누구도, 단 한 명도 말일세. 실로 안타까운 일이 아닐 수 없네."

"그야말로 철벽성(鐵壁城)이로군요."

"자네 말대로야. 실로 안타까운 일이 아닐 수 없네. 암, 안타깝고말고."

"그 말을 들으니 좀 안심이 되는군요. 한 명이라도 더 늑대들로부터 안전할 수 있다면 여성들에겐 크나큰 홍복이겠지요."

마하령의 목소리는 싸늘하기 그지없었다.

"꼭 그렇게 삐딱하게만 보지 말고 좀 더 열린 마음을 가지도록 하게나."

"그러다간 늑대의 먹이가 되기 십상이겠죠."

마하령의 대답은 여전히 퉁명스러웠다.

"연비 소저에 대한 정보 획득은 나마저도 아직 성공을 거두지 못했네. 하지만 내가 가진 정보의 양이 가장 방대하지. 특히나 나 소저에 대한 정보는 정말 좀처럼 얻기 힘든 희귀 정보거든. 천무학관 칠봉에 대한 정보는 정사 흑백을 막론하고 언제나 높은 가치를 자랑하지."

그 말을 들은 마하령의 안색이 백지장처럼 창백해졌다.

"서, 설마 거기에 나에 대한 정보도 들어가 있는 건 아니겠죠?"

"아니, 있네. 왜 없겠나?"

'설마 그 안에 몸무게도?!'

그런 불상사가 일어나서는 곤란했다.

당장 죽여 버리겠어! 금세라도 달려들어 비연태를 때려눕히려는 마하령을 용천명이 달려들어 간신히 진정시켰다.

"용건만 간단히 말해주시오, 선배. 내가 그녀를 아직 막을 수 있을 때 말이오."

조금 더 시간이 흐르면 용천명도 마하령을 막을 수 있을지 확신할 수 없었다.

"음, 알겠네. 한마디로 말해 강호란도란⋯⋯."

비연태는 자신이 알아온 정보의 보따리를 풀기 시작했다. 이야기가 계속되면 계속될수록 남궁상을 위시한 네 사람의 얼굴엔 놀라움이 떠올랐다.

　강호란도, 그곳은 그들이 짐작하고 있던 곳과는 전혀 달랐다.

*　　　*　　　*

　"강호… 란도(江湖亂島)……?"

　나예린은 연비에게 들은 이름을 한 번 입 안에서 굴려보았다.

　"명칭으로 봐선 섬이겠군요?"

　"하지만… 처음 듣는 이름이에요."

　그 부분이 나예린은 걸리는 모양이었다.

　"그러게요. 유명한 섬이라면 분명 우리들의 귀에도 들어왔을 테니 말이죠."

　정보가 턱없이 부족했다.

　"그 청년의 말로는 모든 오락거리를 한곳에서 즐길 수 있는 지상천국과도 같은 곳이라던데……."

　그런 쪽으로는 거의 숙맥이나 다름없는 나예린으로서는 머릿속으로 그림이 그려지지 않는 모양이었다.

　"흠… 그렇다는 건 비밀 유흥지인가…… 법의 손길이 닿지 않는……?"

　그렇다는 것은……

　"밤의 자금이 모이는 곳이라…… 이거 갑자기 흥미가 돋는걸요!"

　연비가 활짝 웃으며 말했다.

　"예?"

　그 쾌활한 모습에 나예린은 의아함을 감추지 못한다.

　"꽤 재미있어질지도 모르겠어요."

　이제 마천각의 불빛은 희미한 잔영만 남긴 채 어둠 속으로 가라앉고 있었다.

*   *   *

같은 시각.

염도와 빙검은 마천각 내의 십삼번대 기숙사 인솔자 숙소에서 관도들의 수련 계획을 짜며 어떻게 하면 애들을 데굴데굴 굴릴 수 있을까 심도 있게 고민하고 있었다. 언제 실전이 일어나도 즉각적으로 대응할 수 있도록 훈련받고 있는 마천각에 비해 천무학관의 체계는 너무나 긴장감이 부족했다. 지금까지의 안이한 대처와 정신 상태로는 마천각의 밥이 될 뿐이라는 경각심이 드는 것은 멀쩡한 판단력을 가진 사람의 당연한 수순일 것이다.

똑똑!

"누군가?"

이런저런 방안들이 적혀 있는 계획서에서 눈길을 떼지 않은 채 빙검이 물었다.

"저희들입니다."

"들어와."

좀 더 화끈한 수련 방법이 없나 고민하며 염도가 말했다. 곧 문이 열리고 남녀 두 사람이 들어왔다. 두 사람 모두 출중한 기도를 가진 무인들이었는데, 그들은 바로 인솔자를 자청해서 따라온 아미신녀 진소령과 점창제일검 유은성이었다.

"아이들이 간 곳은 확인했나?"

빙검이 먼저 질문했다.

"예. 하지만 설마 배를 타고 모두들 마천각 밖으로 나갈 줄은 몰랐습니다."

"배? 목적지는 어딘가?"

"예, 동정호 안에 있는 강호란도란 섬이라고 합니다. 흑도에선 유명한 유흥지라고 하는군요. 배편은 정해진 휴식일마다 정기적으로 있는 모양이었습니다. 아무래도 며칠간은 모두들 돌아오지 않을 듯합니다."

그러자 순간 빙검의 몸이 움찔했다. 순간 날카로운 바늘이 그의 몸에서 솟구치는 듯했다.

"지금 방금 유흥지라고 했나? 게다가 외박이라고?"

스산한 목소리로 빙검이 물었다.

"예? 아, 유흥지는 맞습니다만, 외박이라기보다는 그저 며칠간 단체 일정이……."

쾅!

빙검이 탁자를 힘껏 내려쳤다.

"닥치게!"

버럭 호통이 터져 나왔다.

"그게 외박이 아니고 뭐겠나! 그것도 무단외박! 아비의 허락도 받지 않고 외박을 하다니, 그게 말이나 될 법한 이야기라고 생각하나, 자네는?"

유은성을 쏘아보는 빙검의 두 눈에는 시퍼런 한광이 번뜩이고 있었다.

"그… 그러면 안 되겠죠…… 안 되고말고요."

가슴이 서늘해진 유은성은 그렇게 대답하지 않을 수 없었다.

"안 되겠군. 당장 쫓아가야겠네."

빙검이 자리에서 벌떡 일어나며 말했다.

"이봐, 얼음땡이. 이번 일은 애들끼리 벌이는 일이니 참견하지 않기로 한 것 아니었나?"

탁자에 앉아 있던 염도가 손가락으로 귀를 후비며 말했다.
"마음이 바뀌었네."
"이유가 뭔가?"
"그 아이들 안에 설지가 있네. 난 아직까지 딸아이의 무단외박을 허락한 적이 한 번도 없었네. 혹시라도 만일 설지에게 찝쩍대는 놈이 있다면……."
"있다면?"
"그놈은 내 검의 감촉이 얼마나 서늘한지 확인해야 할 걸세."
빙검이 힘주어 말했다.
'이 사람이 정말 그 성정이 북풍한설처럼 차갑고 냉정하고 침착하기로 유명한 그 빙검 노사가 맞나?'
유은성의 머릿속에 그런 의문이 모락모락 피어오르는 것도 무리는 아니었다.
"지금 출발하시겠습니까?"
진소령이 차분한 목소리로 물었다.
"배편은 아직 있나?"
"한 시진 후에 그곳으로 향하는 배가 있습니다."
이미 알아보고 온 모양이었다. 사실 진소령 역시 진령이 걱정되던 참이었다. 다음 운송편이 없었다면 그 배에 함께 올라탈 작정이었다. 다행히 다음 편도 있어서 이렇게 보고를 할 수 있었던 것이다.
"좋군. 자네들도 준비하도록 하게."
"예, 알겠습니다."
진소령과 유은성은 포권을 취한 다음에 준비를 하러 나갔다.
"얼음땡이, 자네가 이렇게 흥분하는 건 처음 보는군."
나름대로 신선한 광경이었다. 염도는 저 시퍼런 냉혈 인간에게 감정이 존재하지 않는 게 아닌가 가끔 자문해 보곤 했던 것이었다.

"불덩이, 자네도 딸을 낳아보면 알아. 아비란 그런 것일세."

"그러다 미움받을걸?"

왠지 자랑하는 것 같아 열이 받은 염도가 한마디 해주었다.

"내버려 두게. 어느 도둑놈이 그 아이를 내 곁에서 훔쳐 갈지 모르지만 그전까진 안 돼!"

강경한 목소리로 빙검이 말했다. 염도는 실소를 흘렸다.

"만나기도 전에, 아니, 있는지 없는지 확인도 하기 전에 도둑놈 소리가 바로바로 나오다니. 따님 달라고 사윗감이 찾아오기라도 하면 그 즉시 일단 주먹부터 한 방 날리고 시작하겠군."

"흥. 검(劍) 놔두고 뭣하러."

"……어이어이, 자네 딸내미를 비구니로 만들 셈은 아니겠지?"

염도는 기가 막혔다. 딸 가진 아빠 마음은 다 그런 건가? 아이는 커녕 아직 결혼도 해보지 못한 염도로서는 알 수 없는 영역의 일이었다.

"……그 아이를 데려가려면 적어도 나보단 강해야지."

빙검은 무거운 한마디를 남기고 채비를 갖추기 시작했다.

내 몸에 손대지 마시오
—종합유희진흥복합단지

"한마디로 말하자면……."

유능한 조언자를 자청하는 정보 담당관 비연태는 지금 자신들이 향하고 있는 곳을 단 한마디로 압축해서 설명했다.

"종합유희진흥복합단지라네."

무척이나 생소한 개념에 남궁상과 백무영, 용천명과 마하령의 눈이 동그래졌다. 잘 이해가 되지 않았다.

"뭐라고요?"

반문이 튀어나오는 것도 무리가 아니었다. 말은 들리는데 의미는 전혀 파악 불능이었다. 종합적으로 유희를 복합해서 뭘 어쩐단 말인가? 같은 나라 말인지부터 의심스러웠다.

"좀 쉽게 설명해 주시죠, 선배."

비연태를 향한 백무영의 질문을 들은 남궁상은 몰래 가슴을 쓸어내렸다. 다행히도 이해를 못한 사람은 자신 혼자만이 아니었던 것이다. 참모

역할을 하는 백무영도 저렇게 못 알아듣지 않는가.

"음......"

비연태는 어떻게 풀어 설명해야 할지 무척이나 난감한 모양이었다. 그는 이 친구들이 직관적으로 이해해 주길 바랐던 것이다. 그러나 아무래도 그건 힘들 것 같았다. 아무래도 원인은 경험 부족이겠지. 나름대로 혼자 결론을 내려 버리는 비연태였다.

'이게 그렇게나 고민할 일이었던가?'

백무영은 단지 '강호란도'를 한마디로 표현한 '종합유희진흥복합단지'가 대체 뭔지 물은 것뿐이었다.

"음…… 그러니깐 쉽게 말하자면 놀기 좋은 곳이지."

조금이라고는 하나 고민씩이나 해놓고 내놓은 대답치고는 썩 거시기했다.

"놀기 좋은 곳이라고요?"

"그렇네. 놀기 좋은 곳이지. 거기 가면 놀기 위한 모든 것들이 제공된다네. 술, 담배, 도박, 꽃, 보석, 장신구, 음식, 여자, 남자, 뭐든지 있지. 단, 돈은 지불해야 되겠지만 말일세."

풀어놓은 설명을 듣고서야 겨우 납득이 갔다. 그런데 마지막에 뭐라고?

"어머, 남자도 있어요?"

마하녕이 경악하며 외쳤다.

"그렇다네. 여자뿐이라면 어디든 있지. 하지만 남자까지 갖춰져 있는 곳은 이 넓은 강호에서도 그리 흔치 않을 걸세. 듣자 하니 상당한 미소년들이라고 하더군. 나야 미소저 아니면 관심없지만 말일세. 남의 취향까지 왈가왈부할 수야 없는 노릇이지."

물론 그런 건 흔치 않아도 충분하다. 아니, 아예 없어도 무방했다. 그라나 꼭 그렇지 않은 사람도 있는 모양이었다.
"어머, 그래요?"
어째 마하령의 눈빛이 초롱초롱 빛나는 듯 보이는 것은 남자들만의 착각이 분명하리라.
'신경 쓰지 말자, 신경 쓰지 말자……'.
기분 탓인 게 분명했다, 기분 탓인 게. 비연태를 제외한 남자들은 그렇게 마음을 가다듬었다. 마하령이 그곳의 정확한 위치에 대해 자세히 물어보는 것 같기도 했지만, 들리지 않는 걸로 하기로 했다.
음, 아마 만일의 사태를 대비해서, 음, 그러니까 우리 쪽의 미소년들이—그 기준이 뭔지는 잘 모르겠지만—그쪽에 불시에 납치당했을 때를 대비하고 있는 게 분명했다. 그렇게라도 생각해 두지 않으면 마음이 편치 않다. 그저 문화가 다른 거랑도 미묘하게 다른 것 같았다.
"물론 공짜는 아니네만……"
이런 소리도 들리는 것 같다. 뭐가 공짜가 아니라는 걸까? 그쪽 이용 요금이? 아니면 정보 제공 요금이?
"모든 것에 다일세."
'물론 그러시겠지.'
이미 공짜가 있을 거란 기대는 버린 지 오래였다. 다행히 대사형에게 단련받은 게 있어서 그런지 남궁상은 그런 식으로 금방 납득할 수 있었다.
"그럼 이게 뭔지도 알아오셨나요?"
남궁상은 초대장과 함께 받았던 상자를 비연태 앞으로 내밀어 보였다. 그 안을 본 비연태의 눈이 크게 떠졌다.
"호! 바로 이것이었군. 흠, 흠……"
마치 금덩어리라도 본 얼굴이었다.

"그 얼굴 표정을 보아하니 꽤 값나가는 것인 모양이군요."
"흠, 내 얼굴에 써 있었나?"
그제야 비연태도 자신의 생각이 얼굴에 몽땅 드러난 것을 알았는지 서둘러 풀어진 안면 근육을 매만졌다. 뭐, 이미 때는 늦었지만.
"그럼 설명을 들어볼까요?"
남궁상이 그의 눈을 정면으로 쳐다보며 물었다.

* * *

"북해왕은 오늘 불참인가?"
북쪽에 놓인 빈자리를 바라보며 서해왕이 물었다.
"긴히 할 일이 있어서 회합에는 참석하지 못한다는 전갈이 왔네."
딸깍! 딸깍! 찰칵! 찰칵!
서류를 보며 주판을 튕기는 손가락을 멈추지 않은 채 남해왕이 대답했다. 그가 일을 하지 않고 있는 때가 과연 있기는 한지 궁금한 서해왕이었다.
"요즘 여자를 사귄다는 소문이 있던데?"
순간 주판알을 튕기던 남해왕의 손가락이 멈칫 했다.
"북해왕, 그 친구가? 설마."
남해왕은 한마디로 그 소문을 일축했다. 그리곤 다시 손가락을 놀려 주판알을 튕기기 시작했다.
"꽤 미인이라는 소문이 있네. 이번에 신입으로 들어온 여인이라던데?"
"글쎄, 잘 상상이 가질 않는 일이군."
"그 아가씨, 미인인가?"

여자 이야기가 나오자마자 여태껏 별 관심 없이 딴 짓하고 있던 동천왕 자군이 몸을 불쑥 내밀었다. 그의 관심사는 언제나 변함이 없었다.
"자네가 누구한테 청혼했다는 소문도 있더군."
"아, 그건 사실이야."
자군은 순수히 그 사실을 시인했다.
"천무학관의 여자라던데?"
"그것도 사실이지."
"제정신인가?"
"물론 그 건도 제정신일세. 뺨을 맞은 직후 난 내 영혼이 그녀의 따귀 아래 송두리째 뒤흔들리는 것을 느꼈네. 그건 그러니까, '운명'이었어!"
아련한 눈빛을 하며 자군이 말했다.
"운명은 무슨! 역시 제정신이 아니군."
서해왕이 기가 막힌다는 투로 한마디 내뱉었다. 저따위 놈이랑 같이 사천왕이라 불려야 한다는 사실에 그는 깊은 비애와 분노를 느꼈다.
"그런데도 딴 여자의 미모가 그리도 궁금한가?"
"그건 그거고 이건 이거지."
"그래? 자네가 청혼했다 퇴짜 맞은 이유를 알 것 같군."
그제야 의문이 풀렸다는 투로 남해왕이 말했다.
"퇴짜 아냐!"
상처 입은 표정으로 자군이 날카롭게 외쳤다.
"그럼 뭔가?"
"연비 소저는 그러니깐, 그러니깐… 그래! 단지 부끄러워한 것뿐이네!"
그렇게 내뱉는 순간 그 말은 그의 마음속에서 사실이 되었다. 누가 뭐래도 그에게는 그것이 진실이었다. 그렇다. 연비 소저는 자신을 싫어한

게 아니다. 그냥 단지 부끄러워한 것뿐이다. 흔히 있는 일인 것이다. 이럴 때는 남자인 자신이 좀 더 적극적으로 나가야 하는 것이다. 연비 소저도 그렇게 바라고 있을 것이다. 편리한 정신 구조의 소유자인 자군은 실제로 그렇게 믿어버렸다.

"진짜 부끄러워한 것일까? 그 정도로 부끄러워하는 여자가 자네의 뺨을 후려갈겼을 것 같지는 않네만……. 듣고 있지 않군."

자군은 이미 자신만의 세계에 푹 빠져 있었다.

"자, 이런 시시한 회합 따윈 빨리 끝내고 나를 애타게 기다리고 있는 연비 소저의 곁으로 날아가지 않으면 안 돼. 아아, 시간이 부족해, 시간이. 연비 소저, 너무 쓸쓸해하지 말고 나를 기다려 주시오. 조금만 참으면 내 그대 곁으로 새가 되어 날아가리라!"

저렇게 혼자만의 세계에서 노닐고 있을 때는 옆에서 무슨 말을 해도 들리지 않는다는 것을 남해왕은 경험을 통해 잘 알고 있었다. 이럴 땐 무시하는 게 최고였다.

"저거 베어도 되나?"

짜증이 배인 목소리로 서해왕이 물었다.

"단칼에 벨 수 있다면."

"쳇!"

낚싯대처럼 긴 칼의 손잡이에서 손을 뗀 서해왕이 의자에 털썩 주저앉으며 말했다.

"그건 그렇고, 지금쯤 슬슬 도착힐 때겠군."

장도를 어깨에 걸친 장신거구의 사내 서해왕이었다.

"그렇겠지. 아마 지금 막 남쪽 항구에 입항하고 있을 걸세."

"마중은 누굴 보냈나?"

다시 서류 검토에 집중하며 남해왕이 한 사람의 이름을 말했다.

"백결."

그러자 서해왕의 눈이 크게 떠졌다.

"백결이라고? 왜 하필이면 그 친구를 보냈나?"

그 말에는 묘하게 책망하는 구석이 있었다.

"그 친구가 어때서?"

남해왕이 대수롭지 않다는 투로 반문한다.

"난 그 허여멀건한 친구가 불편해. 그 친구가 서 있는 걸 보고 있는 것만으로도 숨이 막히거든."

다시 떠올리는 것만으로도 불쾌한지 서해왕은 인상을 찌푸렸다.

"그 친군 그저 우리보다 약간 더 깨끗한 것을 좋아할 뿐이네."

"하! 약간이라고? 기가 막히는군. 그게 약간인가? 그 정도면 병이야, 병."

그는 정말 그 백결이란 사람이 싫은 모양이었다.

"그럴지도 모르지. 하지만 병이면 또 어떤가? 실력 하나는 확실하지 않나. 난 쓸 수 있는 건 모두 쓰자는 주의지. 특히 그것이 쓸모있는 것일 경우에는 더욱더."

"그런 친구를 부대장으로 써먹을 수 있는 자네가 신기하네."

하긴 그러고 보면 항상 일을 하지 않으면 불안해하는 이쪽 역시 병이라면 병이었다. 만성 일 중독이라는.

"그 녀석 백결은 말이지, 이 세상을 모두 더럽다고 생각하고 있어. 나까지도 더럽게 보는 것 같아 기분 나쁘단 말이야. 자네 부대장만 아니었으면 가만 안 놔뒀을 텐데. 기분 나쁜 녀석."

"자네가 그 친구를 싫어하는 원인은 그거였군. 하지만 그렇기 때문에 그 친군 더더욱 강하다네. 이 더러운 세상으로부터 깨끗한 자신의 몸을 지켜야 하니까. 그건 정말 어려운 일이라네."

"그건 동감하지. 그 친구의 환영을 받아야 하다니, 천무학관 녀석들도 불쌍하군."

그는 진정으로 초대받은 자들을 동정했다. 자기라면 단 반 각도 그 녀석이랑 한자리에 있고 싶지 않았던 것이다.

*　　　*　　　*

물 위로 밤이 내려앉은 동정호의 그늘 속. 가장 깊은 어둠 속 한가운데지만 어디보다도 눈부시게 밝은 불야성을 이루는 섬이 하나 있었다. 마천각에서도 배로 가면 반 시진이면 도착하는 곳에 그 섬, 강호란도는 있었다. 도박과 술과 여자가 넘치는 휘황찬란한 밤의 세계. 그곳을 운영하는 곳이 마천각이라는 소문도 있었지만 진실은 밝혀지지 않았다. 어쨌든 어느 정도 마천각에 상납하는 건 분명했다.

비연태가 이리저리 알아낸 것에 의하면, 마천각은 제오수업일 저녁부터 각원들에게 이박 삼일간의 외박을 허락한다. 그때에는 어느 곳을 가든 자유다. 다만 제이휴일 저녁에 귀환하기만 하면 된다. 물론 안 와도 상관없었다. 그 즉시 도망자나 겁쟁이로 낙인찍혀 등수가 하락될 뿐이었다. 그러니 길 가다 원한 관계에 의해 뒤통수 얻어맞고 등에 칼 꽂히지 않는 이상 모두들 귀환하는 편이었다.

그리고 사절단 일행이 뜬금없이 초대되어 온 날은 기실 마천각의 그 정기 자유일이었다. 다시 말해 정중한 초대의 탈을 씌우긴 했지만, 결국은 사절단 일행의 자율적인 휴일을 앗아가 버린 셈이었다.

부둣가에 도착한 배 위에 모인 천무학관의 동료들에게 남궁상 일행은 흩어져서 강호란도에 대한 간단한 설명을 급히 전파해야만 했다. 부족하지만 완전한 무방비 상태로 들어가는 것보다는 훨씬 나을 것이었다.

"여긴 완전 별세계네요."

나예린의 목소리에 서린 그것은 감탄이라기보단 어이없음이었다. 전원 참가였기에 어쩔 수 없이 방문한 정체불명의 섬이지만, 진귀한 경험이라면 마음껏 할 수 있을 듯했다. 곳곳이 휘황하게 반짝거리는 섬은 인간의 힘으로 밤을 몰아낸 쾌거에 한껏 들떠 있는 것처럼 보였다.

"그보단 인간의 욕망이 부글부글 끓고 있는 도가니 같은데요?"

무시무시한 말을 싱긋 웃으며 건네는 연비였다.

연비의 말처럼 섬을 오가는 사람들은 모두들 소리를 지르지 못해 안달이 난 듯 왁자지껄 무자비하게 소음을 발생시키고 있었다. 연주 소리, 웃음소리, 교성, 욕지기, 호객 소리가 한데 섞여 혼돈과 혼란의 이중주를 펼쳐 보이고 있었다.

"욕망이 이성을 잡아먹고 돈까지 털어가는 곳이니까요. 욕망의 포로가 된 인간들을 낼름낼름 잡아먹는 식충식물의 낙원이랄까?"

나예린은 무표정하던 이마를 살짝 찡그렸다. 온갖 사람이 득실득실한 유흥가라니, 진귀한 경험이 될지는 몰라도 그녀가 가장 싫어하는 종류의 지역이었다.

천무학관 사절단 일행이 타고 있던 배에서 내리기 시작하자, 그들을 기다리고 있던 사내 하나가 그들에게 다가왔다.

"백결(白潔)이오."

마중 나왔다는 그의 인사는 그걸로 끝이었다.

"반갑소. 남궁상이오."

남궁상이 가까이 다가가 포권지례를 취하려고 하자 그 사내는 인사를 받지 않고 두어 걸음 뒤로 물러났다. 그것은 무척 무례한 일이었다.

"마중 나왔다면서 복면으로 얼굴을 가리고 있질 않나, 인사를 하는데 물러서질 않나. 상당히 무례하다는 생각 안 드시오?"

남궁상이 힐문했다.

"이 백포는 얼굴을 가리기 위해서가 아니오."

백결이 자신의 입을 가리고 있는 하얀 천을 가리키며 말했다.

"그럼 뭐요?"

"더러운 먼지가 내 안으로 들어오는 걸 방지하기 위한 처치일 뿐이오."

남궁상은 그 어이없는 대답에 황당해하며 그 미중객을 위아래로 훑어보았다. 확실히 그의 복장은 병적일 정도로 특이했다.

입을 가리고 있는 백포(白布)를 시작으로 입고 있는 저고리와 바지, 그리고 신발까지 모두 하얀색 일색이었다. 게다가 장갑까지 하얀색으로 끼고 있었다. 그는 다른 색이 그 흰색 안으로 침범하는 것이 참을 수 없는 모양이었다.

'참으로 흰색에 집착하는 친구로군.'

그의 전신 중에 하얗지 않은 것은 그가 들고 있는 기다란 흑색 봉과 머리카락뿐이었다.

"당신은 하얀색을 정말 좋아하는 것 같구려?"

"하얀색이 모든 색 중에서 가장 깨끗한 색깔이기 때문이오. 난 단지 더러운 것이 싫을 뿐이오. 때문에 남들이 가까이 오는 것이 싫소. 상대의 속에 들어갔다 나온 공기가 날 건드리는 게 싫기 때문이오. 그건 참을 수 없이 역겹소."

그의 흰옷과 흰 장화와 흰 장갑에는 정말 거짓말 보태지 않고 티끌 하나 묻어 있지 않았다. 극상의 피진신공(避塵神功)이라도 익히지 않고서는 저 상태를 유지한다는 것은 정말이지 불가능해 보였다. 그는 매우 심각한 결벽증을 지니고 있는 게 분명했다.

"휘유~ 정말 대단한데! 어떤가, 휘. 깨끗한 걸 좋아하는 자네랑 좋은 승부가 될 것 같은데?"

"아무리 청결한 걸 좋아하는 저라도 저 정도까진 아닙니다, 장 형."

모용휘가 장홍의 비교를 정중히 사양했다. 마천각을 떠나오자마자 장홍은 다시 기가 살아난 모양이었다.

'퍽이나!'

옆에서 그 말을 들은 공손절휘는 배알이 뒤틀리지 않을 수 없었다. 지난 며칠 동안 모용휘의 갈굼을 받으며 방 안을 빡빡 청소했던 일이 떠올랐던 것이다. 그리고 백결의 저런 행동에 불만을 가진 것은 비단 공손절휘뿐만이 아니었다. 이 일행 중엔 공손절휘보다 더 청소를 싫어하는 사람이 끼어 있었으니, 그는 바로 개방의 촉망받는 거지 노학이었다.

"흥, 깨끗한 척하기는! 겉만 깨끗하면 뭐 해? 속이 더러운데! 구린내가 여기까지 올라오는구만. 아이, 구려~"

처음 백결을 본 순간부터 어쩐지 마음에 안 들었던 노학은 일부러 들으라는 듯 큰 소리로 불평했다.

"저 불결한 거지는 대체 뭡니까?"

노학을 한 번 찌릿 노려본 다음 백결이 물었다.

"개방의 구결제자이자 개방 방주이신 걸왕 노선배님의 직전제자인 소걸왕(小乞王) 노학이라 하네."

소걸왕이란 노학이 최근에 화산에서 활약(?)한 후 얻은 칭호였다. 물론 이 칭호를 받은 다음 한참이나 대사형 비류연의 놀림거리가 되어야 했지만 그래도 본인은 마냥 좋은 모양이었다. 그러나 여전히 동료들에겐 매타자(買打子)라 불렸다. 매를 버는 놈이란 의미였다.

"훗, 왕이라니, 불결한 거지한텐 과분한 호칭이로군요."

"뭐… 뭐라고! 이 육시랄 놈아! 말 다 했냐! 다 했어?"

배 위에서 노학이 길길이 날뛰었다.

"저런 불결한 생물이 아무런 조치도 없이 이 강호란도에 발을 디디는 것은 용납할 수 없습니다."

"조치라니? 무슨 조치 말인가?"

질문하는 남궁상의 얼굴에선 웃음이 사라져 있었다. 대신 무형의 기운이 뿜어져 나오며 백결의 심신을 압박하기 시작했다.

"……소독을 해야지요."

백결은 암중으로 남궁상의 기세에 대응하며 입을 열었다. 쉽지 않은 일이었다.

'이자에 대해선 너무 과소평가되었는지도 모르겠군.'

그러나 그 역시 한 부대의 부대장이었다. 이 정도로 물러날 만큼 약하진 않았다.

"소독?"

"뭐, 인체엔 무해할 겁니다. 다만 더러운 기운들과 벼룩을 일종의 약물들로 제거하는 거지요. 얌전히 있으면 금방 끝날 겁니다."

특히 마지막 말이 남궁상의 신경을 건드렸다.

"얌전히 있지 않겠다면?"

"그렇다면……."

백결의 말은 더 이상 이어지지 못했다.

"누가 쓰레기라는 거냐, 이 망할 자식아!"

노학이 비럭 소리를 질렀다. 마치 자신을 더러운 쓰레기로 보는 것만 같아서 참을 수가 없었던 것이다.

"난 쓰레기라고 말한 적 없소. 하지만 역겨운 자기 주제를 잘 파악하고 있군."

백결이 무감정한 목소리로 말했다.

"뭣이라!"

'재수없는 놈!'
꾹꾹 눌러 담고 있던 노학의 분노가 일순간에 폭발했다.
"역겹다고? 말 다 했냐?!"
뒤쪽에 서 있던 노학의 신형이 단숨에 튀어나갔다. 세상 모든 걸 더러운 오물 보듯 보는 저 재수없는 면상에 한 방 먹여주지 않으면 속이 안 풀릴 것 같았다.
"그만두게, 노학! 먼저 공격해선 안 되네!"
이건 명백한 도발이었다. 넘어가면 적에게 정당성을 주게 된다는 것을 깨달은 백무영이 서둘러 말렸지만 이미 때는 늦어 있었다. 그러나 땅바닥의 먼지 속에 뒹군 사람은 백결이 아니라 노학이었다.
노학의 주먹은 빈 허공을 갈랐고, 어느새 공중에서 한 바퀴 빙그르르 돈 다음 등짝부터 바닥에 내동댕이쳐졌다.
우당탕탕!
넘어졌다. 뒹굴었다.
"크윽!"
짧은 신음이 터져 나왔다.
노학은 백결의 털끝 하나 건드려 보지 못한 채 하늘을 바라보게 되었다. 아무리 상승무공을 사용하진 않았다고 하지만 엄청난 충격이 아닐 수 없었다.
척!
쓰러진 노학의 눈앞에 검은 흑단 지팡이가 겨누어졌다. 그 흑단 지팡이를 이용해 자신의 공격을 흘리고 그의 몸을 뒤집은 것이었다. 그것은 마치 빗자루로 오물을 걷어내는 듯한 동작이었다. 사실 그것의 본래 용도는 지팡이가 아니라 빗자루였다. 다만 지금은 술이 달려 있지 않을 뿐이었다.

"경고했소. 내 몸에 손대지 마시오."

백결이 나직한 목소리에 불쾌감을 담아 말했다.

"이, 씨……!"

그러나 노학은 그 말을 끝까지 내뱉지 못했다. 순간적으로 입을 꿰뚫을 기세로 폭출(暴出)되어 나온 살기 때문이었다.

"욕하지 마시오. 귀가 더러워지오."

백결의 손에 들린 검은 지팡이는 무척 길었다. 그 검은 지팡이는 자신에게 다가오는 모든 오염된 것들을 배제하기 위한 물건이었다. 날이 달려 있지 않은 것은 피 역시 더럽기 때문이었다. 그는 더러운 타인의 피가 자신의 몸에 튄다는 상상만으로도 너무나 끔찍해 소름이 돋았기 때문이다.

"다시 한 번 경고하겠소. 나의 몸에 손대지 마시오. 그렇다면 아무 문제 없을 것이오."

백결, 그가 원하는 것은 그것 이외에는 없는 모양이었다.

'누구야? 저딴 놈에게 사람 마중하게끔 한 개념없는 놈은?'

천무학관 사절단 속에서 이런 원망과 분노의 마음이 싹트는 것도 무리는 아니었다.

그 순간, 남해왕은 누가 자신을 욕하기라도 하는지 자신의 귀가 묘하게 가려운 것을 느꼈지만, 그걸 긁기 위해 주판알을 멈추지는 않았다.

그는 그런 인간이었다.

두 번째라고 별수있나
―호환(虎患) 대(對) 용환(龍患)

　장우양은 뱃전에 서서 노사부의 옆얼굴을 흘낏 바라보았다.
　언제나 생각하지만 이상한 노인이다. 뭐가 뭔지 알 수 없다. 너무나 깊어서 자신의 손에는 결코 닿지 않는다. 자신의 눈이 미치지 않는 곳에 그 노인은 존재하고 있었다. 분명 보고 있는 눈높이도 지금의 자신과는 다르리라.
　'하지만 덕분에 아무 일도 없이 이곳까지 오게 되었다.'
　이분이 없었으면 불가능했으리라. 왠지 그런 생각이 들었다. 흑룡선의 깃발을 쓰러뜨린 후 그들은 그 누구의 제지도 받지 않았다.
　'하긴 어느 미친놈이 흑룡선을 포획해 개처럼 질질 끌고 가고 있는 배를 덮치려 하겠는가!'
　다행히 그런 미친놈은 없었다. 강호에 아직 상식이란 것이 존재한다는 것을 안 장우양은 내심 안심했다. 최근 너무 비상식적인 것만 보다 보니 상식이라는 것이, 평범이라는 것이 그리워지는 그였다.

'그러나 나도 이제 그곳으로 돌아갈 순 없겠지…….'

이미 너무 다른 곳을 보아왔다. 극에 이른 것을 보고 말았다. 아마 저 노인이야말로 '극(極)'이라는 것이겠지. 그런 것은 보기만 해도 망막에 화인(火印)처럼 새겨지고 만다. 태양을 똑바로 보는 것과 같다. 강렬한 빛의 홍수에 타버린 망막은 한동안 그 잔상을 비춘다. 자신도 이미 예전의 그로는 돌아갈 수 없는 것이다.

'이런 것이 기연이란 건가.'

절벽에 떨어지지 않아도, 무공을 전수받지 못해도 기연은 기연. 과거의 자신을 딛고 한 발짝 더 올라설 수 있게 되었으니 기연이 확실하다. 게다가 그는 수호신까지 얻고 청룡은장과 계약해 더욱 기반을 넓힐 발판을 마련했다. 그 인연을 마련해 준 것은 바로 저 정체불명의 노인이었다.

'저 노인을 만난 것이 기연인가… 아니면…….'

뭐, 노인을 만난 것은 기연, 그 남자를 만난 것은 악연. 그렇게 해두는 게 좋을 것 같았다.

'이제 돌아갈 순 없다. 그렇다면 이제 남은 것은 앞으로 나가는 길뿐.'

장우양은 굳은 의지와 결의가 담긴 눈으로 앞을 바라보았다. 드넓은 동정호의 수평선이 그를 반기고 있었다.

마치 여기까지 올 수 있느냐고 묻고 있는 듯하다. 바다를 본 자는 호수로 만족할 수 없다. 그런 것이다.

"이제는 표물만 건네면……."

겨우 안심할 수 있을 것 같았다.

그러나 그것은 큰 오산이었다. 자신이 아는 것을 꼭 남도 알고 있으리란 보장은 없는 것이다. 게다가 세상이 넓다 보니 제정신이 아닌 미친놈들도 많았다.

* * *

"저 배, 맞나?"
어둠 속에 녹아든 검은 배의 선수에 선 거친 얼굴의 남자가 물었다.
"맞습니다, 부채주님! 저 배가 끌고 가고 있는 것은 분명 흑룡 일호선입니다."
"킥! 형님의 구란 줄 알았는데 설마 사실일 줄이야… 사각선장 그놈, 별로 마음에 안 드는 놈이었는데 꼴좋게 됐지."
동료가 당했는데도 그는 오히려 기쁜 모양이었다.
"역시 일호선의 주인은 이 몸 괴룡 해어광님뿐이지."
장강수로채에서 흑사각과 그는 언제나 실력과 공을 다투는 사이였다. 이참에 경쟁자 하나가 저절로 떨궈져 나갔으니 어찌 기쁘지 않겠는가.
"자, 그럼 잡아먹으러 가볼까!"
이때 노사부는 이런 말을 홍얼거리고 있었다.
"언제나 다다익선이란 좋은 거지."
무척이나 기쁜 모양인지 한마디 덧붙이기까지 했다.
"흠, 한 대도 아니고 두 대라니, 제법 수지가 맞는군. 선전 문구도 만들어놨겠다… 이번엔 귀찮으니 간단히 처리함세."
따악!
노사부는 경쾌하게 손가락을 튕겼다.

"두령님, 저… 저… 저……."
평소 피를 좋아하던 부하 종필의 손가락 끝은 그의 탁한 목소리만큼이나 심하게 떨리고 있었다.

"뭐냐? 갑자기 언청이라도 됐냐? 왜 말을 더듬고 지랄이야?"

괴룡 해어광이 신경질적으로 대꾸했다. 지금 종필은 눈앞의 사태를 받아들이는 데만도 정신적으로 한계였다.

"그… 그러니까 저… 저… 저……."

한곳을 가리키고 있는 종필의 손가락은 이제 사시나무 떨듯 떨리고 있었다.

"대체 뭐가 있다고? 별거 아니면 죽을 줄 알아!"

그렇게 엄포를 놓고는 그 손가락 끝을 따라 돛대 위로 시선을 옮겼다.

"흡!"

그 순간 해어광은 숨을 멈췄다.

'저딴 게 왜 여기에……?'

언제 나타난 것일까? 그리고 어디로부터 온 것일까? 돛대 위에는 거대한 그림자가 황금빛 태양 같은 두 눈을 요요로이 번뜩이며 그들을 내려다보고 있었다.

"서, 설마……."

여기는 깊은 산속이 아니라 장강의 한복판이었다. 저런 게 있을 곳이 아니었다.

"하하, 얘들아, 저거 환각 맞지?"

"……."

돌아온 것은 무거운 침묵뿐이었다.

육지에서 생활하는 자들과 달리 물 위에서 생활하는 자들이 걱정하지 않는 것이 있는데, 그중 하나가 바로 호환(虎患)이다. 때문에 그들은 물의 신인 용신은 경배할망정 산신의 권속인 호랑이는 무서워하지 않았다. 아무리 호환, 마마가 무섭다 해도 그것은 그들의 세계엔 존재하지 않는 별세계 이야기였다. 그리고 그들이 물을 떠나지 않는 한 이 생이 다하도록 인연이 없어야 될 생물이기도 했다. 그렇다. 호환 같은 건 이야기 속에서만 존재하면 충분했다.

그렇다면 저건 대체 뭐란 말인가? 돛대 위에 웅크리고 오만하게 그들을 내려다보고 있는 저것은?

돛대 위에는 있을 수도 없고, 있어서도 안 되는 것이 새하얀 위엄을 내뿜으며 오롯이 서 있었다.

크허어어어어어엉!

처음 그 포효가 울려 퍼졌을 때 흑룡선의 모든 이들은 몸을 움츠리며 벌벌 떨었다. 마치 용신의 분노와도 같이, 영혼을 떨게 만드는 소리였다.
다음 순간,
하얀 뇌광이 검은 배 위로 내리꽂혔다.
크허어어어어어어엉!
콰드드드득!
갑판의 나무들을 우그러뜨리며 '그것' 이 다시 한 번 포효했다.
용호상박(龍虎相搏). 용과 호랑이가 호각을 이루며 격렬하게 쟁투하는 모습을 묘사한 말이다. 그러나 현실적으로 흑룡은 백호의 상대가 되지 못했다. 흑룡을 사칭하는 가짜 모조품에 불과한 떨거지들이 어찌 감히 진짜 신령한 산의 주인을 이길 수 있겠는가!

단 한 번의 질주, 그것으로 충분했다. 아무래도 이 백호는 물이 전혀 두렵지 않은 모양이었다. 그저 한 뼘의 발 디딜 곳만 있으면 자신은 무적이라고 온몸으로 외치고 있는 듯했다. 그 자신감 그대로 그녀의 움직임은 질풍 같았고, 그 도약에는 힘이 넘쳤다. 갑판에서 갑판으로, 선수에서 선미로, 선미에서 돛대 위로 하얀 뇌광을 연상시킬 정도로 압도적으로 빠른 움직임에 중앙표국 사람들은 넋을 잃고 그 장관을 바라볼 뿐이었다. 자신들이 나설 기회 따윈 조금도 없다는 사실을 자각하면서. 이 섬광의 내달림 뒤에 남은 것은 얼빠진 껍데기와 시체들뿐일 게 틀림없었다.

"뭐, 그럭저럭 밥값이랑 술값 정도는 하는군."

그저 노사부만이 그 광경을 조용히 지켜보며 촌평할 뿐이었다.

　　　　　*　　　*　　　*

크허어어어어어엉!

밤이 내려앉은 동정호 저편으로부터 흉포한 맹수의 포효가 울려 퍼졌다.

"뭐지?"

"뭐지?"

"꺅! 싫어~"

"설마 호랑이?"

소독이네 뭐네로 실랑이를 벌이던 중에 당황한 천무학관 사절단들의 의문은 하나로 귀결되었다.

'동정호 한가운데에서 웬 호랑이 포효 소리?'

동정호에서 물고기들과 어울려 헤엄치길 좋아하는 호랑이가 산다는 괴담은 들은 적이 없었다. 그런데 그중에서도 특히 연비의 안색은 핏기가 가신 듯 매우 창백했다.

'이 소리는 설마?'

듣는 순간 심장이 털컥 내려앉았다. 어릴 때부터 산속에서 종종 듣던 그 소리를 잊을 리가 없었다.

"왜 그래요, 연비? 안색이 좋지 못한데?"

나예린이 걱정할 정도로 안색 변화가 심했던 모양이다.

"설마……."

"예? 갑자기 왜 그래요, 연비. 무슨 일인가요?"

항상 당당하고 두려움을 모를 것 같던 호박색 눈동자가 미약하게 흔들리고 있었다. 마천각의 요란법석한 환영식에도 오히려 즐기며 웃던 연비가 이렇게나 눈에 띄게 당황하는 모습을 나예린은 한 번도 본 적이 없었다.

'도대체 무슨 일이길래?'

"괜찮아요, 연비?"

연비는 대답하지 않았다. 연비의 두 눈동자는 상념에 사로잡혀 있었다.

"방금 그 소리… 예린도 들었나요?"

혹시나 하는 마음에 확인해 본다. 마지막 발버둥인지도 모른다. 그러나 제대로 확인하지 않고는 성이 차지 않는다. 차라리 환청이라면 좋을 텐데, 그러나 이것이 환청이 아니라는 것을 알고 있는 자신이 있다. 현실을 외면하고 싶어도 그러지 못하는 자신의 성격이 오늘만큼은 조금 원망스러웠다.

"네, 분명히 들었어요. 이런 호수 한가운데서 또다시 저 소리를 듣게 되다니 의외군요."

"'또'라고요?"

그 단어가 무척 마음에 걸린다. 언제 들었던 걸까? 이렇게 되면 시기가 매우 중요해진다. 십 년 전 그때였나? 충분히 있을 수 있는 이야기였다.

"혹시 그거 십 년 전이었어요?"

"아니요."

나예린은 고개를 가로저었다.
"아직 한 달도 채 되지 않았는걸요."
"뭐라고요?"
"류… 음, 가까운 사람이 감옥에 갇혀 있던 때였어요."
지난 한 달 안에 감옥에 갇힌 사람은 한 사람뿐이었다. 그렇다면 남창에도 왔었다는 이야긴데…….
'설마…….'
지하에 있어서 듣지 못했던 건가?
'무슨 수단을 강구하지 않으면…….'
방법은 무척 한정되어 있었다.
'이거 유리한 협상 거래 내역품을 지니고 있지 않다면 목숨이 위험할지도…….'
아무리 재난이 인간의 의도 밖에서 일어나는 일이라 해도 만일을 대비하지 않는다면 그것에 휩쓸려 사망할 뿐이다.
'어떻게든 하지 않으면 안 돼!'
아무리 인력으로 어쩔 수 없는 자연재해라 해도 그것이 들이닥쳤을 때 두 손 놓고 가만히 있다면 죽기 딱 십상이었다. 무언가를 해야만 한다, 이 가혹한 운명과 맞서서. 그것만은 하늘이 두 쪽 나도 변하지 않을 사실이었다.
떨린다!
심장이 보이지 않는 손에 의해 쥐어 짜이는 것 같다.
'진정하자, 진정해!'
이것은 시련이다. 언제가 넘어야 할 시련. 그것이 단지 운이 더럽게 나쁘게 오늘이 된 것뿐이다.
'그러니깐 진정하는 거야. 마음을 가라앉혀!'

두근거리며 파열할 것만 같은 심장을 강제로 진정시킨다. 이런 최악의 상황을 가정해 몇 번이나 심상했던 것은 무엇 때문이었던가. 바로 그 사태가 닥쳤을 때 혼란에 빠지지 않기 위한 예행연습이 아니었던가. 그러니 환상 속에서라면 벌써 수백 번도 더 겪은 일이다. 다만 환상과 현실의 격차가 클 뿐. 그렇게 수없이 반복했던 사전 연습을 하마터면 한순간에 날릴 뻔했다.

조용히 다시 한 번 자신에게 진정하라고 되뇌인다. 스스로에게 강한 암시를 걸듯이. 그동안 쌓아두었던 경험이 깨어날 수 있도록.

'나는 이 상황의 지배자이다.'

조금 더 강한 말을 자신에게 불어넣는다.

'모든 변수는 이미 재고(再考)했다.'

남은 것은 심상했던 결론을 현실로 끄집어내 사실(事實)로 만드는 것뿐.

도망치고 싶다. 도망치고 싶다. 도망치고 싶다.

당연하다. 인간은 자신이 다룰 수 없는 사태에 당연히 두려워할 수밖에 없다. 회피라는 게 가장 쉬운 방법이자 가장 어리석은 방법만 아니었어도 망설임없이 그렇게 했겠지. 그러나 도망치는 걸로는 그 어떤 매듭도 지을 수 없다. 한 번 도망치기로 결정하면 계속해서 그 일에서 도망치게 되고 만다. 관성이라는 녀석이다. 한 번 달리기 시작한 말은 쉽게 방향을 틀 수도 없고, 멈추는 것은 더더욱 힘들다. 그러니 두렵더라도, 미래를 예측할 수 없더라도 그 미지의 암흑을 향해 용기를 가지고 몸을 던지지 않으면 안 된다. 그것이 이론, 더할 나위 없이 잘 맞물린 이론.

그러나 그 이론에 따라 몸을 움직이는 것은 역시 다른 문제였다. 몸이 거부한다. 몸은 언제나 쉬운 일을 바란다. 역시나 인간은 이성에 따라서만 움직일 수가 없는 모양이다. 머리로는 알면서 몸은 자꾸만 피하게 된다. 악순환이다. 그렇기에 조금이라도 더 많은 용기를 쌓기 위해 그토록 많은 예행연습을 반복해 온 것이 아니었던가.

분명 얻은 것이 있을 터! 지금이 바로 그것을 꺼내 쓸 때였다. 그래도 이 당황스러움은 감출 수 없었다.

'하양이의 포효라는 변수가 새롭게 추가되었기 때문일까?'

역시 세상은 상상했던 것보다 더 많은 일들이 일어난다. 다음부턴 그 부분을 예상 변수 안에 포함시킬 필요가 있을 것 같다.

한 가지 확실한 건… 그렇다. 인정하고 싶지 않지만 인정해야만 한다. 받아들이고 싶지 않은 현실을 현실로 받아들여야만 한다.

드디어 사부가 자신 앞에 나타났다는 것을!

이제 자신은 그동안 수백 번을 검토한 몇 가지 안(案) 중 하나를 선택하지 않으면 안 된다. 선택의 시간이었다.

연비의 고백
—돈이 필요해!

"연비, 괜찮아요? 배에서 내린 이후에도 계속 안색이 안 좋아요. 어디 아픈 건 아니에요? 혹시 멀미라도?"

오만가지 생각이 머릿속에 넘실대어 정신이 없던 연비는 고개를 들어 목소리의 원천을 향해 고개를 돌렸다. 걱정이 가득한 눈동자가 그곳에 있었다. 나예린이었다. 평소 무표정해서 얼음 조각이라고까지 불리는 나예린의 얼굴엔 지금 걱정이 한가득이었다. 그 걱정이 모두 자신을 향한 것이라고 생각하니 의기양양한 마음이 조금 들었다

"린한테 그 정도로 긴 걱정을 들을 수 있다는 것도 상당한 호강이네요."

나예린의 평소 성격을 보면 이런 반응은 특단의 조치라 할 만했다. 괜히 빙백봉이라는 별호가 붙은 것이 아니었다.

"그, 그런가요?"

아무래도 본인은 자각하지 못한 모양이다.

"그럼요, 그렇고말고요. 그건 그렇고, 나 그렇게 안색이 많이 안 좋아요?"

"네, 무척이나요."

"린한테 걱정을 끼치고… 아무래도 아직 수행이 부족한 모양이네요."

그러나 이미 들켜 버린 후라 후회해 봤자 때는 이미 늦었다.

"오랜만에 동요란 걸 해봤더니 아직 적응이 덜돼서 그런 거니까 걱정하지 말아요. 곧 괜찮아질 테니."

정말 하마터면 잊어버릴 뻔했던 동요라는 감정을 오늘에야 되찾을 수 있었지만 하나도 기쁘지 않았다.

"후우……."

연비는 눈을 감은 채 천천히 심호흡을 하기 시작했다.

흔들리는 정신을 추스르기 위해서였다. 먼저 육체를 통제하고 그것을 기반으로 정신을 통제하는 기본 원칙을 정확히 지키고 있었다. 왜냐하면 정신은 형체가 없지만 육체는 형체가 있기 때문에. 무형의 것보다는 유형의 것이 훨씬 더 제어하기 쉬운 법이다.

곧 호흡이 조용히 가라앉자 눈동자의 흔들림도 멈추었다. 다시 고요한 호수 같은 눈동자 빛이 돌아왔다.

"이제 괜찮아졌어요?"

"이제야 좀 마음이 가라앉은 것 같네요."

"혹시 걱정거리가 있다면 저와 함께 나누는 것도 괜찮은 방법이라고 생각해요. 혼자서 짊어지는 것보단 가벼워지지 않겠어요?"

마음은 고맙지만 이 일은 자신이 짊어지지 않으면 안 되는 업이었다. 여기에 나예린을 말려들게 하고 싶진 않았다. 애초에 망할 인연을 맺은 것이 잘못일 뿐이다. 하지만 나예린의 눈을 보니 물러날 생각이 없는 모양이었다.

"연비, 당신은 제가 어려울 때 손을 내밀어주었어요. 만약 제가 당신에게 받은 은혜를 조금이라도 갚을 수 있다면 무척 기쁠 거예요. 그리고 만일 일부러 그 기회를 주지 않으려고 저를 속인다면 전 무척 실망하게 되겠죠. 제가 아는 사람의 말을 빌리면 이렇군요. 차용 관계는 확실히! 빚은 갚을 기회가 생겼을 때를 놓치지 마라!'

물론 그 말을 연비도 알고 있는 말이었다. 왜냐면 그것은 또 하나의 자신이 해주었던 말이니까. 연비는 나예린의 보석 같은 검은 눈동자를 물끄러미 바라보았다. 어떻게든 고민을 들어야겠다고 그 눈은 말하고 있었다.

'어떡하지?'

사실을 말할까? 아니면 얼버무릴까?

기인가 부인가……

중대한 선택의 기로에 놓이고 만 연비였다.

"린의 도움을 받을 만한 일은 아니에요. 그러니 안 듣는 게 좋겠어요."

나예린은 납득하지 않았다.

"대체 무슨 일인데 그러죠? 그 판단은 제가 하는 겁니다. 연비가 판단할 문제는 아니라고 생각해요. 그 사람이라면 분명 그렇게 말했을 거예요."

"그렇겠죠?"

자신이 했던 말이 자신에게 돌아올 때 그 말은 객관성과 보편성을 잃고 마는 모양이다. 쉽게 말해 자신만은 그 말에서 예외이고 싶은 충동에 시달리게 되는데 그건 연비라고 예외가 아니었다. 그러나 그래서는 마음이 꺾이고 만다.

'그것은 또한 자기를 속이는 행위니까……'

한 번 꺾인 마음을 다시 일으키는 것은 너무나 어려운 일이었다. 자기 자신을 속이기 시작하면 끝이 없는 법. 무엇이든 첫 한 발짝이 중요한 것이다. 그것은 무에서 유가 되는 거랑 마찬가지다. 한 번 유가 되면 두 번 다시 무(無)이던 때로 돌아갈 수 없게 된다.

"제가 졌군요, 린. 좋아요. 말할게요. 그리고 당신의 판단을 기다리죠."

"좋아요. 경청하겠어요."

"그렇게 정색하면서 들을 필요는 없어요. 이건 어찌 보면 돈 문제거든요."

"돈 문제요?"

"예, 갑자기 막대한 목돈이 필요하게 되었다, 그런 말이죠."

"......?"

하나씩 차근차근 설명해 나가기엔 무척 애매한 문제였다.

"도대체 얼마가 필요하길래 그러죠? 만 냥 정도 되나요?"

그 말에 연비는 빙긋 웃었다.

"아니에요? 그럼……."

흠, 하며 잠시 계산해 보던 연비가 대답했다.

"글쎄요, 한 삼십만 냥 정도?"

연비는 그 말을 하며 웃었지만 나예린은 그 말을 듣고 웃을 수 없었다.

"연비, 어, 언제 그렇게 많은 빚을 진 거예요? 악덕 고리대금업자에게 걸리기라도 한 거예요? 아니면 사기?"

그 말에 연비는 쓴웃음을 지어 보였다.

"하아, 차라리 그랬다면 얼마나 좋겠어요. 그런 걸 해결하는 데는 반나절도 필요없을 테니깐요. 고민할 필요도 없죠. 애초에 그런 데에 걸리지도 않고."

연비의 말은 넋두리에 가까웠다.

"그럼 도대체……?"

"역시 돈으로 환산할 수 없는 무형의 것을 현금화해야 한다는 건 언제나 어려운 일이에요. 한두 푼의 무게로는 도저히 그것을 계량할 수 없으니까요."

과거에도 그렇고 다시 재회한 이후로도 그렇고 연비의 얼굴에 저런 표정이 나타나는 것을 나예린은 한 번도 본 적이 없었다. 그리고 깨달았다, 이건 단순한 돈 문제가 아니라는 것을.

"제가 도와줄게요."

나예린이 한 걸음 앞으로 나서며 말했다.

"린이요?"

그건 연비로서는 무척 뜻밖의 얘기였다. 항상 수동적인 줄 알았던 그녀가 웬일로 이런 일을 자청하다니. 돈 문제라고 하면 더 이상 도와준다는 말을 하지 않을 줄 알았던 것이다.

"예전에 전 당신에게 은혜를 입었죠. 이 기회에 갚을 수 있다면 무척 다행이겠어요."

"흠……."

"왜요? 싫어요?"

"아니요, 싫긴요. 그런 소리 했다가는 천벌받죠. 난 가식적으로 사양하는 성격은 아니거든요."

그런 가식적이고 형식적인 사양 따위 오히려 타인의 마음을 상하게 할 뿐이었다. 받고 싶었으면 받고 진심으로 고마워하면 된다.

"도와준다면 사양하진 않겠어요. 철저히 도움을 요청해도 되겠죠?"

"물론이죠."

이미 도와주겠다고 말을 내뱉은 이상 연비의 손에 맡길 뿐이었다.

"린……."

"왜요?"

그러자 연비가 생긋 웃으며 말했다.

"곧 후회하게 될 거예요."

나예린이 놀란 새처럼 눈을 크게 떴다.

"그리고……."

연비는 나예린의 손을 꼭 잡았다.

"고마워요."

자신을 손을 부드럽게 감싸주는 따뜻한 손길에 나예린은 살며시 미소 지었다. 좀처럼 보기 힘든 황금보다 값진 빙백봉의 미소였다.

돈의 행방
―사람이 모이는 곳에 돈이 모인다

 강호란도는 동서남북 네 개 구역으로 나뉘어져 있는데 각각의 지역은 동구, 서구, 남구, 북구라 불리웠다. 그리고 천무학관 일행이 배를 타고 도착한 항구는 남구에 위치해 있었다. 백결의 시큰둥한 안내에 따르면―그는 타인과의 대화조차 불결하게 생각하고 있었다―항구가 위치한 남구에서 동쪽으로 가면 유흥과 도박 업소가 몰려 있는 동구가 나온다. 홍등가도 이곳에 위치해 있다는 말에 눈빛을 반짝이던 몇몇 남자 관도는 여자 관도들의 따가운 눈총을 받아야만 했다. 그곳은 밤에 불이 꺼지는 경우가 결코 없는 불야성이라 했다. 주야장천 영업에 힘쓰는 근면성실한 사람들이 모여 있는 곳인 모양이다.
 숙박 업소는 북구에 위치해 있었다. 즉, 항구에 도착한 손님들은 유흥과 도박장이 밀집 지역을 지나지 않으면 숙박 업소에 다다를 수 없는 구조로 되어 있었다. 이곳은 물론 계산된 배치였다. 그리고 서구에 무엇이 있는지는 즐거움으로 남겨둘 테니 심심하면 직접 가서 알아보라고 했다.

즐거움으로 남겨주었다기보다는 그저 더 이상 길게 이야기를 하고 싶어 하지 않다는 게 더 큰 이유인 것 같았지만.

동서남북 각 구역 사이에는 조그만 수로가 나 있어서 각 지역을 넘어갈 때는 구름 모양의 다리를 건너야만 했다. 그들이 맨 처음 건넌 다리는 '남동운교'라 했는데 쉽게 말해 남쪽과 북쪽을 연결하는 구름다리라는 뜻이었다. 이 수로 덕분에 구역 구분이 꽤 명확한 편이었다.

"당신들이 선물 받은 것은 동구에 위치한 도박장이라면 어디에서라도 자유롭게 사용할 수 있소."

백결이 최소한의 말만 사용해 말했다. 더러운 인간들과는 필요 이상으로 길게 말하고 싶지 않은 듯했다. 그는 같이 있는 것만으로도 숨이 턱턱 막히는 그런 인간이었던 것이다.

"선물이라면 '그것' 말이군요?"

남궁상이 용천명과 마하령과 비연태에게 자그마한 목소리로 물었다.

"아마 도전(賭錢)이라고 했던가요? 도박하는 데만 쓸 수 있는? 일단 따라가 보죠. 아직 무슨 꿍꿍이인지 모르겠지만 특별히 위해를 끼칠 것 같지는 않군요."

감각을 예민하게 개방해 주위를 살폈지만 특별한 미행이나 매복의 낌새는 느껴지지 않았다.

"그저 돈 자랑인지도 모르지. 자기들은 돈 많다는 걸로 우리들에게 뻗대려는 게 아닐까?"

비연태의 의견이었다.

"별로 그럴 것 같지는 않군요."

용천명이 그 의견에 대해 회의적인 의견을 피력했다.

"그럼 어떻게 움직이면 좋겠나?"

"아직 이것이 함정이 아니라는 증거는 전혀 없는 거지요?"

남궁상이 물었다.
"그건 그렇네."
"그렇죠."
용천명과 마하령이 동시에 고개를 끄덕이며 대답했다.
"습격받을 가능성을 완전히 배제할 수는 없겠죠. 일단 저 백결이란 친구가 안내하는 곳까지는 함께 가도록 하고 그 후엔 무슨 일이 벌어질지 모르니 조를 나누어 움직이는 게 좋을 것 같습니다."
그렇게 되면 습격 시 피해를 최소한으로 줄일 수 있고, 비상 신호를 올리면 재빨리 도우러 갈 수도 있었다. 여차하면 역습도 가능할 수 있었다. 단, 각개격파를 당할지도 모르니 긴밀한 연락은 필수였다.
"좋은 생각이네."
"찬성이에요."
"난 상관없네."
세 사람 모두 찬성했다. 혹시나 비상시를 대비해 가져온 비상 신호탄을 각 조마다 나눠주기로 했다. 단, 간부진은 비상시를 대비해 같이 다니기로 했다. 이들 네 명이면 어지간한 일에도 즉각적으로 대처할 자신이 있었던 것이다.
"그럼 그렇게 알고 있겠네, 대장."
"일단 마 소저랑 함께 조를 짜놓도록 하지. 괜찮겠소?"
"문제없어요."
"그럼 부탁드립니다."
남궁상이 고개를 살짝 숙이며 사례했다. 용천명과 마하령은 머리를 맞대고 조 편성에 대해 궁리하기 시작했다. 서너 개 조 정도가 적당할 것 같았다.
그때 등 뒤에서 그를 부르는 여인의 목소리가 있었다.

"저기…… 남궁 대장님?"

남궁상은 자신을 부른 목소리의 주인공을 바라보았다. 남궁상은 잠시 움찔했다(왜 그래야만 했는지 알지 못한 채). 그녀는 바로 연비였는데 안색이 무척 창백하고 힘이 없어 보였다.

"아, 연비 소저! 무, 무슨 일이십니까?"

남궁상이 쭈뼛하며 물었다. 이 사람은 어쩐지 대하기 어려웠다. 단순히 일격에 기절한 전적이 있어서만은 아니었다. 그러나 자신의 본능이 더 이상 알아서 좋을 게 없다고, 알려 하지 말라고 경고하고 있었다.

"아아, 뱃멀미 때문인지 몸이 좋지 않군요. 먼저 객잔에 가서 쉬었으면 좋겠군요. 그래도 될까요?"

힘없는 목소리로 연비가 파리한 색깔의 이마를 짚으며 말했다.

"아, 그러십니까? 확실히 그렇군요. 그렇다면 그렇게 하십시오. 몸이 아프신데 무리할 필요는 없겠지요."

자신을 단 한 방에 쓰러뜨린 사람이 고작 뱃멀미 정도로 고생할 것 같지는 않았지만… 누구에게나 약한 부분이 있는 것이다. 그리고 그것이 우연히 뱃멀미였을 뿐이겠지. 남궁상은 깊게 캐묻기를 거부했다. 분명 연비는 눈에 확 띄는 미인이었지만, 그럼에도 불구하고 그의 본능은 자꾸만 그녀에게서 멀리 떨어지라고 경고하고 있었다. 이런 감각은 대사형 이외에는 처음이었다.

"그런데 혼자서 괜찮겠습니까? 이곳은 아직 안전한 곳이라 할 수 없습니다."

"어머, 그렇게 깊이 배려해 주시다니 감사합니다, 남궁 대장님!"

연비가 감격하며 말하자 남궁상은 조금 우쭐해졌다. 미인의 칭찬을 받는다는 것은 남자에게 있어 언제나 영광스런 일이었다.

"아, 아닙니다. 당연한 제 일을 했을 뿐인걸요."

그리고 이렇게 겸손하게 사양하면 더욱 멋진 남자로 거듭나는 것이다. 하지만 가까이 있는 진령과 눈이 마주치자 그는 재빨리 자신의 망상을 접으며 헛기침을 했다.
"어, 어흠. 호위를 따로 붙여 드릴까요?"
호위 대상이 이런 미인이면 지원자들이 줄을 설 터였다. 그 호위가 과연 안전한가는 장담할 수 없다는 난점에 봉착하게 되겠지만 말이다.
"그럴 필요 없습니다. 제가 함께 가면 되니까요."
아픈 연비를 혼자 보낼 수 없다며 나선 사람이 바로 나예린이었다.
"아, 그러면 되겠군요. 좋은 생각입니다. 나 소저 같은 고명한 검술의 소유자께서 함께 가신다면 저도 안심이 되지요."
남궁상이 얼른 승낙했다.
"히잉, 언니, 들어가시게요? 전 언니랑 함께 놀고 싶었는데……."
이진설이 무척 아쉬워하는 목소리로 투정을 부렸다.
"저기 계신 효룡 공자랑 놀면 되잖니?"
나예린이 손가락으로 조금 떨어진 곳에 장홍, 윤준호와 함께 서 있던 효룡을 가리켰다.
"옛, 저 말입니까?"
의외의 기습에 깜짝 놀란 효룡이 반문했다. 설마 나예린이 자신을 직접 가리키며 그런 말을 할 줄은 꿈에도 몰랐던 것이다.
"앗! 생각해 보니 그런 방법도 있었네요."
마치 까맣게 잊고 있었다는 듯한 이진설의 말투에 효룡은 그만 상처받고 말았다.
'흑흑, 나 따위 완전 잊었단 말이지…….'
축 처진 그의 어깨는 그렇게 말하고 있었다.
"자자, 그렇게 풀 죽어 있지 말게. 원래 여자의 우정 사이에 남자가 들어갈 틈 따윈 없는 법이라네. 그건 사랑과는 또 다른 차원의 것이거든."

곁에 서 있던 장홍이 불쌍하다는 듯 효룡의 어깨를 다독여 주었지만, 전혀 위로가 되지 않았다.

"그럼 재미있게 놀다 오거라."

나예린과 연비가 남고 나머지 일행들은 백결을 따라 가던 길을 계속 갔다. 헤어지는 마지막 순간까지도 이진설은 아쉬워했지만 별수없었다. 이제 단둘만이 남게 되었다.

"다 갔나요?"

파리한 안색을 한 채 의자에 비스듬히 힘없이 앉아 있던 연비는 빼꼼 눈을 뜨며 물었다.

"네, 모두 갔어요, 연비."

"좋았어!"

갑자기 기운이 솟았는지 연비가 자리에서 벌떡 일어났다. 창백하던 얼굴엔 어느새 생기가 넘쳐흐르고 있었다.

"자, 그럼 가볼까요?"

나예린의 팔에 자신을 팔을 잽싸게 두르며 신이 난 목소리로 연비가 외쳤다.

"가다니? 어딜요? 몸은 괜찮아요, 연비?"

"린이랑 둘만 있으니 다 나았어요, 홋호호!"

연비가 즐겁게 웃음을 터뜨렸다. 그 모습에 나예린도 함께 미소 짓지 않을 수 없었다.

"한마디로 꾀병이란 이야기군요?"

"그런 거죠."

연비가 살짝 혀를 낼름 내밀었다.

"이런. 깜박 속고 말았군요. 그런데 어디로 가죠?"

"어디든지요. 난 린이랑 오붓하게 둘이서만 놀고 싶었거든요."

물론 다른 의도도 가지고 있다는 것은 알고 있었다. 좀 더 행동의 제약을 적게 받고 싶었던 것이다.

지금 연비는 어쩐지 궁지에 몰려 있는 듯했고, 그녀가 느끼기에 자신의 도움이 필요했다.

"자, 그럼 우선 뭘 하죠?"

"음… 일단 양육관(羊肉串:양고기 꼬치구이)부터 먹을까요?"

이런 노점에서 파는 음식들 중에서도 그것은 단연 독보적인 맛을 지니고 있었다. 그리하여 두 사람의 노점 맛 기행이 시작되었다.

연비와 나예린은 노점상을 돌며 이런저런 투철한 실험 정신과 도전 정신으로 이것저것 희한하게 생긴 먹거리들을 사 먹으며 여러 놀이들을 즐겼다. 좀 전의 심각하고 고뇌하던 모습은 어디에도 찾아볼 수 없었다. 연비가 계속 이곳에서 머문 채 놀기만 할 뿐 어떤 행동도 취하지 않자 오히려 초조해진 쪽은 나예린이었다.

"정말 괜찮겠어요?"

"그럼요, 그럼요. 낙승! 낙승! 맘 편히 가져요. 여유가 있어야 평소 보이지 않던 것도 보이는 거예요. 앗! 저것 맛있겠네요. 이번엔 저거 먹으러 가요."

그리고는 나예린을 이끌고 풀빵 파는 곳을 향해 전력질주해 갔다.

그 옆에 고리를 던져서 들어가면 상품을 가져가는 놀이가 있었다. 연비가 고리를 잡고 던지자 백발백중이었다. 던지면 들어가지 않는 것이 없었다. 너무 많이 따서 주인이 울상이 되자 나머지는 돌려주고 맘에 드는 인형 하나만 받아왔다. 그리고는 나예린의 손을 잡고 걸어가며 뒤는 돌아보지 않고 말했다.

"예전부터 꼭 린이랑 이렇게 해보고 싶었어요."

연비의 발걸음은 멈추지 않았다.

"십 년 전부터 말이죠. 하지만 계속 기회가 닿지 않았죠."

"연비……."

진정이 가득한 그 말에 나예린이 어찌 감동스럽지 않을 수 있겠는가. 십 년 전의 일이 생각나자 무한한 감회가 샘솟았다.

"아쉬움이란 건 한 번 남기면 좀처럼 지워지지 않나 봐요. 오늘의 이 일은 일종의 복수전이라고 할 수 있죠."

생긋 웃으며 연비가 말했다.

"복수전이요?"

노는 것을 복수전이라고 표현하다니… 연비답다는 생각이 들었다.

"그럼요, 복수전이죠. 십 년을 벼러온. 시장 조사를 겸한 복수전. 이제 슬슬 움직여 볼까요?"

"어디로요?"

그러자 연비가 대답했다.

"어떤 땐 흐름을 파악하기 위해 멈추어 있어야 할 때도 있는 법이죠. 자, 그럼 가볼까요?"

그리고는 나예린이 뭐라 대꾸할 새도 없이 그녀의 손을 붙잡은 채 빠른 속도로 걸어가기 시작했다. 자신이 어디로 끌려가고 있는지 나예린으로서는 도저히 짐작조차 가지 않았다.

"어디로 가는 거죠?"

그러자 연비가 대답했다.

"돈의 흐름을 찾아서!"

아쉽게도 돈은 하늘에서 뚝 떨어지지 않는 물건이었다. 아무리 금전에 어려움없이 커온 나예린이지만 그 정도는 상식으로 알고 있었다. 큰돈을 벌려면 돈이 돈을 벌게 해야 한다고는 하지만 그것은 곧 상당한 초기 자본의 필요성을 역설하는 것이기도 했다. 지금 당장 이런 아무런 인연도 없는 외딴 곳에서 갑자기 삼십만 냥이라는 눈 돌아갈 만큼 어마어마한 액수의 돈을 과연 벌 수나 있을까? 어떤 과정을 통해야 그 돈을 벌 수 있는지 짐작조차 가지 않았다. 그러나 이미 연비는 모든 계산을 끝마치고 행동에 돌입하려 하고 있었다.

"자, 서둘러야 해요."

연비는 정말 급한 듯했다. 나예린은 엉겁결에, 그 진지한 모습에 어떤 반론도 이의도 제기하지 못한 채 뒤따라가야만 했다. 연비의 얼굴은 마치 전장에 나가는 전사처럼 결의로 굳어 있었다.

"그런데 연비, 잠깐 뭐 하나만 물어봐도 될까요?"

따라가는 건 좋지만 그전에 의문은 해소해 놓고 싶었다.

"물론이죠. 얼마든지 물어봐요."

숨길 건 아무것도 없다는 태도로 연비가 대답했다. 발걸음은 늦추지 않았다.

"그런데 여기서 어떻게 돈을 벌 거죠? 설마 도박?"

조금 전 들은 이야기론 이곳은 술과 향락과 도박의 천국이라 했다. 조금만 걸어왔을 뿐인데도 그런 퇴폐, 향락적인 분위기가 곳곳에서 흐르고 있다는 것을 여실히 느낄 수 있었다. 그러자 연비가 정색하며 말했다.

"아뇨, 도박은 안 해요. 내기는 많이 해봤어도 도박은 안 해봤어요. 그리고 무엇보다 전 남이 만든 판에 발을 들이미는 것은 그다지 좋아하지 않거든요."

연비가 딱 잘라 말했다.

"어머, 지금 연비, 누구랑 똑같은 말을 하네요?"

나예린이 깜짝 놀라며 신기하다는 듯 반문했다.

"누구요? 그것참, 상당히 어정쩡하고 광범위한 표현이네요."

짐짓 모른 척 시침을 떼며 연비가 대답했다.

"있어요, 그런 사람이. 나중에 꼭 소개시켜 줄게요."

나예린이 싱긋 웃으며 말했다.

"그 사람하곤 말이 좀 통할 것 같네요."

연비는 아무렇지도 않은 얼굴로 그렇게 대답했다.

사람은 자기가 보고 싶은 것만 보려는 경향이 있다. 때문에 때때로 많은 것을 놓치기도 한다. 그렇다면 필요에 따라 관점을 자유자재로 옮길 수 있는 사람이 있다면 어떨까? 아마 모르긴 몰라도 그는 보통 사람보다 훨씬 더 많은 것을 발견하게 될 것이다. 지금 연비에게 필요한 것은 바로 돈의 길이었다. 그 흐름을 파악하는 것은 비교적 간단했다. 그동안 많은 단련을 했기 때문에 훨씬 더 쉽게 그 길을 발견할 수 있다. 그 길은 자신이 걸을 수 있는 길일 때 의미가 있다. 남이 걸어갈 수 있는 길 따윈 자신에게 아무런 의미도 없었다.

"지금 어딜 가고 있는 거죠?"

수많은 인파 사이를 진지한 표정으로 가로지르는 연비의 얼굴에는 망설임이 없었다. 그것은 목적지를 알고, 자신의 발걸음에 확신을 가지고 있는 사람의 표정이었다.

"돈 벌러요."

연비가 아무런 망설임 없이 대답했다.

"연비는 전에 여기 와본 적이 있어요?"

"아뇨. 당연히 오늘이 처음이죠."

"그런데 어떻게 이렇게 망설임없이 걸어갈 수 있는 거죠? 어떻게 이쪽으로 가야 돈을 벌 수 있다고 확신할 수 있는 거죠?"

용안도 만능은 아니었다. 아무리 그녀가 용안의 소유자라 해도 금전 감각에 대해서는 거의 백지 상태에 가까웠다. 지금까지 돈이란 남이 벌어다 주는 것이었지 자신이 벌 필요는 없는 것이었기 때문이다.

"린, 돈이란 건 말이에요, 선악도 의지도 없는 단순한 도구예요. 결국 그걸 쓰는 것은 사람이죠. 그러니 사람이 모이는 곳에는 돈이 모이게 마련이에요. 돈의 흐름과 사람의 흐름은 결코 별개가 아니거든요."

"아!"

그 말을 듣고서야 비로소 그녀는 연비의 행동을 이해할 수 있었다. 역시 어느 쪽이든 관심을 가지지 않으면 의문을 품을 수 없고, 의문이 없으면 역시 답도 구할 수 없는 모양이다. 본인의 말에 의하면 이 일에 '생존(生存)'이 걸려 있다고 하니 자신과는 관심과 집중의 정도가 다를 수밖에 없는 것이다.

"이쪽이 사람들의 발길이 가장 많이 향하는 곳이니 이쪽으로 가다 보면 '돈의 집적소'라 불릴 만한 무언가가 나오겠죠. 유흥가나 도박장 쪽은 아닌 듯한데······."

그렇다고 몸을 팔아 돈을 벌 생각도 없었고, 자신의 전문 분야가 아닌 도박에 의존할 생각도 없었다.

원래 자신이 가장 잘할 수 있는 일이, 언제나 가장 큰 이익을 안겨주게 마련이라는 것을 연비는 경험을 통해 잘 알고 있었다. 비록 그 경험이 그렇게 썩 즐겁지는 않았다 해도.

인파의 파도를 헤치며 얼마를 걸었을까? 시간이 지남에 따라 나예린은 어떤 위화감을 뚜렷이 느낄 수 있었다. 연비와 함께 걸어가면 갈수록 주변에 있는 사람들의 수가 늘어나고 있다는 점이었다.

"눈치 챘어요?"

연비가 싱긋 웃으며 되물었다.

"그렇다면 역시……."

"의도한 거였냐고요? 물론이죠."

"왜?"

현상을 파악했다고 해서 그 뜻까지 파악한 것은 아니었다.

"아는 만큼 보인다는 말이 있죠? 돈도 마찬가지예요. 관심을 가지고 파고들다 보면 돈이 가는 길, 돈의 흐름이 보이게 되죠. 얼마나 관심을 가지는가에 따라서 더 넓게 보일 수도 있고, 더 좁게 보일 수도 있어요. 공부할 생각이 없으면 돈 벌 생각도 말아야죠. 구닥다리 생각이나 하고 있으면 평생 돈을 벌 수 없을 뿐이에요. 뭐, 평생 가난뱅이로 사는 거야 자신의 선택이겠지만, 거기에 나까지 끌어들이지 말아달라고 그 사람들에게 부탁하고 싶어요."

그렇게 말한 다음 연비는 가장 사람이 많이 모이는 곳을 향해 발걸음을 옮겼다. 그리고 마침내 커다란 심연의 구멍처럼 사람들을 빨아들이고 있는 건물 앞에 섰다. 커다란 돌을 둥그렇게 쌓은 매우 독특한 형식의 건물이었다. 그리고 그 거대한 원형 석벽 저 너머로부터 사람들의 환호성 소리가 터져 나오고 있었다. 나예린은 다른 것은 몰라도 이것 하나만은 알 수 있었다, 이곳은 자신과 맞지 않는 곳이라는 것을.

커다란 정문 쪽으로 다가가자 질서 유지를 위해 세워놓은 문지기가 보였다. 험상궂은 인상이었지만 아랑곳하지 않고 연비가 물었다.

"여기가 어디죠?"

"이곳이 어딘지도 모른단 말이오?"

사내의 얼굴엔 믿을 수 없다는 기색이 역력했다.

"모르니까 묻잖아요. 알면 왜 물어요?"

하긴 그것도 그랬다.

"여긴 투기장이오."
문지기 사내가 무뚝뚝한 목소리로 대답했다.
"사람과 사람이 싸우는 그 투기장?"
"그렇소, 바로 그 투기장이오."
"사람과 사람이 싸우는 데 돈을 거는 그 투기장?"
"맞소, 바로 그 투기장이오. 이름은 '원통' 이라 하오."
상대가 미녀가 아니었으면 이렇게까지 귀찮은 문답은 하지 않았을 거라는 게 문지기 사내의 본심이었다. 그건 그렇고 원통이라니, 정말 대충 지은 티가 역력한 이름이 아닐 수 없었다.
"우승하면 상금도 있겠죠?"
"물론이오."
"그렇군요. 고마워요."
그리고는 빙글 몸을 돌려 나예린에게 말했다.
"자, 그럼 들어갈까요, 린?"
"저 투기장에요?"
연비는 고개를 끄덕였다.
"구경… 하러요?"
"아뇨, 참가하려고요."
연비가 활짝 웃으며 대답했다.

사전 시장조사
―물론 진심입니다!

"참가하겠다니! 연비, 진심이에요?"
"물론 진심이죠. 전 이래 봬도 지금 심각하다고요. 일종의 사전 탐사죠. 이곳이 어떻게 돌아가는지도 모르고 무작정 달려들 수는 없잖아요? 전 그렇게까지 무모하진 않아요."
지금도 충분히 무모해 보였다.
"그렇지만……."
"왜요?"
연비는 호안석 같은 눈동자로 나예린을 빤히 바라보았다.
"아뇨, 정말 망설임이 없구나 싶어서요."
아무리 급전이 필요하다지만 이렇게까지 할 필요가 있는 것일까? 나예린은 그것조차 의문이었다.
그러자 연비가 싱긋 웃으며 대답했다.
"망설이는 건 일단 확인한 다음에 해도 늦지 않잖아요? 내가 신 내린

무당도 아니고, 아무것도 모른 채 참가할지 안 할지는 결정할 수 없는 것 아니겠어요?"

"그, 그것도 그렇군요."

"원래 난 자신의 눈과 귀로 보고 듣고 확인한 것이 아니면 아무것도 믿지 않는 주의거든요."

그 말에 실린 의지는 감히 어느 누구도 넘볼 수 없을 만큼 확고했다. 더 이상 연비를 말리는 건 불가능했다. 나예린이 눈에 띄게 망설이는 것을 보고 연비가 말했다.

"저어, 린?"

"예?"

"린은 여기서 돌아가요. 여기까지 함께 와줘서 고마워요. 하지만 역시 돌아가는 게 좋겠어요. 이곳은 인간의 욕망과 광기가 난무하는 곳. 린하고는 너무 안 맞아요. 그러니 돌아가요."

막상 와보니 이런 곳에 린을 함께 끌고 들어가고 싶지 않았다. 나예린의 정신이 이런 욕망과 광기의 소용돌이 속에서 부서지지 않는다고 누가 보장한단 말인가. 이곳은 나예린과는 가장 상극인 장소였다. 아무리 그녀의 힘이 필요하다 해도 그런 희생까지 강요할 수는 없었다. 그러나……

"아니요, 전 돌아가지 않겠어요."

"린?"

그것은 정말 뜻밖의 대답이었다.

"내키진 않지만 돌아가지 않겠어요."

역시 그녀도 이미 느끼고 있는 것이다, 저 거대한 벽 너머에서 소용돌이치는 광기를.

"정말 괜찮겠어요? 위험할 수도 있어요. 괴로울 수도 있어요."

"언제까지 이 핑계 저 핑계를 대며 도망갈 수만은 없잖아요. 전 앞으로 나아가겠어요."

저 안쪽에서 소용돌이치는 감정은 너무나 농후하고 거칠었다. 마치 풍랑 속에 소용돌이치는 바다와 같았다. 그 한복판에 들어가지 않으면 안 된다는 사실이 너무나 꺼림칙했다. 하지만 나예린은 물러설 생각이 없는 모양이었다.

"자, 그럼 들어가 볼까요?"

나예린이 먼저 연비의 손을 잡고 안으로 발걸음을 옮겼다. 연비에게 그 손을 뿌리치는 것은 불가능했다. 이미 결심한 이상 이대로 물러날 수는 없다는 의지가 선명히 느껴졌다. 나예린의 말대로다. 언제까지 피하고만 있을 수는 없는 노릇. 공포와 맞서 싸우지 않으면 영원히 그 속박으로부터 벗어날 수 없으리라.

마침내 나예린은 연비를 따라 원통투기장 안으로 걸어 들어갔다.

경계를 넘는 순간 기화된 땀 냄새와 피 냄새가 물씬 풍겨왔다.

사람들은 예로부터 많은 경주들의 승패에 대해 돈을 걸어왔다. 말 경주, 쥐 경주, 귀뚜라미 경주, 개 경주, 거북이 경주, 돼지 경주, 거의 떨 수 있는 모든 것에다 말이다. 또한 인간들은 순위를 다투는 경주뿐만 아니라 승패를 다투는 싸움에 대해서도 많은 돈을 걸어왔다.

개 싸움, 소 싸움, 말 싸움, 벌레 싸움 등등. 그 싸움의 종류 또한 이루 말할 수 없이 많았다. 그중에서 사람들이 가장 열광하는 것은 인간과 인간이 피를 튀기며 살을 가르는 투기장이었다. 이곳은 하루 동안에도 엄청난 현금이 오가는 곳이었다.

"괜찮아요, 린?"

단단히 각오를 하고 들어오긴 했지만 원통투기장 안의 기운은 상상 이상으로 탁했다. 그 한가운데를 가로질러 가는 것만으로도 나예린은 충분히 괴로웠다. 가장 잔인한 욕망의 소용돌이 속에 서 있는 나예린은 태풍 속에 떠 있는 일엽편주처럼 불안해 보였다.
"괘… 괜찮아요, 전."
대답하는 나예린의 안색은 무척이나 창백했다.
뿌려진 피가 이성을 마비시키고, 찢겨진 살은 본능을 격발시킨다. 검과 검, 검과 도, 창과 도끼가 불꽃과 굉음을 일으키며 생사의 한가운데서 격돌하는 이곳은 광기와 폭력이 손을 맞잡고 춤을 추는 광란(狂亂)의 도가니였다.
"와아아아아아아!"
한 전사의 도끼가 상대의 어깨를 찍자 들끓는 듯한 함성이 터져 나오고 있었다. 그 일격으로 승부는 확정되었다. 승자에게 돈을 건 쪽은 환호하고 반대쪽은 비통해했다. 간명하게 나뉘어서 알기 쉬웠다.
나예린은 저절로 인상이 찌푸려졌다. 마치 보이지 않는 광기가 검은 뱀처럼 건물 전체를 감싸며 꿈틀거리고 있는 것 같았다. 이 왜곡된 괴이함은 차라리 보지 않는 쪽이 편할지도 몰랐다. 그러나 그녀의 눈은 그 뒤틀림마저도 남김없이 비추고 있었다. 본능적인 혐오감이 마음속으로부터 일었다.
"오래 있고 싶진 않은 곳이군요."
이런 걸 오락거리로 만들려고 생각한 인간은 도대체 누굴까? 그리고 그걸 또 즐기고 있는 인간들은 또 어떤가. 그런 생각이 꼬리에 꼬리를 물수록 점점 더 혐오감이 짙어져 갔다.
그녀 역시 무를 숭상하는 무림인의 한 사람이었지만, 이것은 무(武)라기보다 그저 폭력의 집합체에 불과했다.
이곳이 자신과는 맞지 않는 곳이라는 것만은 확신할 수 있었다.

두 명의 해설자
—해설은 육합전성으로!

이 투기장에는 무척 특이한 직업을 가진 자들이 있었다. 그들은 투기장의 가운데 벽 바로 위에 자리를 잡고 있었는데, 한 사람은 무척 젊고 한 사람은 무척 노쇠한 늙은이였다. 이들의 역할은 사회와 해설이었다. 즉, 그들은 투기장에서 벌어지고 있는 일들을 보다 흥미진진하게 관중들에게 전달하는 역할을 맡고 있었다. 그런데 이렇게 크고 떠들썩한 투기장 안에서 그들의 목소리가 과연 들리거나 할지 의문이었다. 그러나 그 의문은 곧 풀렸다.

"자, 기다리고 또 기다리셨습니다. 드디어 오늘의 최대의 볼거리, 시합 중의 시합. 모두들 목이 빠지신 것은 아니셨요? 빠졌다면 얼른 다시 끼워 넣으시기 바랍니다. 이 시합을 보지 못하면 두고두고 후회하실 테니 말입니다. 적어도 한 달은 밤에 잠 못 잡니다, 분하고 원통해서!"

입담 좋은 젊은 사회자가 입을 열자 마치 사방에서 그의 목소리가 들려오는 듯했다. 그렇게 크게 말하지 않는데도 무척이나 또렷한 목소리였다.

"상당한 내공이군요, 이렇게나 큰 투기장 구석구석까지 그 목소리가 미치도록 하다니. 일종의 육합전성의 응용 같은데……."

여섯 방위에서 동시에 소리가 들리게 한다는 육합전성은 소리를 전하는 전성술 중에서는 매우 고급 기술이었다. 게다가 탄탄한 내공의 뒷받침을 전제로 하기 때문에 젊은 나이에 그것을 익히기란 무척 지난한 일이었다.

"단순히 육합전성만 쓴 건 아닐 거예요. 금속 특유의 울림이 섞여 있는 것으로 봐서 확성기 역할을 하는 관을 심어놨을 거예요. 저기 위쪽에 여기저기 설치된 금색 모양의 커다란 깔때기 있죠?"

"정말로 있군요."

"저게 아마 저 해설석에 삐죽 튀어나온 조그마한 금속 깔때기에 연결된 물건일 거예요. 저걸 이용해 소리를 확장시키는 거죠."

"잘 아네요, 연비?"

"아, 옛날부터 금속 만지작거리는 데는 좀 취미가 있어서요. 이것저것 많이 만들어봤었거든요."

"특이한 취미로군요. 그러고 보니 그때 주었던 선물도 직접 만든 거라고 했었죠. 정말 놀랍네요."

"아니, 그렇게 놀랄 일은 아닌데……."

그때 다시 젊은 남자의 목소리가 울려 퍼졌다.

"해설은 언제나처럼 저 미성공자 유진이 강호의 제반 무공에 박학다식한 무공 전문가 무광(武狂) 선생을 모시고 진행하도록 하겠습니다."

그러자 옆에 비스듬하게 앉아 있던 왜소한 체구의 노인이 건성으로 까닥 하고 인사했다.

"무광 선생이라는 이름은 강호 견문이 짧은 저도 들어본 적이 있어요. 취미로 모든 문파의 무공을 이론상으로 연구하겠다고 선포하고 강호를 수십 년 동안이나 떠돌아 다녔다고 하더군요."

"이론상이요?"

"네, 이론상이요. 현실적으로 그 모든 것을 몸에 익힌다는 것은 불가능하잖아요? 그래서 그는 지식욕의 충족을 위해 이론상으로 그것들을 습득하기로 한 것이죠."

"특이한 사람이군요."

"그리고 그 내용들을 이해하기 위해 고금의 기서들에 달통했다고 전해져요. 주역(周易)은 물론이거니와 그 외에 각종 산법과 진법에도 능통하다고 하더군요. 그와의 논검에서 이겼다는 사람은 아직까지 단 한 사람도 없다는 이야기도 있죠. 그런 사람이 이런 곳에 왜 있는 걸까요?"

"글쎄요, 그냥 본인의 취미일 수도 있죠. 아니면 연구 장소이거나 실험 장소던가."

아니면 둘 다일 수도 있었다. 어쨌든 그가 여기서 무엇을 하든 연비로서는 별 관심 없었다. 애초에 그는 그 대단한 무광 선생의 명성에 대해거의 한 토막도 들어본 적이 없었다.

"자, 드디어입니다. 드디어예요. 빠졌던 목들은 다 끼워 넣으셨겠죠? 툭 빠진 눈알도 얼른 주워 담으세요. 놓치면 후회하고 또 후회할 시합이 지금 막 시작되려 합니다. 자, 이제부터 이 원통투기장의 제왕, 얼굴에 일곱 개의 상처를 지닌 사자, '칠상혼'의 시합이 시작되겠습니다! 모두 준비되셨나요?"

자칭 미성공자 유진은 귀에다가 손을 가져다 대는 시늉을 해 보였다.

그러자 우레와 같은 함성 소리가 터져 나왔다.

"와아아아아아아아!"

칠상혼이란 이름이 나오자 뜨거운 환호성이 터져 나왔다. 이 열광만으로도 다들 얼마나 그의 시합을 기다리고 있었는지 알 만했다.

"자, 그럼 도전자는 오직 칠상혼을 향해 수년간 복수의 칼날을 갈아온 사나이! 철혈장창 단목강과 그 외 두 사람!"

다시 환호가 터지며 오른편 통로에서 긴 장창을 든 장년인과 그를 뒤따르는 검객 두 사람이 모습을 드러냈다.

"저 사람은……."

그 기다란 장창을 본 나예린의 눈에 이채가 서렸다.

"아는 사람이에요?"

"예, 이런 곳에서 설마 아는 사람을 보게 될 줄을 몰랐군요."

나예린은 믿어지지 않는 모양이었다.

"누구죠?"

강호 견문이 짧다기보다 별다른 관심이 없었다고 하는 게 더 정확한 연비가 물었다.

"철혈장창 단목강! 그는 유명한 팔대세가의 하나인 '단목세가' 세가주의 친동생이자 단목세가 최정예 무력 집단인 '신풍대(迅風隊)'를 이끄는 사람이기도 하죠. 그의 창법은 지극히 정제되어 있으며, 그 창끝에서 뿜어져 나오는 기술은 정묘하고 예리하기 그지없다는 평을 듣는 사람이에요. 그런데 그런 사람이 왜 이런 곳에?"

돈이라면 충분히 있을 터였다. 그러니 돈 때문에 그가 이런 자리에 설리가 없었다. 이런 곳에 선다는 것은 단목세가의 명예에 누를 끼치는 행위와도 같았다. 그런데 왜?

"그 뒤에 따라온 두 사람도 알겠어요?"

"아마 저 둘은 신풍대의 삼대고수 중 두 명인 '잔도(殘刀)'와 '호검(豪劍)'인 모양이에요."

"그 삼대고수 중 나머지 한 명이 바로 저 단목강이겠군요?"

"맞아요. 신풍대 삼대고수인 신풍삼영(迅風三影)이 이런 자리에 동시에 나타나다니…….."
 도저히 그 인과를 짐작할 수 없었다.
 "자, 드디어 제왕의 등장입니다. 모두들 환호로 맞아주십시오. 지난 오 년 동안 단 한 번도 패하지 않은 이 투기장의 진정한 승자, 일곱 상처의 사나이 혈염제(血閻帝) 칠~상~흔!"
 투기장이 무너지는 게 아닌가 의심될 정도로 큰 환호 소리와 함께 그자는 어둠 속에서 그 모습을 드러냈다.
 찰그랑! 찰그랑!
 쇠가 부딪치는 소리가 통로 안쪽 깊숙한 곳에서 울려 나왔다.
 찰그랑! 찰그랑!
 한 걸음 한 걸음 그가 걸음을 걸을 때마다 그 소리는 어김없이 반복되었다. 그가 투기장에 모습을 드러내자 모두들 숨을 삼켰다. 정말로 일곱 줄기의 커다란 상처가 마치 밭고랑처럼 그의 얼굴 여기저기를 누비고 있었는데 그 상처가 그의 몸에 감싸인 흉맹한 기를 더욱 북돋워주고 있었다. 살가죽을 종횡으로 가로지르고 있는 상처 때문에 남자의 얼굴은 마치 조각난 가죽을 덕지덕지 기워놓은 것 같은 무시무시한 형상이었다. 맨 얼굴을 알아볼 수 없을 정도의 무거운 상처였다. 이 때문에 일각에서는 '기워진 얼굴'이라고 부르기도 했다. 어깨까지 내려오는 머리는 산발이었고 두 눈은 깊은 어둠과 광기로 물들어 있었다.
 그는 온몸을 검은 쇠사슬로 휘감고 있었는데, 그 쇠사슬은 그의 등에 매달린 검은 관을 단단히 옭아매고 있었다. 보기만 해도 불길함이 느껴지는 모습이었다.
 "오늘도 언제나와 같은 모습이군요."
 무패의 제왕, 검은 관의 사나이. 쇠사슬에 감겨 있는 그 검은 관 속에 무엇이 들어 있는지 본 사람은 아무도 없다. 그 안을 보려면 그를 쓰러뜨려야만 하는데 지금까지 그것이 가능했던 자는 단 한 사람도 없었던 것이다. 그는 마치 철벽처럼 이 투기장 위에 군림하고 있었다. 그리고 그 벽에 도전하는 자가 있었다.

"드디어 찾았다, 이 악적!"

백도의 이름 높은 무인이자 성격 좋기로 소문난 단목강의 두 눈에는 지금 살벌한 흉광이 가득했다.

"넌 또 누구냐?"

시큰둥한 목소리로 칠살혼이 되물었다. 무척 탁한 목소리였는데 아무래도 그는 단목강을 기억하지 못하는 듯했다. 그의 그런 태도가 단목강의 분노를 더욱 부채질했다.

"날 기억 못한단 말이냐! 설마 단목우라는 이름도 잊은 건 아니겠지?"

"단목우?"

"그렇다, 단목세가의 철명검 단목우 말이다!"

그는 잠시 생각하더니 가운데 중지로 왼쪽 눈 위에서부터 코를 지나 오른쪽 뺨까지 이어지는 기다란 상처를 쓸어내렸다. 그의 입가에 차가운 조소가 어렸다.

"아아, 이 상처를 만든 놈이었지. 잊고 있던 그 이름을 들으니 이 상처가 또다시 욱신거리는군. 뭐, 나는 그 답례로 오른쪽 어깨부터 허리까지 토막 내줬지만 말이야."

그것은 명백한 도발이었다.

"이 형님의 원수!"

그러자 장내의 웅성거림이 더욱 커졌다.

"이럴 수가! 놀랍습니다! 경악입니다, 경악! 설마 단목가의 둘째 장주를 살해한 이가 바로 저기 서 있는 칠상혼이었다니요?"

"강호에는 알려지지 않은 비사로군요."

"병으로 죽었다는 건 거짓말이었군요, 무광 선생님?"

"흠, 그러고 보니 그런 소문을 들은 적이 있긴 있었습니다. 철명검 단목우는 병으로 죽은 게 아니라 이름없는 부랑자와의 결투에서 패해 죽었다고요. 하지만 단목우의 실력을 알고 있던 사람들은 아무도 믿지 않았죠."

"그 이름없는 부랑자가 바로 칠상혼이었던 거군요?!"

무광 선생이 고개를 끄덕였다.

"그렇습니다. 대부분의 사람들에게 알려지지 않은 비사였던 거지요."

그 이야기는 좀처럼 놀라는 법이 없는 나예린마저도 동요시켰다.

"단목세가의 둘째 장주인 단목우는 사고로 죽었다고 알고 있었는데 설마 저런 무명지배에게 당했다니……."

나예린도 믿을 수 없는 모양이었다. 칠상혼이란 별호에 대해 그녀는 거의 들은 바가 없었던 것이다.

"단목우란 사람이 그렇게 강해요?"

"단목세가의 가전검법인 소슬검법을 극성까지 연마한 사람이라고 들었어요."

"흠, 그럼 린의 스승인 검후랑 비교하면요?"

"그, 그거야 격이 달라도 너무 다르죠. 어떻게 그분과 비교할 수 있겠어요? 그분과 검으로 견줄 수 있는 분은 같은 천무삼성이신 검성뿐이에요."

은근한 자부심이 담긴 목소리였다.

"뭐, 그럼 신경 쓸 정도는 아니군요."

어떻게 하면 그런 결론에 도달할 수 있는지 이해하기 참으로 난감하지 아니할 수 없었다. 무림에서 이미 규격 외에 속하는 검후를 기준으로 삼다니…….

"특이한 기준 설정이네요."
"보통이죠 뭐."
대수롭지 않다는 투로 연비가 대답했다.
"하지만 사부님 앞에서는 그런 말 안 하는 게 좋을 거예요."
"왜요?"
"연비는 아직 만나본 적이 없겠지만 성격이 보통이 아니시거든요. 검성과 도성 두 분도 그분께는 쩔쩔매시니까요."
"화낼까요?"
나예린은 고개를 가로저었다.
"아마 칭찬하시겠죠, 그것도 무척. 정말 좋은 배짱이라고. 그리고……."
"그리곤요?"
"당장 검을 뽑으라 하시겠죠. 검으로 대화하자고."
그 모습이 눈에 선한지 나예린이 웃으며 대답했다.
"그게 그분 나름의 칭찬 방법이죠."
그리고 보통은 반 죽는다. 연비가 그런 꼴을 당하는 모습은 보고 싶지 않았다.
"그거 기대되는걸요."
연비는 검후의 칭찬이 두렵지 않았기 때문에 서슴없이 미소 지을 수 있었다. 다시 무광 선생의 해설이 이어졌다.
"칠상혼이 나름 강호에서 유명해진 것은 비무행 '백인참(百人斬)'을 행한 후였습니다. 일각에선 상당히 화제가 됐었죠."
무광 선생은 그때 상당히 관심을 가지고 그의 행방을 주시했기에 상당히 자세한 부분까지 알고 있었다. 그중 몇 번 본인이 직접 가서 지켜보기까지 했다는 사실은 굳이 이야기하지 않았다.

"백인참이라 함은 어떤 비무행인가요?"

미성공자 유진이 물었다. 잘 모르는 손님들을 위한 친절한 배려였다. 중간중간에 새로운 관객들이 모를 만한 내용들은 살짝살짝 설명해 주며 가는데, 어떤 호흡으로 갈 것인지 결정하는 게 그의 숨겨진 기술이었다.

"아, 그것은 생을 담보로 육체와 정신을 깎아가며 행하는 엄청나게 가혹한 비무 수행법입니다. 그저 그런 수행법이 있었다고 알려지고만 있을 뿐 그것이 실제로 행해졌다는 기록은 거의 전무하지요. 사실 단순한 비무도 아닌 백 번의 생사결을 반복할 정신 나간 인간은 그리 많지 않으니까요. 무엇보다 중도하차하기 십상이니깐요."

"그런데 그 무시무시한 수행을 성공시켰다는 거군요?"

"그렇습니다. 그리고 그가 이 투기장에 있는 이유도 아마 그다음으로 나아가고자 하는 의지 때문인지도 모릅니다."

"그 말인즉……"

"백인참 다음은 뭐라고 생각합니까?"

오히려 무광 선생이 반문했다.

"글쎄요? 이백인참인가요?"

그 말에 무광 선생이 피식 웃었다.

"그럴 리가요. 천인참(千人斬)입니다. 그는 이곳에서 아직도 그 수행을 계속해 나가고 있는 게 아닌가 저는 생각하고 있습니다. 뭐, 어디까지나 저 일개인의 추측이지만 말입니다."

확실히 설득력있는 이야기였지만 단목강에게는 그런 이야기 따위 어찌 돼도 상관없었다.

다시 단목강이 외쳤다.

"자, 어서 칼을 뽑아라! 무기 없는 놈을 죽이지는 않는다. 오늘 내 너와 정정당당히 겨루어 단목세가의 무공이 결코 녹슬지 않았음으로 보이

두 명의 해설자 **161**

리라!"

그러자 칠상혼이 피식 하고 웃었다.

"정정당당? 삼 대 일이 정정당당이라는 말은 처음 들어보는군."

순식간에 단목강의 얼굴이 붉으락푸르락해졌다.

"이이이이익! 누군 좋아서 이러는 줄 아느냐! 삼 대 일이 아니면 신청할 수 없다 그랬기 때문에 어쩔 수 없이 함께 온 것이다! 그렇지 않았다면 이런 잡스런 곳까지 오지도 않았다. 누군 구경거리가 되고 싶어서 이곳에 있는 줄 아느냐!"

겨우 형의 원수인 칠상혼을 찾았는데 그 원수는 철통처럼 보호되는 투기장 안에서 두문불출하고 있었다. '칠상혼'을 내놓으라고 끊임없이 투기장 측에 요구했지만 그의 요구는 번번이 묵살되었다. 가장 큰 돈벌이 도구인 그를 놓아줄 수 없다는 것이 그 속내였다. 그렇게도 칠상혼에게 복수하고 싶으면 그의 대전 상대가 되면 되지 않느냐는 이야기도 들었다. 삼인 일조로 덤벼야 된다는 이야기를 들었을 때는 정말 굴욕적이기까지 했다. 단신으로 일 대 일 대결을 펼치겠다고 했지만 거절당했던 것이다.

"흠, 일 대 일 대결은 역시 성사되지 않은 모양이군요, 무광 선생님?"

"당연하죠. 왜 삼 대 일의 구도가 되었겠습니까? 일 대 일로는 아무도 칠상혼의 상대가 되지 않아서가 아니겠습니까? 승부가 되지 않는데 당연히 반대했겠죠."

정확히는 돈벌이가 안 된다는 게 문제였다. 단신으로 상대하면 아무도 단목강에게 걸지 않을 것이고, 그러면 너무 일방적이라 안 된다는 게 그 이유였다. 즉, 지는 쪽이 있어야 벌이가 되는데 지는 쪽이 없으면 장사가 안 되는 것이다. 하는 수 없이 단목강은 이를 악물고 그들의 조건을 수락하는 수밖에 없었다. 그리하여 그는 증오와 분노를 가슴에 품은 채 이 자리에 섰던 것이다.

"그러고 보니 선생님께서 칠상혼의 무공이 어느 원류에 기인하는 것인지 알아내겠다고 벼르고 계셨는데 성과는 있으셨나요?"

무광 선생은 안타까운 표정으로 고개를 가로저었다.

"아뇨, 아쉽지만 아직 찾아내지 못했습니다. 사실 그의 정체는 지금까지 철저히 비밀에 붙여졌었죠. 본인도 결코 드러낸 적이 없습니다. 투기장 측도 모르고 있는 게 아닌가 하는 의심도 듭니다. 그래서 그의 무공 기원에 대해 알아내려고 했습니다만 딱히 사승을 간파할 만한 특색있는 초식은 없었지요. 그런 큰 기술 없이 지금껏 이겨왔다는 데서도 그의 대단함을 알 수 있지요. 오늘은 과연 그의 숨겨진 힘을 끌어낼 수 있을지, 도전자의 분투가 기대되는 바입니다."

도전자는 아직 신경전 중이었다.

"걱정 마라. 승부는 나 혼자 나선다!"

그때 단목강이 칠상혼을 향해 외쳤다.

"아니, 그럴 필요 없다."

칠상혼이 특유의 탁한 목소리로 대답했다.

"뭐라고?"

어리둥절한 표정으로 단목강이 반문했다.

"귀찮다. 한꺼번에 덤벼라!"

실로 광오한 말이 아닐 수 없었다.

"네, 도발입니다. 과연 투기장의 제왕! 엄청난 배포로군요."

"뭐, 아직까지 세 명이든 다섯 명이든 그의 상대가 된 적은 한 번도 없었으니까요."

"이…… 이놈이!"

단목강의 두 눈이 분노로 인해 벌겋게 달아올랐다. 타는 불에 기름을 끼없은 격이었다.

"그 말 곧 후회하게 해주마!"

"그런 장담은 이긴 다음에 해도 늦지 않다. 물론 그런 기회 따윈 영원히 오지 않겠지만."

"오오오오! 역시 제왕은 제왕! 어떤 일에도 흔들리지 않습니다. 자, 거십시오. 걸어요! 아직 돈을 더 거실 수 있습니다. 과연 이 승부의 행방은 어디일까? 그 앞을 보고 싶은 사람은 모두들 돈을 거십시오. 열 배는 더 흥미진진할 것을 약속드립니다. 자, 거십시오, 자신의 미래를 위해! 보다 나은 내일을 위해! 돈벼락을 위해! 자, 유흥도 즐기고 돈벼락도 맞고 이 아니 좋을 수 있겠습니까. 자, 그럼 이 세상에서 가장 잔혹한 무대의 막이 오릅니다!"

한쪽으로 기울어져 있던 승률이 조금 도전자 쪽으로 기울기 시작했다. 팔대세가 중 하나인 단목세가의 셋째 가주라면 한번 해볼 만하다는 생각이 사람들의 머릿속을 지배하기 시작했다.

그러나 그 생각이 얼마나 안일한 생각이었는지 확인하는 데는 얼마의 시간이 걸리지 않았다.

먼저 움직인 쪽은 신풍삼영 세 사람이었다. 잔도와 호검이 전방에 간격을 두고 서고 단목강이 후방 가운데에 자리하는 역삼각형 진이었다.

"셋 모두 함께 덤빌 모양이네요?"

나예린이 그 모습을 보며 말했다.

"자신이 없는 거겠죠, 입으로 떠든 만큼은."

연비의 평가는 신랄했다.

"역시 그런 걸까요?"

멀리 떨어져 있는데도 비범함을 느낄 수 있을 정도로 칠상흔의 기도는 범상치 않았다.

"하지만 어설프게 체면 찾다가 개죽음당하는 것보다는 낫다고 생각해요."

단목강의 두 눈이 불타는 석탄처럼 이글거렸다. 분하지만 지금은 자존심보다는 실리를 취할 때였다.

"네 자만심이 너를 죽일 것이다!"

"그런 말은 다 죽인 다음에 해도 늦지 않다. 항상 시시한 놈들이 시시한 대사를 내뱉지."

"뭐, 뭐라고!!"

"별생각이 없으니 그 안에서 별생각있는 말이 나올 수 있을 리가 없지. 그러니 시시한 놈밖에 못 되어 시시한 인생밖에 못 살게 되는 거야. 네가 시시한 놈이 아니라면 그 창으로 그것을 증명해 봐라!"

칠상흔은 상처 난 입술을 일그러뜨리며 이죽거렸다. 효과는 즉시 나타났다.

"물론 그럴 생각이다!"

부웅!

바람을 가르는 세찬 소리와 함께 붉은 장창이 칠상흔의 미간을 겨누어 왔다. 창날 끝에 모인 살기가 칠상흔을 향해 쏘아져 갔다. 일곱 상처의 남자는 웃었다, 즐거워서 미치겠다는 듯이.

"자, 그럼 지금부터 '투기제'를 행하겠습니다! 개(開)~전(戰)~!!"

미성공자 유진은 들고 있던 작은 망치로 종을 울렸다.

땡땡땡!

그것은 서로 죽고 죽이는 생사투(生死鬪)의 시작을 알리는 종이었다.

"자, 와라!"

생명을 담보로 한 싸움이 지금 막 그 막을 올렸다.

타앗!

전방에 서 있던 두 사람이 칠상혼의 좌우를 노리며 도약했다.
"앗, 먼저 잔도와 호검 두 사람이 뛰쳐나갔습니다!"
미성공자 유진이 흥분한 목소리로 소리쳤다.
"아무래도 교란 작전인 것 같군요, 단목강에게 틈을 안겨주기 위한."
무광 선생의 말이 끝나기도 전에 파바박 불꽃이 튀며 먼지폭풍이 몰아쳤다. 그리고는 울려 퍼진 쾅 하는 굉음! 무언가가 엄청난 힘으로 격돌했지만 먼지구름 때문에 상황을 확인할 수 없었다.
"아, 이럴 수가! 보이지 않습니다. 전혀 보이질 않습니다. 역시 바닥을 돌로 바꿨어야 되는 것인가. 이래서야 소리밖에 들리지 않습니다. 눈 뜨고 있는데도 안 보이다니, 이건 참으로 손님들에게 실례가 아닐 수 없습니다!"
"뭐, 고수들의 싸움이란 게 때론 일반인의 눈으로 따라가기에 너무 어려운 경우가 많죠. 지금처럼 강맹한 초식이 작렬하면 그 여파로 먼지구름이 일기도 하고 말입니다."
"그럼 무광 선생님께선 확실히 보셨습니까?"
"뭐, 제가 그동안 밥 먹고 한 일이 그것뿐이라서요. 안력 하나만은 다른 누구에게도 지지 않는다고 자부하고 있습니다."
"그럼 저 두 사람의 합공에 대해……."
그러자 무광 선생은 고개를 가로저었다.
"두 사람이 아닙니다. 세 사람입니다."
"네?"
그의 확신에 찬 말에 투기장 안이 술렁거렸다.
"흠, 확실히 괜찮은 안력이네요."
연비가 고개를 끄덕이며 말했다. 다시 무광 선생이 말을 이었다.
"그 마지막에 터져 나온 굉음 말입니다, 그게 바로 단목강의 일점 찌르기가 내는 소리였습니다."
 "아, 그렇습니까? 그럼 기습은 성공했습니까?"
 무광선생은 자신도 모르겠다며 고개를 가로저었다.
 "곧 먼지도 걷히니 눈으로 확인하면 되겠지요."
 먼지가 걷히자 투기장의 모습이 일목요연하게 들어왔다.
 어느새 잔도와 호검은 일곱 발자국 뒤로 물러난 채 한쪽 무릎을 꿇고 괴로워하고 있었다. 그리고 단목강의 장창은 어느새 칠상흔의 심장에 닿아 있었다. 그러나 안타깝게도 그의 일격은 원수의 심장을 꿰뚫는 데 실패하고 말았다.
 왜냐하면 어느새 뽑아 든 칠상흔의 넓적한 반 토막짜리 도가 그 창날 끝을 막고 있었기 때문이다.
 "와아아아아아아아!"
 그제야 상황 파악이 된 군중들 속에서 환호성이 터져 나왔다.
 "막았습니다! 네, 막았습니다! 단목강 선수의 기습적인 무시무시한 찌르기를 가뿐하게 막아냈습니다. 역시 칠상흔! 이 투기장의 제왕답습니다!"
 "잔도와 호검의 좌우 합공을 튕겨낸 다음 넓적한 도면을 방패 삼아 찌르기를 막은 것이죠. 놀라운 솜씨가 아닐 수 없습니다."
 칠상흔의 몸에 상처를 내는 것은 불가능했다. 그는 어느새 꺼내 든 도로 둘의 공격을 순식간에 튕겨낸 것이다. 순간 덮쳐 온 거센 압력 때문에 둘은 다섯 발자국이나 뒤로 물러날 수밖에 없었다.
 "저자의 무기는 도였군요. 정말 재빠른 솜씨예요."
 나예린이 그 빠른 한 수에 감탄하며 말했다. 이런 오락장에서 최고라고 해봤자 그 수준이 그리 높지 않으리라 예상했던 그녀의 생각은 크게 빗나가고 말았던 것이다.

"그건 그렇고, 무척 특이하게 생긴 도네요."

연비의 말대로 그 도는 반 토막밖에 없었다. 그동안 치른 격전을 말해 주듯 넓적한 도신에는 거미줄 같은 상처가 빽빽이 들어차 있었다.

"반 토막의 도라……."

장내에서 가장 경악한 사람은 누가 뭐래도 회심의 절초인 '일격살(一擊殺)'이 실패한 단목강이었다.

"이, 이럴 수가! 일격살을 막다니……."

그러자 칠상혼이 씨익 하고 웃었다.

"방금 건 조금 볼 만했다. 하지만 맞지 않아서야 소용이 없지."

"이익!"

분노와 수치심으로 인해 단목강의 얼굴이 심하게 일그러졌다. 그러나 심장을 향하고 있는 창에 들어가 있는 힘을 뺄 수는 없었다.

무광 선생이 그 광경을 보고 평했다.

"음, 지금 창에 실린 힘을 거두지 않은 것은 현명한 판단입니다. 지금 그랬다간 당장 반격당할 수 있으니까요. 하지만 과연 언제까지 버틸 수 있을까요?"

빼도 박도 못하는 상황이란 이런 것을 두고 하는 말일 것이다.

"재미있군."

칠상혼이 한 번 씨익 웃더니 움켜잡고 있던 도를 서서히 밖으로 밀어내기 시작했다. 한 손으로 밀고 있는데도 두 손으로 버티고 있는 단목강의 창이 서서히 뒤로 밀려나기 시작했다.

"이런 무지막지한 힘이!"

버티고 있던 단목강의 안색이 창백하게 변했다. 믿을 수 없게도 자신의 몸이 창대와 함께 서서히 뒤로 밀려나고 있었다.

"이런. 여기서 더 이상 밀리면 위험합니다. 단목강 선수, 과연 어떻게

이 난관을 극복할 것인지."

바로 그때 태세를 정비한 잔도와 호검이 다시 한 번 칠상혼을 향해 달려들었다.

"피하십쇼, 삼가주!"

"죽어라, 악적!"

칠상혼은 '쳇!' 하며 외쳤다.

"방해하지 마라!"

그 순간 그의 도가 붉게 빛났다. 가느다랗게 빛나는 붉은 혈망이 허공을 가득 뒤덮었다.

그것은 피를 부르는 혈선이었다.

"이… 이럴 수가!"

단목강은 자신의 눈을 믿을 수 없었다. 잔도와 호검의 외침에 본능적으로 창의 반동을 이용해 몸을 뒤로 날렸다. 그리고 그다음 순간 번쩍 하고 붉은 빛이 허공중에 번뜩였다. 그리고 그 붉은 빛은 순식간에 두 사람의 목숨을 앗아갔다.

"예, 놀랍습니다! 칠상혼의 장기 중의 장기인 '혈망살(血網殺)'이 작렬했습니다. 잔도 선수, 호검 선수, 일어서지 못합니다!"

"와아아아아아아아!"

다시 한 번 열광적인 함성이 터져 나왔다. 칼이 피를 부르는 순간은 언제나 이들에게 짜릿한 자극을 선사하곤 했기 때문이다. 관중들의 흥분한 목소리를 들은 나예린은 눈살을 찌푸렸다.

"저 두 사람의 목숨도 이들에겐 오락거리밖에 되지 않는 모양이군요."

"여긴 그런 장소니까요."

연비는 시합장에서 눈을 떼지 않은 채 말했다.

"잔도, 호검!"

아무리 외쳐 봐도 대답은 돌아오지 않았다.
"이 초식 기억나나?"
칠상흔의 물음에 단목강의 얼굴이 금세 흉흉하게 변했다.
"물론이다, 이 원수! 내 어찌 그 흉악한 초식을 잊을 수 있겠느냐! 형님의 목숨을 거둬간 그 일초를!"
"기억하고 있다니 다행이군. 그럼 대비책도 마련해 왔겠지? 내 기대를 저버리지 말았으면 좋겠군."
그의 말은 놀랍게도 비꼬는 말이 아니었다. 진심이었다.
자신의 절초가 진심으로 파해되길 원하다니 정상은 아니었다.
"물론 준비해 왔다!"
눈앞에 새겨진 그 악몽을 떨쳐 버리기 위해 그동안 얼마나 긴 고련의 시간을 거쳤던가. 그것은 모두 이날을 위한 것이었다. 그러나 그 비장의 절초를 펼쳐 볼 시간조차 그는 구할 수 없었다.
"네 형은 이것을 막지 못했다. 하지만 넌 아니길 바란다."
자신의 비기가 파해되길 바라다니, 이상한 사고방식이 아닐 수 없었다. 그러나 사양할 필요는 없는 법. 단목강은 자신이 온갖 치욕을 무릅쓰고 이 자리에 선 이유를 상기했다.
"물론 그럴 예정이다."
단목강은 다시 장창을 힘차게 들어 올리며 칠상흔의 미간을 겨누었다. 어차피 넘지 않으면 안 될 산이었다. 그 눈꺼풀 밑에 말라비틀어진 핏자국처럼 달라붙어 있는 그것을 떼어내지 않는 한 편안한 밤은 찾아오지 않았다.
"자, 와라!"
칠상흔이 탁한 목소리로 외쳤다.
"합!"

단목강의 기합 소리와 함께 그의 창끝이 새하얗게 빛나기 시작했다.
"오오, 저것은 검강이로군요. 아니, 창이니까 '창강(槍罡)'이라 해야 되나요?"
장창 끝에 맺히는 하얀 빛무리를 보며 무광선생이 흥분하며 외쳤다.
"창강? 어감이 좀 이상하군요."
"익숙하지 않기 때문이겠죠. 창을 잡은 사람 중에 저 경지에 이른 사람은 거의 없었으니까요. 검강의 경지에 이른 사람에 비해서 말입니다."
그제야 납득이 간다는 듯 유진은 고개를 끄덕였다.
"창강이라… 재미있군. 하지만 빤짝빤짝거리는 것 빼고는 아까랑 크게 다르지는 않은 것 같은데요? 정말 저게 대단한 경지인가요, 무광 선생님?"
"보시면 알게 될 겁니다."
다시 한 번 혈망살의 초식을 전개하기 위해 자세를 잡는 칠상혼의 두 눈이 광기로 번뜩였다. 그의 전신에서 짙은 살기가 용암처럼 분출되어 나오기 시작했다. 공기를 태우는 듯한 살기에 중인들은 침묵했다. 그의 몸은 다시금 수많은 이들은 장사 지낸 필살의 기술을 준비하고 있었다.
단목강은 특별나게 따로 개발한 초식은 없었다. 그가 생각하기에 비록 칠 년의 짧지 않은 세월이지만 그렇게 급조해 만든 초식이 사십 평생을 수련한 초식보다 더 위력적일 수 있을 거라 생각하기 힘들었던 것이다. 그래서 그는 기존 초식 중 가장 강력한 초식을 부단히 수련하여 그 초식을 진화, 발전시키는 데 전심전력을 기울였다. 그러다 보니 그는 한 가지 결론에 도달하게 되었다.
'만변(萬變)은 일변(一變)으로 제압(制壓)한다!'
어차피 이렇게 긴 창으로는 무기의 특성상 만들어내는 변화에 한계가 있을 수밖에 없었다. 변화를 부수는 단순함이 필요했다. 그래서 그는 지난 칠 년 동안 오직 하나의 찌르기에만 전력투구했던 것이다.

처음부터 다시 시작했다. 맨 처음 종이를 꿰뚫는 것부터 시작했다. 종이를 꿰뚫고 그다음 책을 꿰뚫었다. 그냥 뚫어서는 의미가 없다. 마치 날카로운 보검으로 도려내진 것처럼 동그란 구멍을 만들 수 있을 때까지 계속해서 오직 찌르기 하나만을 반복했다. 그다음은 나무판이었다. 빨랫줄 위에 위쪽만 매달린 나무판을 또다시 반복해서 찌르고 또 찔렀다. 내공은 일절 사용하지 않았다. 완전 고정되어 있지 않았기 때문에 수개월을 소비해야 했다.

그다음은 땅에 뿌리를 내리고 있는 나무들이 그 대상이 되었다. 처음에는 팔뚝만 한 것부터 시작해서 점점 더 굵기를 늘려갔다. 아름드리나무에 맘에 드는 구멍을 뚫는 데까지 삼 년이란 시간이 필요했다. 그다음은 돌이었다. 거대한 암석부터 시작해서 허공중에 던져 올린 돌멩이들까지. 만족스런 구멍을 뚫는 데까지 다시 삼 년이란 시간을 들여야만 했다.

그리고 마지막으로 종이와 나무와 암석과 철판을 일렬로 나란히 세웠다. 단 일격에 그 모든 것을 꿰뚫는다면 눈앞에 달라붙은 그 악몽 같은 초식을 깨부술 수 있을 거라 믿었다. 쉽지는 않았다. 좌절도 많았다. 그러나 뼈를 깎는 고련 끝에 드디어 그 지긋지긋한 세 겹의 벽에 보란 듯이 구멍을 뚫어줄 수 있었다. 그때 뺨에 흐르던 눈물을 지금도 잊을 수 없었다.

무변(無變)의 경지에는 이를 수 없었지만 그는 최선을 다했다고 생각했다. 어떠한 방어와 변화도 모두 꿰뚫을 수 있게 하기 위한 필살의 일초, 절치부심했던 칠 년간의 고련. 그 고련이 이제 빛을 발할 때였다.

"자, 파할 수 있다면 파해보아라!"

다시 한 번 칠상혼의 반 토막짜리 도가 살기를 머금은 채 허공중에 붉은 그물을 던졌다. 좀 전과는 비교할 수 없을 정도로 강력한 일초. 단목강은 무수하게 그어진 혈선의 장막이 자신을 집어삼키기 위해 달려오는 모습을 바라보며 창대를 굳게 쥐었다.

따로 개발하지는 않았지만 수련의 극(極)은 그에게 새로운 초식을 안겨주었다.

"받아라!"

지나왔던 수련의 시간이 지금 이 한순간에 집중되었다.

'진(眞) 일점살(一點殺) 삼중일관(三重一貫)!'

새하얗게 빛나는 창날의 끝이 죽음의 붉은 장막을 찢기 위해 폭사되었다.

"우우우우우우우!"

사람들은 야유를 퍼부었다. 왜 그들은 이처럼 수준 높은 결투를 보며 야유를 퍼붓는 것일까?

이유는 간단했다.

왜냐하면 너무 빠르고 너무 굉장해서 그들로서는 도대체가 무슨 일이 뻑적지근하게 일어나고 있는지 확인할 수가 없었던 것이다. 보이지 않으면, 이해하지 못하면 오락이 되지 못한다. 음향 효과는 끝내주게 대단한데 볼거리가 없다면 구경하는 입장에선 짜증나는 일이 아닐 수 없었다.

"이러언~ 또 안 보입니다. 눈을 부릅떠도 안 보입니다. 정말 안타까운 일이 아닐 수 없습니다. 좀 보여주며 싸우면 안 되는 것일까요?"

미성공자 유진이 목소리를 높였다.

"만변을 일변으로 제압하려 한 것이죠. 온몸을 던지는 필살의 일격이었습니다. 끊임없이 덮쳐 오는 도기의 해일을 창 한 자루로 돌파하려 한 것이죠. 그야말로 생명을 건 한 수라 할 수 있겠습니다. 이것만은 단언드릴 수 있겠군요, 저 뒤는 없다는 것을. 승부는 이 한 수로 이미 결정되어 있다고 말입니다."

무광 선생이 무거운 어조로 장담했다.

"그럼 승부의 행방은 어떻게 되었습니까?"

그러자 무광 선생이 턱 밑에 각지를 낀 채 진지한 목소리로 말했다.

"그건 지금부터 확인해 봐야 될 일이겠지요. 정말 대단한 격돌이었습니다. 놀랍군요!"

그런데 칠상혼의 간판 필살기는 또 다른 한 사람에게 놀라움을 안겨준 모양이었다.

"방금 전 그 초식은······."

허공을 뒤덮는 붉고 가는 혈선들을 목격한 연비는 인상을 찌푸렸다. 이곳에서 이토록 놀랄 일이 생길 줄 꿈에도 몰랐던 연비는 의외의 기습이라도 당한 기분이었다.

"왜요? 본 적이 있는 초식인가요?"

연비는 고개를 가로저었다.

"아뇨. 제가 알고 있는 초식이랑 좀 비슷한 것 같아서요. 하지만 그건 도로 펼치는 초식이 아닌데··· 저런 짜리몽땅한 도로 저런 초식을 펼치다니······."

연비는 꽤나 놀라고 있었다.

"저 창잡이도 방법은 틀리지 않았다고 생각해요. 하지만 안타깝게도 저 초식을 파하기에는 수련의 경지가 아직 극(極)에 이르지 못했어요."

"그게 무슨······?"

"그의 창이 아직 꿰뚫지 못하는 것이 있어요."

연비의 말이 끝남과 동시에 서서히 먼지가 걷히며 자신의 숨겨놓았던 생사의 결과를 만인 앞에 드러내 보였다.

"오오오오오오오오오!"

단목강의 창은 칠상혼의 몸을 지나 그의 등 뒤로 길게 튀어나와 있었다. 그 광경을 본 유진이 흥분한 어조로 외쳤다.

"앗! 이럴 수가! 그렇다면 승부의 주인은 단목강인가~!"

"그건 아니지."

"그건 아니죠."

인상을 찌푸린 채 나예린이 말했다.

"아까웠다."

무표정한 얼굴로 칠상혼이 입을 열었다.

"…그런가?"

쿨럭!

단목강의 입에서 피가 토해져 나왔다.

"나쁘지는 않은 일격이었다. 하지만 암석과 쇠를 꿰뚫는 찌르기로는 이 초식을 파해할 수 없다. 또 모르지. 물을 꿰뚫는 창이라면 이 초식을 파해할 수 있었을지도."

"그런가… 역시 부족했던 건가… 젠장!"

수관(水貫)의 경지, 그가 노력했으나 끝끝내 도달하지 못했던 경지. 투명한 유리 물병에 물을 담은 채 병을 깨뜨리지 않고 물과 함께 꿰뚫는 경지. 구멍을 뚫고 나서도 한동안 물이 새어 나와서는 안 된다. 쇠와 암석을 숭숭 꿰뚫던 단목강의 창도 그릇에 따라 형태를 바꾸는 수덕(水德)만은 꿰뚫을 수 없었던 것이다.

"앞으로 삼 년만… 삼 년만 더 있었더라면……."

그 점은 칠상혼도 인정했다.

"십 년이 되기 전에 도전한 너의 잘못이다."

두 명의 해설자 175

단목강의 입가에 씁쓸한 고소가 맺혔다.
"내가 너무 안달했었군……."
그 말을 끝으로 단목강은 선 채로 눈을 감았다.
푸슉!
그 순간 그의 옷이 찢어지며 가느다랗게 균열이 난 등으로부터 피가 분수처럼 솟아올랐다.
나예린은 조용히 눈을 감았다. 연비는 그 광경에서 눈을 돌리지 않았다.
단목세가 삼가주 철혈창 단목강의 최후였다.

"그때로부터 구 년… 오늘도 실패인가……."
흩뿌려진 피 위에 드러누운 단목강의 시신을 일별하며 칠상흔은 조용히 혼자 뇌까렸다.
촤악!
도를 한 번 휘두르자 묻어 있던 피가 바닥에 흩뿌려졌다. 반 토막짜리 도를 다시 집어넣은 뒤 그는 등을 돌렸다. 그리고 다시 자신이 나왔던 곳으로 되돌아갔다.
그다음을 기약하며.

접수 거절
―거절당하다

"딴 데 가보시오."

사내의 퉁명스런 대꾸에 연비의 눈썹이 살짝 올라갔다.

"뭐라고요?"

"못 들었소? 장난치려면 따로 알아보라 그 말이오."

뚱뚱한 중년 사내의 태도는 시큰둥하기 짝이 없었다.

"아, 지금 아저씬 우리가 장난치는 거라고 생각하시나요?"

말하는 연비의 입가에 웃음이 번져 나갔다. 그러나 이 투기장 접수처를 담당하고 있는 사십대 중년 아저씨 장씨는 야생에서 너무 떨어져서 그런지 위험에 대한 감이 많이 떨어진 듯했다.

"그럼 아니란 말이오?"

"물론 진심이죠."

그러나 여전히 장씨는 믿지 못하지는 눈치였다. 그는 곧바로 고개를 가로저었다.

"역시 안 되오."
"이유는 준비되어 있겠죠?"
"……규칙이오."
"거짓말!"
연비가 단정하며 말했다.
"거, 거짓말이라니?!"
접수처 장씨가 당황하며 반문했다. 그 반응은 연비의 말이 사실이라는 것을 입증해 줄 뿐이었다. 연비의 입가의 미소가 짙어졌다.
"틀린 말 한 기억은 없는 것 같은데? 사실이니까. 규칙은 무슨. 그냥 돈이 안 될까 봐 그러는 거겠죠."
말을 하면 할수록 점점 더 연비에게서 뿜어져 나오는 기세의 농도가 짙어졌다. 장씨가 보기에도 눈앞의 이 검은 아가씨는 이쁘긴 했지만 웃음이 어쩐지 무섭게 느껴졌다.
"장사가 안 되다뇨?"
"이런 연약하고 예쁜 미소저들에게 돈을 걸 바보들은 없다, 뭐 그런 뜻이겠죠. 그리고 너무 한쪽으로 판돈이 쏠리게 되면 주최측에 남는 게 없을 테니까요."
정곡을 찔렸는지 장씨의 안색이 새하얗게 변했다. 알 수 없는 압박감이 사방에서 그의 심장을 조여와 숨조차 제대로 편히 쉴 수 없었다.
"그, 그렇다면 어쩔 작정이오?"
약간 떨리는 목소리로 장씨가 되물었다.
"어쩌긴요. 안 된다는데 그냥 돌아가야죠. 가요, 린!"
고정관념의 노예가 된 이들에 대한 애도의 표시로 어깨를 한 번 으쓱거린 후 연비는 망설이지 않고 돌아섰다. 그리고는 성큼성큼 걸어서 밖으로 나섰다. 나예린이 그 모습을 보고는 당황하여 따라나서며 연비를 불러 세웠다.
 "잠깐만요, 연비. 어떻게 하겠어요? 포기하시겠어요?"
 검은 우산을 쓴 연비가 빙글 몸을 돌렸다.
 "예? 아니, 왜요? 겨우 이 정도로 포기해요? 겨우 한 번 당한 거절 따위로 포기했다가는 이 세상에 할 수 있는 일 따윈 거의 없다고 보면 돼요."
 적어도 세상을 만만하게 볼 생각은 없는 모양이었다.
 "그럼 어떻게?"
 "밑에 쫄다구가 보는 눈이 없다면 위쪽을 쪼는 수밖에요."
 나예린을 바라보는 연비의 미소가 더욱 짙어졌다. 보석처럼 반짝이는 왼쪽 눈에는 장난기가 가득했다.
 "설마……."
 "그 설마죠. 어멋, 갑자기 이 투기장의 주인이 어떻게 생겼는지 궁금하다는 생각이 물컹물컹 샘솟아 나는 거 있죠. 어멋, 놀라워라!"
 나예린은 한번 연비를 말려보려 했다. 그러나 곧 포기했다. 아무래도 그건 불가능할 것 같다고 그녀의 용안이 외치고 있었다.
 '어째서 이 사람은 이럴 땐 내가 알던 그 사람과 똑같이 닮아가는 거지…….'
 생각하면 할수록 이상한 일이 아닐 수 없었다.
 "만나서 어떻게 하려고요?"
 "설득해야죠."
 "뭘로 설득해요?"
 "물론 말로요."
 정말일까? 쉽사리 믿음이 가는 이야기는 아니었지만 나예린은 할 수 없이 고개를 끄덕였다. 이미 자신이 멈출 수 있는 선은 지나간 것 같았다.

"이 투기장을 지배하는 자가 어디에 틀어박혀 있을까요? 우선 그 장소부터 찾아봐야겠네요."

신이 난 목소리로 연비가 말했다.

이 투기장을 지배하는 자는 '돈왕'이라 불리웠다. 그는 이 투기장뿐만 아니라 강호란도의 어둠의 질서를 지배하는 자이기도 했다. 이 강호란도에 소속된 모든 자들이 그의 통제에 따라야만 했다. 그는 통제력을 유지할 만한 재력과 무력을 갖추고 있었다. 때문에 그의 신변을 지키는 호위무사들의 실력은 뛰어났고, 그 수 또한 많았다.

"이곳이 확실한 거겠죠?"

상식인이라면 그런 의심을 품는 것이 당연했다. 왜냐면 돈 많은 돈왕의 집무실로 향하는 통로가 텅 비어 있었기 때문이다. 입구는 생각보다 무척 넓고 높았다. 그리고 계단 양옆에 놓여 있는 장식품도 상당히 화려하고 값나가게 보였다. 넓은 계단은 어둠 속으로 이어져 있었는데 그곳을 지키는 자들의 그림자는 어디에도 보이지 않았다. 그 점이 오히려 더욱 미심쩍었다.

"어떡하죠?"

조심스런 어조로 나예린이 물었다.

"확인해 보면 되겠죠."

연비는 이런 데서 망설일 만큼 우유부단하지 하지 않았다. 연비는 주저없이 계단에 발을 디뎠다.

퓨뷰뷰뷰뷰뷰뷰욱! 쐐애애애애애애액!

파바바바바바바박!

환영 인사는 무척이나 요란스럽고 성대했다. 환영받는 당사자의 입장 따윈 조금도 고려하지 않았음이 분명했다. 소나기처럼 쏟아지는 비도(飛

刀)와 화살처럼 내리꽂히는 날카로운 창촉을 좋아하는 사람은 극히 드물기 때문이다. 경고도 없이 마흔여덟 자루의 비도와 스물네 자루의 창과 열두 자루의 검이 섬전처럼 연비의 발치에 내리꽂혔다. 눈이 먼 게 분명한 도검창들은 자신들이 연비의 심장을 꿰뚫든 배를 꿰뚫든 머리를 꿰뚫든 관심조차 없었다. 하지만 연비는 그런 데 관심이 무척 많았다. 내디딘 발자국을 오기로라도 회수하지 않은 채 상반신만을 움직여 날아오는 도검창의 소낙비를 모조리 회피했다.

연비는 웃었다.

"어머, 확실히 찾아온 모양이네요."

게다가 황송스럽게도 열렬한 환영 인파까지 있었다. 벽에 스며들어 있기라도 했는지 그림자들이 하나둘씩 모습을 드러내며 계단을 가득 메웠다. 어느새 계단은 사람 하나 지나가기도 힘들 만큼 빽빽한 인파로 들어차 있었다.

"뭐야, 안내할 사람이 있었네요."

연비의 말이 나예린으로서는 회의적이었다. 아무리 봐도 안내보다는 쫓아내는 쪽이 전문인 것 같았다. 그때 검은 무리들 사이로 한 남자가 걸어나왔다. 붉은 장식이 들어간 검은 머리띠를 매고 있는 매우 강렬한 눈빛을 지닌 사내였다. 기도로 미루어보아 그가 아무래도 이 무리의 대장인 듯했다.

"돌아가라. 여긴 너희들이 올 곳이 아니다!"

사내가 말했다.

"용건도 들어보기 전에 축객령인가요? 게다가 보자마자 다짜고짜 반말이라니. 접객 태도가 글러 먹으신 게 아닌가 걱정부터 앞서네요. 여긴 그런 초보적인 것도 가르치지 않는 모양이죠?"

눈은 웃고 있었지만, 연비의 혀에는 칼날이 담겨 있었다. 사내의 눈이 한순간 움찔했다. 설마 자신들 백팔호위를 앞에 두고 이렇게 입을 마음 껏 놀릴 수 있는 자가 있을 거라곤 생각지 않았던 것이다. 게다가 그것도 새파랗게 젊은 계집애가.

"뭐, 뭐라고… 말 다 했느냐?"

"아직 남았어요. 쯧쯧, 이렇게 머리가 안 돌아가서야……. 우리가 만약 이곳 주인과 미리 약속된 귀한 손님이라면 그 뒷감당을 어떻게 하려고 그러나요?"

연비의 한마디는 두려움 모르던 이 사내의 간담을 서늘하게 만들었다.

"야, 약속이 되어 있으셨습니까?"

순식간에 사내의 태도가 바뀌었다. 거만하게 열려 있던 어깨가 좁아지고 뻣뻣하던 허리도 금세 숙여졌다. 손바닥 뒤집는 것도 이보다는 오래 걸릴 것 같았다.

"아뇨."

물론 그딴 게 되어 있을 리 없었다.

"이이이익!"

그제야 자신이 놀림당했다는 것을 깨달은 사내의 얼굴이 시뻘겋게 달아올랐다. 그 모습을 보곤 연비가 피식 웃었다.

"그러게 '만약'이라고 했잖아요."

가정은 어디까지나 가정이었는데 못 알아먹은 네가 바보멍청이라는 뜻이었다. 듣고 있는 이의 복장을 뒤집기엔 충분한 한마디였다.

"너무 그렇게 화낼 필요 없어요. 지금부터 중요 손님이 될 예정이니까."

여전히 태연한 안색으로 연비가 말했다.

"그건 또 무슨 소리냐?"

"쯧, 정말 말귀가 어둡군요. 이곳 주인한테 회담을 신청한다 그 말이죠."

"주인님을 만나서 어쩌겠다는 거냐?"

"물론 일 얘기를 해야죠."

"일?"

"사업에 관련된 일이죠. 나머지는 아랫사람하고 할 만한 이야기는 아닌 것 같군요."

"호오, 그렇다면 아무런 예약도 연고도 없이 주인님을 만나뵙겠다, 그 말이냐?"

"이제야 겨우 이해가 된 모양이군요."

기다리기 무척 지루했다는 어투로 또 한 번 흑건사내의 비위를 뒤집어놓는 연비였다.

"호오, 그렇단 말이지. 좋아좋아!"

사내는 갑자기 무엇이 그리도 흡족한지 팔짱을 낀 채 연신 고개를 끄덕였다. 그리고는 외쳤다.

"거력신!"

쿵!

그 한마디에 계단 전체가 '쿵' 하고 울렸다. 지진이라도 난 것처럼 부르르 진동했다.

그리고는 무언가가 그들을 향해 걸어오기 시작했다. 그것은 계단 전체를 꽉 메우고 있는 그림자였다.

처음에는 그것이 단순한 그림사인 줄 알았다. 계단 위에 켜져 있던 불이 차례차례 꺼지고 있는 게 아닌가 하는 의심도 들었다. 그러나 그것이 아니었다. 놀랍게도, 믿겨지지 않게도 그것은 인간이었다. 그것도 계단 전체를 그 체구로 가득 채울 만큼 거대한 거구였다.

그런데도 두 팔은 비계 대신 근육으로 가득 차 있었다. 불끈불끈, 보기만 해도 더운 알통에 시퍼런 힘줄이 펄떡거려 보는 소저들을 불편하게 했다. 게다가 시위라도 하는 건지 웃통은 완전 벗어 젖히고 심장을 보호하는 철판을 가죽 따를 이용해 도끼 부(父) 자 모양으로 달아놓고 있었다. 금방이라도 '아뵤뵤뵤뵤'라고 외치며 주먹을 날린 뒤 '넌 이미 죽어 있다!'라고 외칠 것만 같은 그런 모습이었다. 머리 뚜껑을 열어보면 그 안도 근육으로 들어차 있는 건 아니겠지? 그런 의문이 새록새록 떠오르는 것도 무리는 아니었다.

"흐흐흐!"

발달된 근육에 비해 지성은 반비례하는지 그는 짐승 같은 웃음만 흘릴 뿐 다른 말은 하지 않았다. 다만 시위하듯 근육을 불끈불끈 부풀리는 데 여념이 없었다.

"말로 대화할 생각은 없다, 그 말인가요?"

그 한심하고 보기만 해도 더운 모습에 회의를 느끼며 연비는 한숨을 내쉬었다.

"흐흐! 물론!"

분명 저 뒤룩뒤룩, 울퉁불퉁한 근육이 뇌 내의 언어 체계를 압박하는 부정적인 영향을 끼치고 있는 게 분명했다. 대신 설명해 준 것은 호위대장인 흑건사내였다.

"어떠냐? 놀랐느냐? 이 거력신은 '금종조'라는 특수한 외문기공을 익혔기 때문에 어지간한 도검으론 그 피부조차 상하게 할 수 없지. 그러니 후회해도 이미 늦었다. 더 이상 돌아갈 길은 없을 테니까. 잠깐 남은 시간에 자신들의 어리석음을 반성하도록 해라!"

퍽퍽!

거력신이라 불린 거구의 사내는 바위 같은 주먹을 맞부딪치며 으스스한 미소를 지어 보였다. 그 표정만으로도 상대에게 정신적 타격을 입힐 수 있을 것 같은 그런 얼굴이었다.

"당신 까막눈이죠?"

연비의 갑작스런 질문에 거구의 사내가 흠칫했다.

"그, 그걸 어떻게?"

"아, 뭐, 어쩐지 그럴 것 같아서요."

별거 아니라는 투로 연비는 어깨를 으쓱했다.

"주, 죽인다!"

거력신은 자신의 취약 부분을 건드린 연비를 용서할 수 없었다. 물론 연비는 그가 용서해 주든 안 해주든 아무런 상관도 없었다.

한편 나예린은 조용한 눈으로 사태를 주시하고 있었다. 지금은 자신이 끼어들 때가 아니라는 것을 알고 있는 듯, 그녀는 연비를 믿기로 했다.

"뭐, 좋아요. 전 평화주의자긴 하지만 굳이 그렇게 나오신다면 사양하지는 않겠어요. 꼭 대화만이 의사소통의 유일무이한 수단은 아니니까요."

그렇다. 때로는 눈빛, 때로는 마음, 그리고 가끔, 정말 가끔 주먹으로도 의사소통은 가능한 것이다. 연비 역시 대화 이외의 소통 가능성에 대해 부정적인 견해를 피력한 적은 없었다. 가끔은 오히려 앞쪽보단 뒤쪽을 선호하기도 했다. 제자들 겸 사제들도 그 마음 씀씀이를 분명 잘 알아줄 것이 분명했다. 몇몇이 게거품을 물지도 모르지만 그땐 또 그때대로 차.분.히. 대화를 나누면 다 해결되게 되어 있다. 자기 좋은 방식만 고집할 만큼 융통성이 없지는 않았다.

"사람과 사람이 서로를 완전히 이해한다는 것은 불가능하지만, 그렇다고 시도조차 포기해선 안 되죠. 서로 교집합하는 부분이 있을지도 모르잖아요. 안 그래요?"

연비는 구심살없는 미소를 지으며 활짝 웃었다. 그리고는 접혀 있던 자신의 검은 우산을 두 손으로 힘껏 움켜잡았다.

"스륵!"

연비의 왼쪽 발이 살짝 들리는가 싶더니 고정된 오른발을 축으로 힘차게 앞으로 한 발짝 내디디며 부드럽게 허리를 돌려 발끝에서부터 허리를 지나 어깨까지 전해져 오는 그 회전력에 힘을 실어 두 팔을 힘껏 횡으로 휘둘렀다.

"카카!"

거력신은 괴이쩍한 비웃음을 터뜨리며 가소롭다는 듯이 자신을 향해 날아오는 우산을 솥뚜껑만 한 손바닥으로 가로막았다. 그리고……

"뻐억!"

공기를 찢으며 가죽 북이 터지는 듯한 굉음이 울려 퍼졌다.

"꾸에에에에에에에엑!"

다음 순간 수백 근은 족히 나갈 것 같던 거력신의 거구가 몸이 반으로 접힌 채 계단 위를 향해 엄청난 속도로 날아갔다. 물론 그 거구가 지나가는 길에 있던 무수한 호위들이 무사할 리 만무했다. 거력신의 거구가 휩쓸고 지나간 자리엔 아비규환이란 말이 어울릴 정도로 지독한 참상만이 남아 있었다.

"흠, 종소리는 안 나는군요. 겨우 북 터지는 소리라니……. 실망이에요."

금종조를 익혔다 해서 두들겨 맞았을 때 종소리가 나란 법은 어디에도 없었다. 만일 그래야만 한다고 주장한다면 그것은 연비의 억지에 불과했다.

"그럼 갈까요?"

연비가 미소를 듬뿍 문 얼굴로 고개를 돌리며 말했다. 이제 시작의 일 보일 뿐이었다.

아직 남은 계단은 그들을 막을 자들만큼이나 많이 남아 있었다. 연비는 아직 얼마든지 말 이외의 수단으로 의사소통을 나눌 준비가 되어 있었다.
 말로 설득하겠다는 말에 추호도 거짓은 없었다. 그 의지에는 한 점 흐트러짐도 없었다. 순수성도 보장할 수 있었다. 그러나 일단 당사자를 만나야 말로 설득을 하든 말든 할 것이 아닌가! 연비에게 있어서 설득의 대상은 최고위층 단 한 사람뿐이었다. 똘마니들에게 용무는 없었다. 그래서 약간 거친 수를 쓰기로 했다. 피차 그 정도는 각오하고 있는 듯했으니 굳이 사양할 건 없을 것 같았다.
 "이런 걸 정당방위라 하는 거겠죠?"
 무척이나 쓰임새가 잘못된 용법이 아닐 수 없었다. 그러나 지금 그 사실을 지적해 줄 사람은 주위에 아무도 없었다.

협상하다
—돈왕의 집무실

그자는 검투가 가장 잘 보이는 곳, 생사를 가름하는 순간이 가장 잘 보이는 곳에서 언제나 이 원통투기장을 굽어보고 있었다. 그의 집무실 겸 관람석까지 올라오기 위해선 적어도 몇 달 전에 그와 미리 선약을 잡는 수밖에 없었다.

그렇지 않으면 수십 개의 도검창부의 열렬한 환영을 감내해야만 했다. 그럼에도 오늘 예약도 없는 시각에 그의 집무실 문이 열리며 두 명의 방문객이 찾아왔다. 놀랍게도 그 두 사람은 젊은 여자였다. 한 명은 밤처럼 새카만 검은 옷에 검은 우산을 들고 있는 미인이었고, 나머지 한 명은 면사를 두른 초립을 쓰고 있었기에 얼굴은 알 수 없었지만, 마치 조각처럼 아름답고 우아한 몸매를 지니고 있었으며 걸음걸이 하나하나에 기품이 넘쳤다.

"어떻게 여기까지 올라올 수 있으셨소?"

항상 공대보다 하대가 많은 돈왕이었지만 이번만큼은 아무리 상대가 어린 여자들이라 해도 공대였다.

"어멋, 물론 걸어 올라왔죠."

검은 옷의 여인, 연비가 미소까지 띤 채 발랄한 목소리로 대답했다.

그 담담한 말에 산전수전 다 겪은 돈왕도 오싹함을 느꼈다.

"오십 명이나 되는 무사들은 어떻게 하고?"

"지금쯤 밖에서 모두들 자고 있을 거예요."

오십 명이나 되는 무사들을 모두 기절시켰다는 말에 돈왕은 잠시 침음성을 삼켰다.

"이거 안 되겠구려. 근무 시간에 잠이나 처자다니. 월급을 깎든지 해고를 하든지 해야겠소이다."

짐짓 태연한 척 돈왕이 대꾸했다.

"좋은 판단이에요. 하지만 그 수가 지금의 두 배였다 해도 결과는 달라지지 않았을 것 같군요."

실력을 충분히 보여줬다는 이야기였다.

"그것참 믿기 어려운 말씀을……"

"증명해 보일까요?"

연비의 입가에 맺힌 미소가 더욱 짙어졌다. 돈왕은 그 미소가 무척 불길하게 느껴졌다.

"아니, 사양하겠소."

"그럼 호위무사들도 다 자는 것 같고, 이제 회담을 가져 볼까요?"

"안 되오."

"왜 안 되죠?"

"그거야……"

그 순간 연비와 나예린을 등진 벽의 모서리 그림자로부터 두 개의 인영이 비호처럼 뛰쳐나오며 도광을 내뿜었다.

"아직 호법이 남아 있기 때문이라오."

돈왕이 담담하게 말했다. 모서리의 그림자에서 튀어나온 두 사람은 계단을 지키는 자들과는 격이 다른 자들이었다.

그러나…

"그래서요?"

연비는 알고 있었다는 듯 뒤도 돌아보지 않은 채 검은 우산을 번뜩이는 도광 속으로 찔러 넣었다. 그러자 살기를 내뿜던 도기의 폭풍이 일순간에 잠잠해졌다.

퍽!

다음 순간 오른쪽 모서리에서 달려왔던 그자는 땅바닥에 널브러져 있었다. 옆통수가 상당히 얼얼할 터였다.

나예린 역시 연비의 도움은 필요없었다. 그들의 은신술이 뛰어나다고는 하나 그 정도 화후로는 그녀의 감각을 속이기엔 턱없이 부족했다.

그녀의 하얀 검이 비조처럼 날렵하게 허공을 갈랐다. 그 순간 상대의 도초도 함께 갈라졌다. 그다음 순간 경악의 마음이 다 가시기도 전에 검기가 혈도를 찔렀고, 그자는 뻣뻣한 통나무가 되어 바닥에 떨어졌다.

찰칵!

나예린은 아무 일도 없었다는 듯이 조용히 칼집에 검을 꽂았다.

"이제 다시 모두 자게 되었군요. 안 그런가요?"

연비가 웃었다.

"언제부터 알았소?"

"그야 물론 들어왔을 때부터죠."

연비가 당연한 것 아니냐는 듯 대답했다. 돈왕의 이마에 식은땀이 맺혔다. 설마 자신이 이런 어린 계집애에게 이렇게까지 몰리게 될 줄은 꿈에도 몰랐던 것이다. 그는 장사치답게 가장 합리적인 선택을 하기로 했다.

"하아, 내가 졌소. 그래, 용건이 무엇이오? 여기까지 올라온 이유가 있을 텐데?"

"물론 있죠. 그런 것도 없이 이런 귀찮은 일을 했을까 봐요?"

"말해보시오, 경청할 준비가 되었으니."

"좋군요, 이야기가 빨라서. 간단히 말하죠. 칠상흔과 싸우고 싶어요. 그런데 접수처에선 안 받아주더군요. 그런 일은 여기 주인인 당신 몫이고 자신은 아무런 권한도 없으니 이쪽 가서 상담해 보라고 해서 귀찮지만 이렇게 찾아온 거예요."

접수처 장씨가 들었다면 얼굴도, 머릿속도 새하얗게 탈색될 만한 이야기였다.

"허허, 거참. 접수처 장씨가 그런 말을 했단 말이오?"

"뭐, 장사가 좀 될 수도 있다는 걸 보여주면 더 잘 먹힐 거라고 친절하게 충고도 해주길래 번거롭지만 이렇게 실력 발휘도 좀 하면서 올라온 거예요."

이미 머릿속이 탈색된 장씨가 이 이야기를 들으면 충격으로 유체이탈까지 할 만한 이야기였다.

"왜 그렇게 칠상흔과 싸우고 싶은 거요?"

저번에 왔던 단목강처럼 원한이 있는 것 같지는 않았던 것이다.

"꼭 이유가 필요한가요? 그리고 이유가 있다 해도 굳이 알려줄 필요까진 없을 것 같은데요? 뭐, 일단은 '상금'이라 해두죠. 그게 피차 납득하기 편할 테니."

"죽을 수도 있소. 아니, 구 할 구 푼 구 리의 확률로 죽겠지. 그런데도 할 거요?"

"어머, 누가 보면 생명의 소중함을 아는 사람인 줄 알겠어요? 이런 어린 여자애들이 죽든 말든 댁은 전혀 상관없잖아요? 댁이야 중간에서 돈이나 벌면 만사형통이잖아요? 남들이야 거기서 죽든 말든 그저 흥행만 되면 되잖아요, 안 그래요?"

가시가 담뿍 담긴 말이었지만 돈왕은 굳이 부정하려 들지 않았다.

"뭐, 부정하진 않겠소. 문제는 아가씨들이 나가서 과연 흥행이 될까 하는 거요."

그의 머릿속엔 오직 흥행에 대한 것밖에 없는 모양이었다.

"이런 예쁘장한 아가씨가 둘이나 나서는데 흥행이 안 될 리 있겠어요? 이런 대박 흥행 요소를 가지고도 만일 흥행이 안 되면 그건 아저씨 능력 부족을 탓해야 할 것 같은데요?"

"아, 아저씨……."

강호란도 어둠의 지배자로 등극한 이래 그런 호칭은 처음이었다.

"그래, 상금이라면 얼마를 원하는 거요?"

"음… 최소한도로 잡아서 한 삼십만 냥쯤?"

연비가 대수롭지 않은 투로 말했다.

"사, 삼십만 냥? 아가씨, 제정신이오?"

거액의 돈 이야기가 나오자 돈왕의 눈이 휘둥그레졌다.

"물론 제정신인데요?"

뭘 그런 걸 가지고 일일이 놀라냐는 투로 연비가 대답했다. 돈왕은 골치가 아픈지 엄지와 검지로 관자놀이를 꾹꾹 눌렀다.

"하아~ 검은 아가씨가 강하다는 건 알겠소. 매력적이란 것도 인정하지. 하지만 그것만으론 부족해. 흥행이 되질 않는단 말씀이지. 게다가 이 쁘장한 아가씨 둘이라는데 저쪽 아가씨는 지금 쓰고 있는 초립도 안 벗고 있잖소? 내가 투시 능력이 있는 것도 아닌데 맨 얼굴도 안 보고 미녀인지 아닌지 어찌 알 수 있겠소?"

그러자 연비가 경악하며 외쳤다.

"어멋, 몰랐어요? 원래 초립이나 면사로 얼굴을 가리는 게 바로 초절정 미인이라는 증거라구요! 그런 상식도 모르다니 믿을 수가 없군요!"

그러나 산전수전 다 겪은 돈왕은 만만한 상대가 아니었다. 속설만 믿고 장사할 수는 없는 노릇 아닌가.

"그런 편견에 사로잡혀 있다가는 사업을 오래할 수 없소. 뭐든지 이 두 눈으로 확인한 것만 진짜인 거요."

그는 직접 두 눈으로 확인해야만 직성이 풀리는 성격이었다.

"확인만 시켜주면 가능한가요?"

지금까지 모든 일을 연비에게 맡겨놓고 침묵하고 있던 나예린이 조용한 목소리로 입을 열었다.

"린?!"

연비가 깜짝 놀라 외쳤다.

"음… 그래도 어렵소. 아무리 미녀라 해도 두 사람에겐 결정적으로 부족한 게 있단 말이오."

"그게 뭐죠?"

돈왕은 짧게 대답했다.

"명성(名聲)!"

"평판 말인가요?"

나예린이 반문했다.

"그렇소! 바로 명성! 평판이라도 불러도 좋고 이름값이라 불러도 좋소. 두 사람에겐 결정적으로 명성이라는 게 필요하단 말이오, 명성이! 많은 사람들을 움직일 수 있고 취하게 할 수 있는 명성! 강호를 진동시킬 만한 이름이! 그런 명성이 확보되지 않은 사람에게 뭘 믿고 삼십만 냥이란 거금을 투자할 수 있겠소? 어림없지. 암, 어림없고말고."

"그렇다면 저는 어떤가요?"

그렇게 말하며 나예린은 조용히 쓰고 있던 면사 달린 초립을 벗었다. 그 안에서 나타난 아름다움에 돈왕은 잠시 숨을 삼켜야 했다. 그것은 많은 미녀를 섭렵했던 그도 아직까지 한 번도 접해보지 못한 그런 아름다움이었다.

"오오, 이런 아름다움이 있을 줄이야······."

나이에 상관없이 보는 이의 숨을 막히게 하는 아름다움이 실제로 존재했던 것이다. 자신처럼 산전수전 다 겪은 인간을 동요하게 만들다니··· 경국지색이란 말이 무색할 정도의 아름다움이 아닐 수 없었다.

"린, 굳이 초립을 벗을 필요는 없었는데!"

연비조차도 나예린이 이곳에서 초립을 벗을 줄을 예상치 못한 모양인지 조금 당황해하고 있었다.

"린? 소저는 설마··· 천하제일미라 불리는 빙백봉······."

나예린은 차분한 얼굴로 고개를 끄덕였다.

"과분하고 부담스러운 호칭이지만 빙백봉 나예린이 바로 저라고 묻는다면, 맞아요. 제가 바로 무림맹주 백뢰진천검 나백천과 빙월선자 예청의 딸, 빙백봉 나예린이에요. '저' 정도의 명성이면 충분한가요?"

"충분하냐고? 물론이오! 물론이고말고. 충분하고말고. 천하제일미라 불리는 나 소저라면 충분하고도 넘치오. 나 소저께서 직접 맨 얼굴로 나서주기만 하면 삼십만 냥이 아니라 오십만 냥도 가능하오!"

돈왕이 흥분한 어조로 외쳤다. 나예린의 초립을 벗는 순간 돈왕은 직감적으로 '이건 된다!' 라고 느꼈다. 이 감각이 빗나간 적은 단 한 번도 없었다.

"그럼 백만 냥으로 하죠. 이제 삼십만 냥으로는 부족하니까요."

연비의 표정은 웃고 있지 않았다.

"생각이 바뀌었어요. 이쪽이 희생하는 게 너무 크군요."
이런 희생까지 치르는데 싸구려 대우를 받을 수는 없었다.
"배… 백만 냥?"
"왜요? 너무 적나요?"
돈왕은 잠시 고민하는 듯했다.
"잠시 흥분해서 말은 그렇게 했지만 백만 냥은 솔직히 너무 크구려. 음, 오십만 냥이 어떻겠소? 그 정도로는 타협 볼 수 있을 듯한데?"
"좋아요. 좀 모자란 듯하지만 오십만 냥으로 하죠."
연비가 합의했다.
짝!
돈왕이 타결을 자축하는 의미에서 박수를 한 번 쳤다.
"좋소, 아가씨들! 아가씨들의 도발에 넘어가 주기로 하겠소!"
"잘 생각했어요."
린이 초립까지 벗었는데 만일 잘못됐다면 가만히 있지 않았을 예정인 연비가 대답했다.
"하지만 조건이 있소."
"무슨 조건이죠?"
"아가씨들은 아직 두 명이오. 세 명을 채우시오. 그리고 나머지 한 명 역시 같은 여자여야 하오. 특히 예쁜 아가씨로 부탁하오. 사람들은 피도 미녀의 피를 좋아하니 말이오."
"어머, 그런 차별적인 말을 하다니. 더 늙은 아저씨가 부끄러운 줄 아셔야죠."
연비가 핀잔을 주었으나 돈왕은 꿈쩍도 하지 않았다.
"별로."
시큰둥한 어조로 돈왕이 대답했다.

"그럼 이야기는 끝난 것 같군요."

그다음엔 시합 일시나 과정에 대한 세부적인 논의가 있었다.

"칠상흔에게 도전하고 싶어하는 사람은 아가씨들만이 아니오. 다른 이들이 있을 경우 아가씨들은 그들과 실력을 겨루어야만 하오. 빙백봉이 출전한다는 소문이 돌면 소저와 겨루고 싶어하는 여성들이 대거 참가할 가능성도 있소."

"상관없어요."

나예린이 조용하지만 단호한 목소리로 대답했다.

"좋소, 그럼 이의없는 거요?"

"이의없어요. 그럼 결정된 건가요?"

"아직은 아니오."

"뭐죠? 아직 아니라니?"

갑자기 연비의 온몸에서 스산한 기운이 뻗쳐 올랐다. 산전수전 다 겪었다는 돈왕마저 심장이 서늘해지는 그런 기운이었다.

"이런 중대한 일을 나 혼자서는 결정할 수는 없소. 잠시 사람들이랑 상의해 봐야 하오."

마치 다 결정한 듯 말하고선 마지막엔 발을 뺄 속셈인가? 연비는 잔뜩 의심스런 눈으로 돈왕을 쏘아보며 차가운 어조로 말했다.

"호오, 강호란도의 금적신 돈왕이 사업을 아랫사람과 소상히 상의하는 그런 사람이었나요?"

아무리 봐도 그렇게 보이지는 않았다.

"물론 그렇게 하오. 큰일일수록 더욱 그렇게 해야지."

"그럼 여기서 계속 기다려야 하나요? 하릴없이?"

"걱정 마시오. 숙소에 가서 쉬고 있으면 인편으로 알려 드릴 테니."

"어디에 묵는 줄 알고요?"

아직 묵을 숙소조차 정하지 않은 두 사람이었다.

"아, 그건 상관없소. 어느 숙소에 머물던 금방 알아낼 수 있으니 그건은 걱정 마시오."

과연 강호란도의 지배자, 그 정도 정보는 금방 손에 들어오는 모양이었다.

"좋아요. 즐거운 소식 기다리지요."

만일 나쁜 소식이 온다면 이쪽도 결코 즐거워지지 않을 터였다.

"걱정 마시오, 실망시키지 않을 테니."

"부디 그러길 바라요. 그게 피차에게 좋은 일일 테니깐요. 그만 가요, 린."

나예린은 고개를 끄덕이고는 다시 초립을 썼다. 그 빛나는 듯한 미모가 초립과 면사에 가려지자 묘한 아쉬움이 돈왕의 가슴속에 번져 나갔다. 두 사람이 사라질 때까지도 그 파문은 여전히 그의 마음을 지배하고 있었다. 그는 급히 고개를 가로저었다.

"이럴 때가 아니지. 어서 그분께 연락하지 않으면!"

돈왕은 자리에서 벌떡 일어나 서둘러 벽면을 가득 채우고 있는 서가 쪽으로 걸어갔다. 서가는 모두 여섯 칸이었는데, 각종 장부들로 빼곡히 들어차 있었다. 그가 맨 처음 뽑아 든 책은 맨 위쪽 칸 왼쪽에서 두 번째에 위치한 '주식(主食) 시장 완전정복'이라는 '쌀 시장'에 관한 유명한 책이었다. 책 뒤에는 손잡이가 달려 있었다. 당겼다.

드르륵!

그러나 최초의 작동음 이외에는 아무 일도 일어나지 않았다. 오작동은 아니었다. 기관 불량도 아니었다. 반품할 필요도, 무상 수리를 받을 필요도 없었다. 그는 실망하지 않고 둘째 칸의 오른쪽에서 다섯 번째와 셋째 칸의 한가운데에 위치한 책을 뽑아 들었다. 각각 '강호의 젊은 부자들'

과 '강호에 돈을 묻어라!' 라는 책이었지만 책 제목은 그리 중요하지 않았다. 이 책들 뒤에도 역시 손잡이가 있었고 그는 차례대로 그것을 당겼다. 그는 아래 남은 세 칸에서도 똑같은 일을 반복했다. 각 칸에서 하나씩 책을 뽑고 그 뒤에 있는 손잡이들을 차례로 잡아당겼다.

그르르르르릉!

여섯 칸의 여섯 손잡이 모두를 잡아당기고 나서야 비로소 비밀의 문이 열리며 숨겨진 입구가 그 모습을 드러냈다.

이 서가의 기관장치 손잡이는 방금 뽑아낸 책 뒤에만 존재하는 게 아니었다. 누군가 이곳을 침입하여 서가의 책을 몽땅 끄집어낸다 해도 그는 똑같은 모양의 손잡이가 각 칸에 스물네 개씩 오(伍)와 열(列)을 맞추어 늘어서 있는 것을 볼 수 있을 뿐이다. 하나라도 순서가 틀리면 문은 열리지 않는 구조로 되어 있다. 세 번 틀리면 보복이 주어진다.

각 칸에 모두 스물네 개씩 여섯 칸, 즉 이십이분의 일에 육승의 확률인 것이다.

드디어 그분에게로 가는 문이 열렸다.

도대체 강호란도 어둠의 지배자 돈왕에게 '그분' 이라 불릴 수 있는 인물이 과연 누구일까? 돈왕의 모습이 비밀 통로 안의 어둠 속으로 사라졌다. 곧 침묵만이 텅 빈 공간을 가득 채우고 있을 뿐이었다.

금적신(金積神) 돈왕!

강호란도의 밤을 지배하는 뒷세계의 지배자. 사람들은 그렇게 알고 있었다. 그러나 다른 이들은 몰라도 돈왕만은 알고 있었다, 자신이 이곳을 다스리는 진정한 지배자의 그림자라는 것을. 그에게는 모시는 주인이 있었다. 주인의 공포와 힘을 경험해 본 그는 생각했다, 그분이야말로 밤의 지배자로서 진정으로 어울리는 분이라고. 돈왕 자신은 그분의 대리인으로서 이곳을 관리하고 있을 뿐이었다. 그에게는 돈을 쓰고 모으는 기술이, 그분에겐 힘과 공포가 있었다. 돈왕은 각종 영업과 거래에 관해서라면 거의 모든 권한을 건네받고 있었다. 그러나 이번에는 건수가 너무 컸다. 아무리 그라지만 이 일은 주인과 상의하지 않으면 안 되었다.

이 어두운 복도는 그분께로 향하는 비밀 통로였다. 그 통로의 끝에 그분이 은밀히 머무는 비밀 방이 있었다. 오늘은 그 방의 주인이 그곳에 머무르는 날이었다. 주인의 휴식을 방해하는 것은 죄송스러운 일이었다. 그는 조심스럽고 공손한 태도로 문을 두드린 다음 안으로 들어갔다.

그의 주인은 피처럼 붉은 옷을 걸치고 그 자신의 자리에 앉아 있었다. 그곳에 있는 것만으로도 만인을 압도하는 위압감을 가진 자였다. 돈왕은 좀 전에 있었던 일들을 이야기하기 시작했다.

"크크……."

웃음이다.

"크크크……!"

작은 웃음이다.

"크크크크크!"

그러나 점점 커지는 웃음이기도 했다. 그러나 작았던 그 웃음은 점점 커져 가기 시작하더니 곧 석실 안을 가득 메웠다.

"크하하하하하하! 설마 이런 곳에서 다시 만날 줄이야!"

작게 흔들리던 웃음이 마침내 광소가 되어 터져 나왔다. 웃음소리가 사방에 부딪치며 반향을 낳았다. 그는 자신의 주군이 이토록 기쁨에 차서 웃는 모습을 한 번도 본 적이 없었다.

"분명 그 백의 계집이 빙백봉 나예린이라 했더냐?"

"예, 그렇습니다, 주군."

최대한 공손한 태도로 돈왕이 대답했다. 강호란도의 밤을 지배하는 그

협상하다 199

도 이 붉은 옷의 남자 앞에서는 그저 한 명의 하인일 뿐이었다.

"확실한 거겠지?"

틀릴 경우 돈왕 자신의 목이 사라질지도 모를 일이었다.

"확실합니다. 그만한 미모에 그만한 검술을 지닌 여인이 많을 리 없지요. 빙백봉 나예린이 확실합니다."

붉은 옷의 사내는 다시금 웃었다. 돈왕은 자신의 주인이 이런 식으로 웃는 것을 본 적이 한 번도 없었다. 모든 감정이 말살된 차가운 냉혈귀신이라 여겼던 그의 주인이 지금 진심으로 기뻐하고 있었다. 광기와 환희가 한데 어우러진 그런 웃음이었다.

"이런이런! 크크크! 이런 크나큰 즐거움이 절로 손안에 굴러 들어오다니! 세상은 정말 재밌어!"

사내는 왼손으로 오른쪽 어깨 위를 매만졌다. 벌써 십수 년 가까이 되었지만 여전히 지워지지 않는 고통이 그곳에 새겨져 있었다. 그뿐만이 아니었다. 나예린이란 이름을 다시 듣자마자 오랫동안 억눌러 왔던 잠자고 있던 검은 욕망이 시커멓게 불타오르기 시작했다.

어떻게든 괴롭혀 주고 싶다. 울부짖는 모습을 보고 싶다. 무릎 꿇고 비는 모습을 보고 싶다. 무참히 유린당한 모습을 보고 싶다고 사내는 진심으로 생각했다.

그 순간 움켜쥐고 있던 오른쪽 어깨가 불에 데인 듯 아파오기 시작했다. 그곳에 새겨진 증오가 그에게 속삭이고 있었다.

가라! 가서 유린하고 파괴해라!

"흐흐흐흐……."

사내는 가슴 깊은 곳, 어두운 욕망의 바닥으로부터 스멀스멀 기어올라오는 기쁨과 전율에 몸을 떨었다.

"착한 일도 안 했는데 하늘의 선물을 다 받을 줄이야! 이거야말로 깜짝 선물이로군."

왜 저 순결한 소녀가 이곳에 있는지 그 이유는 알 수 없었지만, 그딴 건 아무런 상관도 없었다. 즐길 수만 있다면 그런 건 어찌 되어도 좋았다.

이런 희열을 단번에 끝장낼 수는 없었다. 음미하듯 천천히. 맛있는 음식은 급히 먹지 않는 법이었다.

"그년들을 아십니까?"

두 여인에게 망신을 당할 대로 당해 더 당할 망신도 남아 있지 않던 돈왕의 말투는 거칠기 짝이 없었다.

"쿡쿡, 좀 알지. 특히 백의 계집애 쪽은 깊은 인연이 있지."

무엇이 그리 즐거운지 주군이라 불리운 사내가 다시 웃었다. 사이한 기운이 담긴 소름 끼치는 웃음에 그의 심복을 자처하는 돈왕마저 흠칫 몸을 떨 정도였다.

"한 가지 물어보지. 자넨 눈으로 새하얗게 덮인 정원을 보면 어떤 생각이 드나?"

돈왕의 주인 된 사내가 대뜸 물었다. 돈왕이 대답했다.

"어릴 땐 그곳에 누구보다 먼저 발자국을 내고 싶다고 생각했던 적도 있었지요. 이미 잊어버렸지만 말입니다."

"크크, 왜 그런 심정이 드는 걸까?"

그의 주인은 평소보다 이상하게 말이 많았다.

"잘 모르겠습니다."

그의 주인은 답을 말하고 싶은 것이지 답을 듣고 싶어하는 것은 아니었다.

"그건 바로 더럽히고 싶기 때문이야! 순결하고 새하얀 것을 그냥 놔두고 싶지 않기 때문이지!"

단호하게 말하는 사내의 입가에 잔혹한 미소가 어렸다.
"돈왕!"
"예, 주군!"
"축제를 벌이자, 피의 축제를! 시합이다, 상금 오십만 냥을 건."
"사, 상금 오 십만 냥……."
그것은 그동안 강호란도로 흘러들어 온 수많은 돈을 주무른 돈왕마저도 떨리게 할 정도의 금액이었다.
"송구스런 말씀이지만 상금 삼십만 냥도 충분히 많은 액수라고 여겨지옵니다. 제가 다시 협상하여……."
"왜? 자금이 부족하더냐?"
"아, 아닙니다. 오십만 냥이 많은 돈이라고는 하나 융통할 수 없을 정도는 아닙니다. 그동안 모아놓은 자금이 좀 압박받긴 하겠지만…… 무리는 아닙니다. 하지만 그걸 고작 투기 제의 상금으로 쓴다는 것은……."
상식적으로 볼 때 그건 있을 수 없는 일이었다. 사람들은 그걸 비상식이라 부른다.
"월척을 낚아 올리려면 미끼가 커야겠지. 그 공사다망하신 위선자를 낚으려면 말이야."
말을 마친 그는 할 이야기가 끝났다는 듯, 더 이상의 반론은 듣지 않겠다는 듯 몸을 돌려 관람석의 창 측으로 다가가 아래를 내려다보았다.
"곧 저 위에 세 명의 미녀가 제물로 올려지겠군. 선명하게 피로 물든 그 모습을 생각하니 벌써부터 흥분되어 참을 수가 없구나."
휘익!
그는 몸을 돌려 나가려다가 생각난 듯 말했다.
"아참, 초대장을 하나 보내라!"
"어디로 말씀이신지요?"

"무림맹!"
그리고는 잠시 침묵한 다음 다시 지시했다.
"받는 사람은 무림맹주 본인이다!"
비밀 문을 나서는 그의 오른팔이 바람에 펄럭였다.
강호란도의 어둠을 지배하는 붉은 옷의 사내,
그는 외팔이였다.

도박에 눈이 벌게져
— 깊어가는 강호란도의 밤

마음 내키는 안내자가 아닌 백결은 천무학관 사절단을 강호란도의 동구로 안내했다. 그곳은 밤을 불태우며 도박에 매진하는 이들이 모인 곳이었다. 그곳은 돈만 있으면 어느 누구라도 반겨 맞이하는 곳이었다. 물론 돈이 다 떨어지면 문밖으로 쫓겨나기 일쑤였다. 강호란도에는 온갖 도박이 골고루 갖추어져 있었다. 특히 마작이나 검패 같은 반드시 판에 뛰어들기 전에 복잡한 규칙들을 숙지해야 하는 도박뿐만 아니라 거북이 경주, 귀뚜라미 경주, 개 경주, 닭싸움 등의 아무런 규칙을 몰라도 할 수 있는 도박이 얼마든지 있었다.

"하하, 저희들은 가족 모두가 언제나 함께 즐길 수 있는 행복한 도박장을 목표로 하고 있습니다."

처음 소개받아 들어간 '정전자'란 도박장의 지배인 주씨가 손바닥을 비비며 한 말이었다.

"도전은 이미 받았을 줄로 아오. 다들 하룻밤 즐기기엔 충분할 거요.

그럼 이만."

 백결은 한시라도 이런 사람이 드글드글한 장소에 있기 싫은지 재빨리 용건만 말하고 몸을 돌렸다.

 "가는 거요?"

 "이런 더러운 곳에 계속 있다간 폐가 상하오. 병에 옮을지도 모르고. 생각만 해도 끔찍하오."

 "당신은 도박 안 하시오?"

 그러자 백결은 상상만으로도 충분히 끔찍하다는 표정을 지어 보였다.

 "수많은 더러운 손이 거친 그런 더러운 물건을 만지고 싶은 생각은 추호도 없소."

 "당신은 그럼 돈도 안 쓴단 말이오?"

 여러 사람의 손을 거치는 것은 도전만 아니라 그냥 돈도 마찬가지였다. 원래 그건 여러 사람의 손을 거치며 유통되라고 만든 것이었다. 자신의 본분을 다하고 있는 것들에게 그걸 가지고 뭐라고 하는 것은 온당치 못한 처사였다. 백결의 대답은 황당함에 있어서 걸작(?)이었다.

 "난 은(銀)만 쓰오. 그것도 용광로에 팔팔 끓여 불순물을 제거한 순수한 은만 말이오."

 그렇게까지 청결에 대해 집요할 수 있다니 할 말이 없었다. '그럼 수은(水銀)을 먹어보면 어떻겠소?'라고 말하고 싶은 걸 꾹 눌러 참았다. 사실 친절하게 수은을 떠 먹여주고 싶은 생각까지도 있었다. 그러나 참기로 했다. 자신은 일단 대장이니 체통을 지켜야 했다.

 "그럼 가겠소. 잘 노시오."

 붙잡지 말라는 기운을 물씬 풍기고 있었지만 마지막으로 귀찮게 해주기로 했다.

 "정말 마음 놓고 놀아도 되겠소?"

마지막으로 남궁상이 떠보는 질문을 던졌다. 여기에 함정은 없냐고 물은 것이다. 물론 답을 기대하진 않았다. 남궁상이 보고 싶은 건 순간적인 반응이었다. 그러나 백결의 반응은 시시했다.

"마음 놓고 놀게 될 거요."

수수께끼 같은 말을 던지며 백결은 도박장을 나섰다. 벌써부터 뒤쪽은 사내들이 이런저런 도박들을 둘러보며 와자지껄하고 있었다. 온 가족 유희장을 표방하는 곳답게 여자들이 관심 가질 만한 아기자기한 도박들도 많이 있었기에 슬슬 여자 관도들도 반응을 보이며 이리 기웃 저리 기웃하기 시작했다.

"일단 즐기라고 줬으니 즐기는 게 좋겠지."

그러나 이때의 판단이 얼마나 안이한 판단이었는지 확인하는 데는 채 하루도 걸리지 않았다.

인간의 심리란 참 묘한 것이 아닐 수 없었다. 그리고 그 인간의 심리를 꿰뚫어 최대로 활용하는 곳이 바로 도박장이란 곳이었다. 수많은 빈털터리들이 그러했듯 그들도 처음에는 조촐하게 시작했다.

초대받지 않은 손님
―다리 위의 습격

　연비와 나예린, 이 두 사람이 원통투기장을 떠나기 전에 마지막으로 한 것은 관청 제출용 '쌍방비무합의문'에 서명하는 일이었다. 그 내용인즉, 결투 시에 부상을 당하거나 심지어 죽는 일이 있어도 상호 간의 동의에 의해 일어난 일이므로 법적 책임을 묻지 않겠다는 다짐을 그 골자로 하고 있었다. 이 서류가 없으면 아무리 고수라 해도 살인죄로 관청에 연행되어―일단 그 고수가 재빠른 도주와 격심한 저항을 하지 않는다는 얼토당토않은 가정하에―콩밥을 먹게 된다. 심한 경우 사형대 위에서 목이 댕강 잘릴 수도 있었다.
　"유언장도 쓰시겠습니까?"
　합의문과 달리 이것은 선택 사항이었다. 게다가 무려 공짜였다.
　"발송비는 무료입니다. 부가 혜택입죠."
　조의금 대용이라면 정말 싸게 먹히는 셈이었다. 선수 당사자가 사망한 경우에 한해서 이 유언장은 지정된 장소로 발송된다고 했다.

"별로 그럴 필요까진 없을 것 같군요. 어차피 이길 거니까."
연비는 단호히 거절했다.
"저도 쓰지 않겠어요. 아직 령 언니도 찾지 못했는데 이런 데서 죽을 순 없죠."
나예린도 거절했다.
"걱정 말아요. 그런 일은 절대 일어나지 않으니깐."
연비의 말투는 단호하기 그지없었다. 이럴 때의 연비는 믿음직스러웠다. 마치 그 사람처럼.
"이제 어쩌죠, 연비?"
본의 아니게 일정이 늘어나 버려서 새로운 조치가 필요했다.
"어차피 외박 허가도 받았으니 일단 숙소부터 잡는 게 좋겠네요. 궁상 대장한테도 그렇게 말해놨으니깐요."
"궁상? 아, 남궁 대장 말씀이군요."
그 미묘한 단어를 연비가 너무나 자연스럽게 내뱉는 바람에 순간 못 알아먹을 뻔했다.
"마천각으로는 돌아가지 않을 건가요, 연비?"
"아직 돌아가긴 이른 것 같아서요. 게다가 초대의 진의도 밝혀지지 않았고, 함께 투기제에 참가할 만한 사람도 물색해 봐야 되고, 게다가……."
앞으로 해야 할 일들을 궁리하던 연비가 갑자기 말끝을 흐렸다.
"왜요? 무슨 걱정이라도 있나요?"
연비는 무척 깊은 생각에 빠진 듯했다.
"아니요. 다만 만나봐야 할 사람이 있어서요."
"만나봐야 할 사람? 여기 아는 사람이라도 있나요?"
"아뇨, 물론 여기 사람은 아니에요. 하지만 이 세계 어디를 가더라도 끈질기게 뒤따라다니는 지긋지긋한 인연이죠."
 그런 거라면 나예린도 경험이 잔뜩 있었다, 그것도 무척 안 좋은 경험이. 설마 자신과 비슷한 상황에 처한 것이 아닐까 걱정이 된 나예린이 걱정되는 목소리로 물었다,
 "그게 누구죠?"
 여차하면 자신이 힘이 되어주리라 생각하며. 그러나 연비의 대답은 그녀의 상상과는 조금 다른 것이었다.
 "시련(試鍊)!"
 연비가 대답했다. 그것은 사람의 이름이 아니었다.
 "시련?"
 고개를 끄덕이는 연비의 입가엔 쓰디쓴 고소가 맺혀 있었다.
 "지금 그것 이외에 다른 말은 떠오르지 않네요. 가능하다면 평생 만나고 싶지 않지만 역시 그럴 수는 없을 것 같아요. 역시 도망치는 데는 한계가 있기 때문일까요? 기습을 당하느니 차라리 이쪽에서!"
 그렇게 말하는 연비의 호박색 눈동자는 잔잔하지만 단호한 결의로 빛나고 있었다.
 "함께 가줄까요?"
 나예린의 배려는 가슴 깊이 스미도록 고마웠지만 연비는 고개를 가로저었다.
 "아니요. 이건 나 혼자 감당해야 할 일이에요. 린의 마음은 고맙지만 이것은 나누어 질 짐은 아니에요."
 아무리 고통스럽다 해도, 아무리 버겁다 해도 혼자서 가야만 하는 길이 있다. 연비는 지금 그 길 앞에 서 있었다.

 쓸 만하고 건전한 숙박 업소들이 모여 있는 북구(北區)는 투기장에서

부터 동북쪽으로 한참이나 떨어진 곳에 위치해 있었다. 서구(西區)의 투기장이 들어선 곳을 중심으로 근처 구역은 별다른 상점도 없이 외딴 섬처럼 텅 비어 있었는데, 그 이유는 이 근처가 모두 금적신 돈왕의 영역이었기 때문이다. 그래서 아무도 그 위에 새로운 건물을 세우고 장사를 시작하려고 하지 않았다. 그것은 현명한 행동이었다. 왜냐하면 그런 시도를 했다가는 새 건물의 주춧돌이 세워지기도 전에 동정호 바닥이 어떻게 생겼는지 관광 갈 수도 있었던 것이다. 그래서 노숙하는 취미가 없는 연비와 나예린, 두 사람은 서쪽으로 걸음을 옮겨야 했다.

그런데 보통 사람의 시선이 미치지 않는 멀리 떨어진 곳에서 이들 두 사람의 움직임을 주시하고 있는 자들이 있었다. 그들은 각자 짙은 푸른색 계통을 무복을 걸치고 있었는데, 공통된 점은 뺨에 모두 특수한 문장이 찍혀져 있다는 것이었다. 그 문장은 마치 손바닥 같았다.

연비와 나예린을 끈질기게 따라다니며 집요하게 지켜보는 그들은 서쪽에서 들여온 귀한 물건인 천리경을 오른쪽 눈에 대고 한시도 떼놓지 않고 있었다. 이 정도면 범죄라 할 수 있을 정도로 매우 본격적이었다.

천리경. 특수하게 깎은 두 개의 유리를 기다란 통 안에 끼워 넣어 먼 곳까지 볼 수 있도록 만든 이 신기한 물건은 돈 주고도 쉽게 못 구하는 희귀품이었다. 하지만 그들은 뱃사람이기에 상대적으로 타국과의 교역이 활발해 이런 귀한 물건도 남들보다 쉽게 구할 수 있었다. 먼 곳을 항해하기 위해 천리경은 매우 유용한 물건이었다.

"아씁, 어때, 저 우측의 검은 우산 쓴 여자, 확실해?"

장강십용사의 우두머리 격이라 할 수 있는 일강(一江)이 안력을 돋우며 물었다. 내공을 이용해 안력을 높이면 보통 때보다 두 배 이상 멀리 있는 물체도 또렷이 볼 수 있었다. 게다가 뱃사람들은 원래 눈이 밝았다. 장애물이 없는 수평선 너머를 바라보는 일이 많기 때문이었다. 거기다

보조 도구로 천리경까지 이용했으니 살펴보는 데 어려움은 없었다. 지금이 아무리 어둑어둑한 밤이라 해도 말이다.

"예, 대형. 확실히 인상착의랑 일치합니다. 저 정도의 미녀들을 잘못 알아볼 리가 있겠슴까? 한데 이쁜 건 좋은데 거참, 이런 오밤중에 우산이라니······."

손에 펼친 두루마리를 재차 확인하며 이강이 대답했다. 하긴 이런 화창한 날씨에 우산 펴고 다니는 정신 나간 여자가 여럿일 리 없었다.

"그런데 좀 아쉽네요, 쩝!"

"또 왜?"

"둘 모두 늘씬한 미녀라서요. 왜 그 옆에 키는 좀 작고 좀 어리게 보이는··· 하지만 생기긴 되게 귀여운 애도 함께 있었으면 참 좋았을 텐데 말이죠."

"너, 어린애 취향이었냐? 이 짐승!"

너 그렇게 보지 않았는데 실망했다는 어조로 일강은 이강을 비난했다.

"지, 짐승이라니! 취향 차 가지고 그러지 맙시다, 같은 짐승끼리!"

발끈한 이강(二江)이 반발했다. 대상의 나이 차를 떠나서 밝힌다는 데는 공통점이 있는 두 사람이었다.

"내가 어째서 니놈과 같은 짐승과란 말이냐?"

일강은 이강의 말을 인정할 수 없는 모양이었다. 납득할 만한 설명이 없다면 가만두지 않겠다는 투로 설명을 요구했다.

"솔직히 말해보슈. 까만 쪽이오, 하얀 쪽이오? 어느 쪽이오?"

"음, 난 까만 쪽! 난 좀 성깔있어 보이는 쪽이 취향이지! 정복하는 맛이 있달까."

정복하려다가 복날 개 맞듯, 비 오는 날에 먼지 날 때까지, 안 나면 날 때까지 뼈와 살이 걸쭉해질 때까지 얻어터진 다음 신체 포기 각서 쓰고,

인격 포기 각서 쓰고, 평생 무보수 무한 노동력을 제공하는 처지가 되지나 않으면 다행이라는 사실은 꿈에도 생각지 못하는 일강이었다. 이럴 땐 무지(無知)가 행복을 가져다줄 수도 있는 것이다. 비록 그것이 한여름 밤의 꿈처럼 덧없고 짧디짧은 한순간이라 할지라도 말이다.

"거 보슈. 남자는 다 똑같은 거 아니겠수. 다 같은 짐승이라 이거유. 그러니 취향 차는 접어두고 그저 본능에 충실합시다."

"그, 그런가……."

이강이 펼친 성급한 일반화의 오류를 바로잡을 만한 지식도 정당성도 확보하지 못한 일강은 그런가 보다며 의혹이 가시지 않은 채로 고개를 끄덕일 수밖에 없었다.

"뭐, 어쨌든 겨우 찾았구나. 이걸로 이제 아가씨께 안 혼나도 되겠구나."

일강은 뺨을 어루만지며 긴 한숨을 내쉬었다. 뺨을 문지르는 것은 비단 그 한 사람만이 아니었다. 그들 열 사람의 뺨에는 벌건 손자국이 사이좋게 찍혀 있었던 것이다. 모두 그들의 왈가닥 아가씨, 해어화의 작품이었다.

이유는 단 하나, 지각이었다.

짜~악!

작렬하는 뺨따귀에 일강의 고개가 홱 돌아갔다. 그가 마지막이었다. 십용사의 나머지 아홉 모두 손바닥으로 얼얼함이 가시지 않은 뺨을 쥐고 있었다.

"왜 이렇게 늦었어, 앙?! 지금 오면 어떻게 해! 그년은 벌써 이 섬을 떠났단 말이야!"

아직도 분이 가시지 않았는지 해어화는 숨을 씩씩거리며 버럭 소리를 질렀다.

"아가씨, 그러니까 저흰······."

일강은 뭔가 변명할 필요성을 느꼈다. 그들은 정말 억울했다. 변명이라도 하지 않으면 낮밤을 가리지 않고 이곳 동정호까지 전속력으로 달려온 지난 삼 일이 너무나 아까웠다. 노를 젓던 이들 모두가 힘이 빠져 일어서지도 못할 지경이 될 때까지 필사적으로 달려왔는데… 돌아온 보답은 볼때기가 떨어질 것만 같은 호된 따귀였다. 그러나 이 왈가닥 아가씨는 그런 사소한 일까지 신경 쓰고 싶지 않은 모양이었다.

"시끄러워! 닥쳐! 너희들이 늦어서 그년을 놓쳤잖아!"

연비의 모습을 단지 떠올리는 것만으로도 불쾌한 기분에 휩싸인 해어화의 얼굴이 붉으락푸르락 깜빡였다. 감정이 얼굴에 친절하게 색상까지 띠며 나타나니 현재의 기분 상태를 모르려야 모를 수가 없었다.

"······."

아무리 채주의 딸이라 해도 그들도 나름대로 장강수로채에서 꽤나 지위가 있는데 이렇게 함부로 폭언을 퍼붓는 것은 무척 막돼먹은, 정말 싸가지없고 개념도 없는 행동이었다. 그러나 항의하고 싶어도 항의할 장소가 없다. 딸자식의 일이라면 무조건 오냐오냐하는 무시무시한 아비가 그녀의 뒤를 든든히 받쳐 주고 있는 탓이었다.

"당장 강호란도로 달려가! 가서 그년을 없애 버려! 그년이 이곳 부두에서 내리는 꼴이 보이기라도 했다가는 아빠한테 다 일러바칠 줄 알아! 알겠어?"

표독스런 목소리로 해어화가 앙칼지게 외쳤다. 성난 고양이가 털을 쭈뼛 세운 채 캬르릉거리는 것만 같은 모습이었다.

"예, 아가씨. 알겠습니다, 알구말굽쇼."

장강십용사란 이름이 무색하게 그들은 진땀을 뻘뻘 흘려야만 했다.

"그럼 당장 떠나! 지금 당장!"

위험에 가까이 하고 싶지 않은 것은 비단 군자만이 아니다. 그들이 비록 군자라기보다 악당에 가깝지만 고도의 위험을 회피하고픈 그 마음만은 같았다. 그들은 더 이상 저 왈가닥의 난동을 몸으로 겪고 싶지 않았으므로 서둘러 부랴부랴 자리를 떴다.

"아참! 인상착의는 가지고 가야지, 이 머저리들아!"

부랴부랴 출항 준비를 하는 그들의 등 뒤에서 고래고래 고함지르던 해어화의 모습이 아직도 잊히지 않아 몸서리가 처질 정도였다.

"그런데 말입니다, 대형?"

"왜?"

뚱한 목소리로 일강이 반문했다.

"보면 볼수록 둘 다 정말 끝내주게 이쁘네요! 으헤헤헤헤!"

입가에 흐르는 침을 닦을 생각도 안 하고 이강이 헤벌쭉한 얼굴로 감탄했다. 천리경이 오른 안구 안쪽으로 파고드는 게 아닌가 의심될 정도로 그의 집요하게 두 여인의 뒷모습을 살피고 있었다.

"그런 것쯤 나도 안다!"

꽤나 잘났다고 자랑하는 그들의 아가씨도 저 두 사람에 비하면 명월 앞의 반딧불에 불과했다. 이건 애초에 비교가 불가했다.

"쩝, 아가씨가 그렇게 길길이 날뛰시는 것도 이해가 갑니다요."

자신보다 너무 뛰어난 인간을 순순히 인정할 만큼 마음이 넓은 사람은 많지 않다. 게다가 그들의 아가씨는 특히나 질투심이 강하고 성품이 잔인했다. 집에서 오냐오냐하며 세상에서 자신이 최고인 줄 알고 있었을 텐데, 저런 엄청난 현실의 압박을 용납할 리 없었다.

"입조심해라, 아우야. 사지 멀쩡하고 싶으면."

일강이 좋은 마음으로 충고했다. 시답잖은 구업(口業)으로 인해 장강 십용사가 구용사가 되는 것을 그는 원치 않았다. 빠진 인원 보충하는 것도 나름대로 큰일이기 때문이다.

"헤헤, 그럼 잠시 잡아서 재미라도……."

짬밥이 안 돼서 천리경도 가지지 못한 채 안구가 충혈될 정도로 눈을 부릅뜨고 안력을 돋우고 있던 삼강이 들끓는 욕망을 숨김없이 발산했다.

만일 그렇게만 된다면 이런 삽질에 대한 최소한의, 아니, 최대한의 보상이 될 수 있으리라. 그러자 매가 날아왔다.

딱!

"아씁, 짜식, 생각하는 것 하고는!"

일강은 삼강의 머리통을 사정없이 쥐어박으며 한마디 했다.

"아쒸, 방금 대형도 분명 동했으면서!"

삼강이 항의했다.

"엥? 내가 언제?! 이 짜식이 인제 건방지게 모함까지!"

일강이 분노했다. 어디서 감히 기어오르려 한단 말인가. 이런 땐 재빨리 본때를 보여 대형으로서의 위엄과 존엄을 지키지 않으면 안 된다.

"아쒸, 그럼 그 입가의 침은 뭐요? 빗물이오, 아님 눈물이오?"

화들짝 놀란 진강이 소매가 자신의 입가를 얼른 훔쳤다.

'헉! 어, 어느새!'

칠칠치 못하게도 의식하지 못한 사이에 뭔가가 입 사이로 흘러나온 모양이었다. 황급히 소맷부리로 닦아냈지만 이미 때는 늦었다. 그동안 열심히 사수해 왔던 대형으로서의 위엄과 존엄은 산산조각나고 말았다.

"이, 이건 그냥……."

뭔가 변명할 거리를 찾기 위해 그는 필사적으로 팔을 흔들었다.

"큭, 뭔데요?"

"아쒸, 뭡니까?"

뭐라도 말하지 않으면 위험했다. 이대로 하극상을 당할 수는 없었다. 그러나 팔을 젖는다고 해서 지력이 높아지진 않는 모양이었다.

"이, 이건 그냥 콧물이야!"

"……."

잠시 이어진 죽음과도 같은 정적!

물론 계량할 것도 없이 그것의 설득력은 한없이 무(無)에 가까웠다.

잠시 내부 논쟁이 있었지만, 합의에 오랜 시간을 할애할 만큼 두뇌 노동을 좋아하지도 않는지라 결론은 의외로 빨리 났다. 사실 매우 급하게 난 결론이었다. 서두른 티가 역력하다. 언제나 욕망은 빠르고 이성은 느린 법인 모양이다.

일단 그들은 명령보단 욕망에 충실하기로 했다. 그들의 엄한 아가씨는 완전한 말살을 원하는 듯했지만, 그들은 생명을 소중히 여겨 그저 자신들에게 봉사시키는 선에서 끝내기로 했다.

비록 용사(勇士)라는 칭호를 쓰고 있지만 용사의 덕목인 용기와 사랑, 열혈을 지니고 있지는 않았다. 그들은 원래 흑도였으니 도덕심이나 정의감하고는 언제나 담을 쌓고 산다는, 흑도인으로서 지극히 올바른 생활 태도를 유지해 오고 있었다. 그런 망설임은 영업에 방해만 될 뿐이었다. 비록 그들의 피가 뜨겁다고 해도 제어 안 되는 그 피의 온도는 유혈 사태의 원인이 될 뿐이었다.

"그럼 어떻게 할깝쇼? 정면에서 칠깝쇼?"

삼강의 말에 일강은 고개를 가로저었다.

"아니, '십면매복'으로 가자!"

그러자 다들 놀라는 눈치였다.

"겨우 계집 두 명 잡는 데 십면매복진까지 써야 하우?"

창날과 창대가 일체인, 얼핏 보면 거대한 쇠기둥처럼 생긴 긴 창을 들고 있던 '오하(五河)'는 그게 무척 불만인 모양이었다.

"아씹, 생각은 없는 게 불평은!"

일강이 그런 그에게 핀잔을 주었다.

"그 한성깔하는 아가씨가 설마 아무런 손도 안 써보고 채주님을 닦달해 우릴 불렀겠냐?"

"그건… 아니지우……."

오하가 즉시 대답했다. 그 성깔, 그 성미로 미뤄봤을 때 이미 뭔가 한두 번 수를 썼다고 봐야 했다. 그러나 그 결과는 무참했으리라. 사실 일강의 추측엔 거의 오차가 없었다.

"아씹! 천무학관 사절단으로 뽑혀 여기 마천각까지 올 실력자였으니 범상한 실력은 아니겠지. 조심해서 나쁠 건 없잖아? 우린 우리 목적만 달성하면 되는 거야."

어차피 강호의 도의 따위 그들이 알 바 아니었다. 어느새 그 목적은 변질되어 있었지만, 원래부터 목적성 투철한 삶을 살아왔던 것도 아니었다. 애시당초 제대로 된 목표가 있었다면 이 바닥까지 굴러 들어오지도 않았을 터였다.

"쩝, 하긴 그렇쿤유. 대형 말이 참말로 맞습니다유."

오하는 납득한 듯했다.

"이제 알았냐?"

의기양양한 얼굴로 일강이 말했다.

"십면매복을 발동할 장소와 각자의 위치는 모두 숙지했겠지?"

계획이 수립되자 일강이 다시 한 번 확인했다.

"물론입니다."

철컥! 철컥! 철컥!

일강, 이강은 천리경을 접어 허리춤에 집어넣은 다음 자신들의 무기를 들어 올렸다. 삼강의 무기도 같은 것이었는데, 그것은 '노(弩:쇠뇌)'였다. 일종의 석궁인데, 그것은 기존의 석궁과는 좀 모양새가 달랐다. 무엇이 달랐냐 하면 화살이 나가는 곳에 길고 높은 함이 달려 있었는데, 그 함 옆에는 손으로 잡아 돌리게 만들어진 손잡이가 달려 있었다. 그 손잡이를 빠르게 돌리며 재장전의 수고를 들이지 않고도 신속하게 쇠뇌를 쏠 수 있었다. 그들이 들고 있는 무기는 바로 연노(連弩)였다. 그것도 기존의 연노보다 사정거리가 두 배 이상 증가시킨 특수 개량품이었다.

"자, 그럼 사냥을 시작해 볼까?"

흥분한 일강의 입가에 잔인한 미소가 맺혔다.

십면매복(十面埋伏)
―검은 우산 위로 쏟아지는 봄날 저녁의 화살비

 약 오륙 장 정도 넓이의 작은 운하에 드리워진 다리를 디디던 나예린의 발걸음이 잠시 멈칫했다. 장강십용사인지 뭔지가 장강수로채에서는 조금 이름있는 무인이라 해도 천무삼성의 일인의 검후의 직전제자인 그녀의 이목을 속이기에는 한참이나 부족했다.
 "연비."
 나예린은 전음으로 조심스럽게 연비를 불렀다. 그녀와 시선을 마주친 연비가 고개를 끄덕였다. 그녀가 느낀 걸 자신도 느꼈다는 표시였다.
 "나도 느꼈어요."
 역시 자신의 감이 착각이 아니었다는 것을 깨달은 니에린은 긴장했다. 무언가가 계속해서 자신과 연비의 뒤를 밟고 있었다. 단순한 치한의 돌발 행동은 아니었다. 보이진 않지만 그들은 전문적인 훈련을 받은 자들이란 걸 알 수 있었다.
 "역시 연비도 느꼈군요?"

"이 정도로 팽배한 살기인걸요. 못 느끼는 쪽이 이상하죠. 어쩐지 아까부터 뒤통수가 따끔따끔하더라구요. 역시 미인은 어딜 가나 주목받아서 귀찮다니깐요."

연비의 나직한 투덜거림을 들은 나예린은 살포시 미소 지었다.

"어떻게 하면 좋겠어요?"

지금 당장 반격해 들어가는 방법도 있었다. 정황상 그들은 자신들이 저 앞의 다리 위로 올라가는 것을 바라고 있었다. 저곳에 무엇인가가 은밀히 몸을 숨긴 채 자신들을 기다리고 있었다.

"그냥 가죠, 뭐."

대수롭지 않다는 투로 연비가 말했다.

"괜찮겠어요?"

확인차 나예린이 물었다.

"고백을 못해서 안절부절못한 채 뒤꽁무니만 졸졸 따라다니는 것 같은데, 돌격할 기회를 한 번은 줘야죠."

물론 기회는 주되 그 마음까지 받아줄 생각은 추호도 없었다.

"연비, 그럼?"

나예린의 약간 놀란 듯한 전음에 연비는 다시 한 번 고개를 끄덕여 보였다. 그러나 자신을 향해 미소 짓는 그 얼굴에서 나예린은 긴장의 단편조차 찾아볼 수 없었다.

"그러니 계속 걷자구요, 멈추지 말고."

연비는 발걸음을 멈출 생각이 추호도 없는 모양이었다. 한 걸음 한 걸음 내딛는 연비의 입가에 짙은 미소가 물감처럼 번져 나갔다. 나예린은 보조를 맞추듯 함께 걸음을 옮겼다.

저벅저벅저벅!

곧 다리의 중앙에 이르게 된다. 아마 연비의 예상으로라면 이쯤일 터였다.

"슬슬 나타날 때로군요."

살기의 개수와 방향으로 미루어보아 이것은 매복진이 분명했다. 진법을 상대함에 있어서 기본은 포진된 진형 안에 들어가지 않도록 주의하는 것이었다. 그러나 그 최소한의 기본조차 서슴없이 파하는 연비의 대답은 경쾌할 정도로 밝았다.

"잠깐 얼굴이나 보고 인사나 해야겠어요."

누가 이런 번거로운 환영식을 준비했는지 꼭 확인해 보고 싶었다. 아직까지 '연비' 라는 존재가 누군가와 척질 일은 거의 없다고 봐도 좋았다. 그런데도 이것의 목표는 연비 자신이었다. 살기의 행방으로 미루어 보았을 때 틀림없었다.

'그렇다면 대체 누가?'

그걸 확인해 보아야만 했다. 그리고 알게 되면? 물론 당한 것의 세 배를 더 얹어서 갚아주어야겠지. 능력이 없다면 모르되 능력이 있다면 자신을 해코지한 사람을 그냥 둘 필요는 없다고 생각한다. 만일 이 일에 대해 가해자가 보복을 당한다 해도 그것은 그가 일으킨 행위의 업(業)에 대한 결과일 뿐이다.

"린, 업이란 게 뭐라고 생각해요?"

발걸음을 옮기며 연비는 한가로운 질문을 던졌다.

"글쎄요, 갑작스런 질문이네요."

비록 검각이 보타암의 영향으로 인해 불교 색채가 강하긴 하지만 그런 의문에 대해 평소 품고 다닌 바는 없었다.

"난 업이란 게 일종의 수입, 지출 기록부인지도 모른다고 생각해요. 때때로 결산이 늦어지면 현생이 아니라 내생으로까지 결산이 이월, 아니, 다음 생에까지 이생(移生)되는 경우도 있는 철두철미한 수입, 지출 기록부 말이에요. 그렇다면 이생되는 일 없이 그 결산을 조금 앞당겨 주는 것도 바쁜 신에게 도움이 되는 일이 아닐까요?"

업에 엄밀한 의미에서의 선악은 존재하지 않는다. 선악 자체가 시대와 공간에 따라 변천하는 애매한 잣대이기 때문이다. 하지만 사람의 말과 행위에는 힘이 깃들어 있다는 것은 시간과 장소를 초월하여 변함없는 사실이다. 다만 그것은 선악을 모르는 힘일 뿐이다. 그리고 그 행동의 결과는 어떤 경우에서든 반드시 나타난다. 그 결과가 그 시공간 속에서 선으로 판명될지 악으로 판명될지는 어디까지나 미지의 영역인 것이지만.

축적된 인과의 힘. 강한 힘이 쌓일수록 돌아오는 결과도 비례해서 강해지는 법인데 그것이 복이 될지 흉이 될지는 오직 신만이 알 일이었다.

장강십용사의 일이삼강은 양손에 연노를 든 채 각자 세 방위로 나뉘어져서 목표물에 접근했다.

철컥! 철컥! 철컥!

이미 장전은 끝나 있었다. 연노 안에 장전된 화살은 살기를 잔뜩 머금은 채 기관장치 안에서 목표의 숨통을 끊기 위한 힘을 비축하며 잔뜩 웅크리고 있었다. 방아쇠에 걸린 손가락만 한 번 까딱 움직이는 것으로 사람 하나의 생명을 이 세상 위에서 떨굴 수 있었다. 사람의 생명을 앗아가는 무기란 그런 물건이었다. 특히 이런 저격용 장거리 공격 무기는 생명의 무게를 느끼기도 전에 모든 일이 끝나고 만다. 돌이키는 일 따윈 있을 수 없다. 그리고 이 셋 중 누구도 돌이키고 싶은 마음 따윈 없었다. 그들은 이미 이런 일에 너무나 익숙해져 있었던 것이다.

스윽!

일강이 조용히 손을 들어 올렸다. 그의 손이 떨어짐과 동시에 매복진은 발동하게 된다. 일강은 가볍게 심호흡을 한 번 한 다음 손을 내렸다.

'십면매복 발동!'

연비와 나예린을 향해 세 방향에서 동시에 나타난 연노는 물고 있던 살의 어린 화살을 연속적으로 토해냈다.

투웅! 투웅! 투웅! 슉! 슉! 슉! 쉐에에에에엑!

연노의 발사대 위에서 잔뜩 웅크리고 있던 화살이 매서운 속도로 연비와 나예린을 향해 날아갔다. 기관장치를 이용해 연속 발사가 가능하도록 만든 물건이기 때문에 재장전에 걸리는 시간 소모는 전무하다시피 했다. 이 연노 세 대면 궁수 열두 명 몫도 너끈히 해낼 수 있었다.

스무 명이 세 방향에서 동시에 쏘는 것과 동등한 효과를 지닌 화살비가 두 사람의 생명을 노리고 날아들었다. 그러나 이 둘은 화살이 지척까지 날아오는데도 아무 조처도 취하지 않은 채 꿈쩍도 하지 않았다.

"제가 먼저 하죠."

먼저 움직인 쪽은 백의의 미소저 나예린이었다.

파바바밧!

나예린이 하얀 검을 세차게 휘두르자 순식간에 검기의 벽이 펼쳐졌다. 백광의 검막에 가로막힌 화살들은 목표물에 도달하지 못하고 토막이 난 채 바닥에 후드득 떨어졌다. 화살로 만들어진 비는 옷자락 한 번 적셔보지 못하고 맑게 개였다. 연노에 의한 제일파는 그렇게 해서 무위로 돌아갔다.

"멋진 솜씨예요, 린."

연비가 박수를 치며 칭찬했다. 마치 그녀가 막아줄 것을 믿고 있기라도 했다는 듯한 말투였다.

"이… 이럴 수가……."

저토록 가녀린 몸 안에 그토록 고명한 검술이 숨어 있을 줄 짐작하지 못했던 세 남자의 입에서 경악성이 터져 나왔다.

"어… 어떡합니까, 형님?"

다소의 저항은 예상하고 있었지만 설마 이 정도로 철저히 무효화될 줄은 짐작조차 하지 못했던 것이다.

"아씁, 어떡하긴 뭘 어떻게 해! 재장전!"

미녀 방해꾼에 의해 제일파 공격이 무산되자 일강, 이강, 삼강은 서둘러 화살통을 새로 교체했다.

"쐬!"

재빠른 속도로 장전을 마친 그들은 또다시 화살을 미친 듯이 쏘아대기 시작했다.

투웅! 투웅! 투웅! 투두두두두두두!

또다시 화살비가 쏟아졌다.

"또 오네요."

연비가 그걸 보며 한마디 했다.

"소용없는 짓을……."

나예린은 애검 빙루를 차분히 늘어뜨린 채 나직이 뇌까렸다.

쉬이이이이익!

나예린은 화살이 바람을 가르며 바로 코앞까지 날아오는데도 얼음 조각처럼 조용히 서 있었다. 그러나 그녀의 청각만은 예민하게 개방된 상태였다. 바람의 비명 소리가 화살의 궤적을 알려주고 있었다.

팟! 팟! 팟! 팟!

나예린 앞으로 다가오던 화살들이 보이지 않는 칼날에 부딪치기라도 한 듯 잘려 나가기 시작했다.

"저… 저게 무슨 조화냐?"

일강의 눈엔 나예린의 검은 여전히 지면을 향해 늘어뜨린 채 그대로였던 것이다. 그런데도 그녀 가까이 접근하는 화살은 영락없이 두 쪽이 나서 떨어졌다.

"훌륭한 쾌검이에요, 린!"

연비가 박수까지 치며 칭찬했다.

"보이지 않을 정도로 빠른 속도로 화살들을 베어내는 쾌검이라니! 눈 나쁜 사람들에겐 귀신 곡할 노릇으로 보일 거예요. 평범한 자들에겐 그저 가만히 서 있는 걸로 보일 테니까요."

누가 듣고 있는 것도 아닌데 연비는 마치 누가 듣고 있기라도 한 것처럼 혼자서 설명조로 이야기를 늘어놓았다. 사실 지금쯤 귀신에 홀린 듯한 표정을 짓고 있을 암습자 얼간이들에게 들려주고 싶었지만 그들의 무능한 청력 때문에 그것마저도 불가능했다.

팟! 팟! 팟!

싹둑! 싹둑! 싹둑!

비처럼 쏟아지는 화살들이라 해도 나예린의 보이지 않는 검벽을 뚫는 건 불가능했다. 아무리 살의가 충만하다 해도 모두들 그녀의 보이지 않는 검벽 앞에서 두 동강이 나서 떨어질 뿐이었다.

제이파 공격도 그렇게 무위로 돌아갔다.

"에잇! 마지막 남은 걸 몽땅 쏴버려!"

일, 이, 삼강은 뒷일은 생각지 않고 빈 통을 버리고 예비용으로 남겨두었던 세 번째 화살통을 연노 위에 장전했다. 철컥 하는 쇠 잠김 소리와 함께 교체가 끝났다.

"일제 사격! 다 쏟아 부어!"

약간의 저항 정도는 예상한 바였다. 저쪽도 일단은 꽤 고수인 것 같으니까 말이다. 하지만 이렇게까지 허무하게 차단당할 줄은 꿈에도 몰랐던 것이다. 어떻게 치사하게 한 발짝도 안 움직이냐! 오히려 기습한 쪽이 항의하고 싶을 정도였다. 그런 의미에서 항의엔 말보다는 화살을 이용하기

십면매복(十面埋伏)

로 했다.

투두두두두두두두두!

다시 한 번 세 방향에서 화살비가 쏟아졌다. 그걸 보고 연비가 한마디 했다.

"바보들이네요. 적어도 공격 방향이라도 좀 바꾸지."

이미 어디에 숨어서 화살을 날리는지 다 파악한 뒤였다.

"나 여기 있습니다, 라고 광고할 필요까진 없는데 말이죠."

너무 빤히 보여 민망할 정도였다. 여기서 비도를 던져도 충분히 맞힐 수 있는 거리였다. 그러나 굳이 그러진 않았다.

"이번엔 내 차례네요."

연비는 활짝 편 우산을 가볍게 올린 채 빙글 몸을 돌렸다. 즉, 화살이 날아오는 방향과 완전히 반대 방향으로 돌아선 것이다. 물론 연비의 뒤통수에 눈이 덤으로 달려 있거나 하진 않았다.

"위험……!"

나예린이 경호성을 마저 터뜨리기도 전에 화살비가 연비의 몸에 쇄도했다.

파바바바방!

검은 우산 현천은린에 부딪친 화살들이 비 막는 우산 하나를 꿰뚫지 못한 채 사방으로 비산했다. 우산 끝을 장난치듯 가볍게 움직이는 것만으로도 검은 장벽이 눈앞에 펼쳐져 두 사람을 보호했다.

"이 우산이 좀 특제거든요. 대부분의 비는 다 막을 수 있는 전천후 우산이랍니다. 비록 그것이 화살비라 해도 말이죠."

서로 마주 보게 된 나예린을 향해 연비가 느긋한 어조로 말했다. 우산을 두드리는 빗소리엔 신경도 쓰이지 않는 듯했다. 거의 비가 그칠 무렵 연비는 다시 한 번 빙글 몸을 돌려 날아들던 마지막 세 자루의 화살을 낚아채더니 반 호흡의 쉼도 없이 곧바로 세 방향을 향해 날려 보냈다. 손으로 던졌는데도 기관을 이용한 것보다 수배 이상 빠른 속도였다.

쉐애애애애애애액!

세 사람의 매복자가 숨어 있던 장소로 빛살처럼 똑바로 날아간 화살은 정확하게 연노의 발사구를 무자비하게 꿰뚫은 다음 어깨에 가서 박혔다.

콰직!

"끄아아아아아아악!"

연노는 순식간에 무용지물이 되었고 이 세 사람도 당분간 무기를 들기가 어려운 처지가 되었다. 자로 잰 듯한 정확한 솜씨였다. 미간을 꿰뚫지 않은 것을 감사히 여겨야 할 판이었다.

"음훗, 약간의 답례였어요. 받기만 하면 부담스럽잖아요."

그럴 땐 부담을 분산시키기 위해 재깍재깍 결산을 해두는 게 좋았다.

"이제 끝난 걸까요?"

"아뇨, 아마 이제 시작일걸… 요?"

연비가 갑자기 나예린의 손을 잡은 다음 재빨리 위로 던져 올렸다. 왜라는 질문은 할 필요가 없었다. 대답은 다리 바닥에서부터 왔다.

슈욱! 슉!

연비의 말이 끝나기가 무섭게 다리 밑에서 시커멓고 날카로운 물체가 무서운 속도로 솟아올랐다. 그것은 날카로운 창이었다. 몸체가 강철로 만들어진 두 자루의 창은 창날과 몸뚱이 하나로 되어 있어 물체를 꿰뚫어도 창날 끝에 걸릴 일은 없었다. 마치 이런 상황을 상정해서 만든 듯한 창이었다.

밑에서 기습적으로 창을 찔러온 이는 장강십용사의 사하와 오하였다. 그들은 다리 밑 천장에 거꾸로 매달려 있다가 목표가 다가오자 망설이지 않고 창을 찌른 것이었다. 하지만 창 솜씨에 비해 부족한 은신잠행술은

십면매복(十面埋伏) **227**

그들의 존재를 계획보다 빨리 탄로나게 만들었다.

사뿐히 뛰어올랐던 연비와 나예린은 깃털처럼 가볍게 불쑥 솟아오른 창끝을 발판으로 그곳에 내려앉았다. 창끝에 실린 갑작스런 무게에 사하와 오하는 당황했다. 설마 창끝 위에 설 줄은 상상도 못했던 것이다. 다른 곳에 섰다면 다시 재공격을 하겠지만 이렇게 된 이상 그것도 불가능했다.

"이익! 이익!"

창을 잡아 빼려고 해도 빠지지가 않았다. 어떤 거대한 힘이 창끝을 잡고 놓아주지 않는 것이었다. 연비는 검은 우산으로, 나예린은 검집으로 신형을 고정한 채 창날을 잡고 있었기 때문이다.

의외의 상황에 당황한 사하와 오하의 얼굴이 시뻘게졌다. 그러나 여전히 창은 요지부동이었다. 할 수 없이 그들은 자신들의 창을 포기할 수밖에 없었다.

"하압!"

그 순간 다리 바닥 중 일부가 위로 솟구쳤다. 마치 도려내지듯 동그랗게 난 구멍으로 사하와 오하가 뛰어올랐다. 목표가 다리에 도착하기 전에 미리 준비해 두었던 장치였다. 두 개의 구멍 사이로 몸을 띄운 사하와 오하는 날카로운 단도를 꺼내 목표를 향해 공격해 갔다.

"죽어라!"

별로 개성없는 말을 내뱉으며 두 명의 암습자는 두 자루의 단도를 날카롭게 휘둘렀다. 그러나 암습이라고 하기에도 부끄러운 그 둘의 공격은 연비의 활짝 퍼진 우산에 가로막혀 버리고 말았다.

"휘리리릭!"

연비가 검은 우산을 가볍게 돌리자 회전에 휘말린 두 자루의 단도는 암습자의 손을 빠져나와 다리 아래로 떨어져 갔다.

그다음의 가벼운 두 번의 찌르기로 두 암습자는 심장이 멈추는 듯한 충격과 함께 그만 졸도하고 말았다.

"이제 끝났······."

쿵!

하는 소리와 함께 다리 한가운데에 단층이 생겼다. 분명 하나로 이어져 있어야 할 곳이 나뉘어져 있었다.

"어멋?"

연비가 짧게 경호성을 터뜨렸다.

정가운데서 정확히 잘려 나간 다리는 두 사람의 몸무게를 지탱하지 못하고 아래로 푹 꺼져 내렸다. 설마 이렇게 무식한 방법을 사용할 줄이야! 한 번 무너져 내리자 붕괴는 삽시간에 찾아왔다.

"린!"

짧은 부름이었지만 나예린은 그 말에 담긴 속뜻을 알아차렸다. 나예린은 재빨리 연비가 펼쳐 준 우산을 발판 삼아 비조처럼 몸을 위로 띄웠다. 그다음 연비 역시 재빨리 경공으로 이 추락에서 벗어나려 했다.

휙! 휙! 휙! 휙!

그러나 물속에서 솟아오른 여섯 자루의 비도 때문에 그 계획은 포기할 수밖에 없었다. 갑작스런 돌발 사태에 당황해서 어찌할 바를 모른 채 우왕좌왕하길 바라는 적의 바람을 무참히 짓밟으며 연비는 침착하게 대응했다.

연비는 아무런 발판이 없는 허공에서도 이리지리 자유자재로 몸을 뒤집으며 연속해서 날아오는 비도들을 피해냈다. 이런 비도 피하기 수업은 어릴 적에도 수없이 반복했던 수업으로 기초편에 속했다. 이런 것쯤은 이제 눈 감고도 피해낼 수 있었다. 실제로 그런 수업도 했었다. 그런데 문제는 그런 게 아니었다. 비도를 피하다 보니 위로 도약할 시기를 놓치고 만 것이다.

"쳇, 할 수 없군요."

연비는 위로 뛰어오르는 것을 포기했다. 그러나 강물에 빠지고 싶은 생각도 없었다. 그리 깊지 않은 강이라곤 하지만 한 번 빠지면 늪에 빠진 것처럼 벗어나기 힘들 것이 분명했다. 물속에 숨어 먹이를 노리는 상어처럼 자신들을 노리는 이가 있기 때문이었다. 생선을 좋아하긴 해도 상어의 밥이 되고 싶은 생각은 없었다. 상어를 잡아 지느러미를 떼어내 요리해 먹는 쪽이 더 취향에 맞았다.

연비는 검은 우산을 펼쳐 들었다.

파앙!

그리고는 가볍게 무너져 가는 바닥을 박찼다. 그러자 추락하는 속도가 현저히 줄어들었다.

"이런 날 수영하는 취미는 없거든요."

공중에 뜬 연비는 펼쳐 든 우산을 발아래 방향으로 향했다. 먼저 물에 닿은 것은 검은 우산의 꼭지 부분이었다. 거꾸로 뒤집힌 우산은 별 힘들이지 않고 물에 떴다. 연비는 한 발로 사뿐히 우산대 위에 내려앉았다. 금방 우산이 뒤집히는 게 아닐까 하는 우려는 기우에 불과했다. 검은 우산을 중심으로 파문만이 퍼져 나갈 뿐이었다. 발끝을 통해 보내는 내공으로 우산과 물 사이의 반발력을 높이고 경공으로 몸의 무게를 줄인 것이다. 연비가 물에 빠져 허우적거리는 꼴사나운 모습을 보고 싶었던 암습자들에게 있어선 매우 불행한 소식이 아닐 수 없었다.

무너진 다리에서 벗어나 운하 가에 착지한 나예린은 그 모습을 보고 겨우 안도의 한숨을 내쉬었다. 다행히 연비는 연속되는 암습에도 아무런 상처 없이 무사했고 무너지는 다리 파편에 얻어맞는 불상사도 없었다. 그러나 그녀의 안도는 그리 오래가지 않았다.

스르르르륵!

물속에서 파문을 그리며 떠 있는 검은 우산을 향해 접근하는 두 개의 그림자를 목격했던 탓이다.

원래 장강수로채는 업계가 업계인 만큼 수공(水功)이 강했다. 다른 곳에 비해 고도로 특화된 그들의 수공은 맨 몸으로도 한 자루 칼만 있으면 배에 구멍을 낼 수 있을 정도였다. 그 위력은 실로 장강을 제패할 만한 수준의 것이었다.

장강십용사의 여섯째와 일곱째인 육하(六河)와 칠천(七川)은 이들 열 명 중에서도 특히 수공에 능했다. 그들은 만일의 사태에 대비해 피수의를 입고 운하 속에 잠복해 있었다. 그들의 차례까지 안 오면 좋겠지만 만일 그들 차례까지 돌아왔을 때는 가차없이 손을 쓰기 위해서였다. 그들이 수면 위로 물고기처럼 펄쩍 뛰어올라 톱니가 달린 두 개의 기형단도로 상어의 아가리가 다물리 듯 매섭게 공격한 초식은 그들이 가장 자랑하는 이인 수공 합격술인 '교아격살(蛟牙擊殺)'의 일초였다. 상어가 먹이를 물어 죽이는 것을 본뜬 초식이 연비의 목덜미와 허리를 향해 날아들었다.

'잠깐만!' 이라고 외쳐 봤자 기다려 줄 상대는 아니었다. 옳다구나, 더욱 매섭게 공세를 펼쳐 올 게 뻔했다. 연비는 발끝으로 우산대를 찍으며 몸을 위로 날렸다. 그러면서 양발 끝을 살짝 교차시키며 우산을 말아 올렸다. 연비의 신묘한 발기술에 우산이 반원을 그리며 위로 떠올랐다.

'아닛! 헉!'

몸을 띄운 연비가 그다음 발판으로 삼은 것은 칠천의 머리통이었다.

퍽!

연비의 발이 칠천의 얼굴에 보란 듯이 발도장을 찍었다.

"크헉!"

짧은 단말마로 함께 균형을 잃은 칠천은 수면으로 패대기쳐졌다.
첨벙!
세찬 물보라 튀어 오르는 것에도 아랑곳하지 않고 연비는 다시 육하의 내지르는 기형단도 위에 사뿐히 왼발을 올렸다. 그리고는 그 발을 축으로 몸을 회전시키며 그대로 육하의 오른쪽 면상을 후려갈겼다.
우둑! 퍼석!
"꾸에에에에엑!"
괴이한 비명 소리와 함께 입에서 피분수와 이빨 몇 개를 동시에 뿜어내며 육하의 몸이 수면 위에 패대기쳐졌다. 물수제비처럼 몇 번 수면에 몸을 튕긴 육하의 몸은 부서진 다리의 잔해에 충돌하고 나서야 겨우 자신의 몸을 멈출 수 있었다. 그러나 이미 수영할 여력이 남아 있지 않은 몸뚱이는 꼬로록 그대로 물밑으로 가라앉고 말았다.
할 일을 마친 연비는 발걸음도 가볍게 수면 위에 착지했다. 아무것도 없는 물 위에 발을 디딘 것은 아니었다. 뭐, 그것도 불가능한 것도 아니지만 그러려면 불필요하게 너무 많은 내공을 소모하게 될 뿐이었다. 지금 주위에는 부서진 다리의 여파로 발판으로 쓸 만한 나무 조각들이 셀 수 없이 많이 떠 있기 때문에 굳이 그런 비능률적인 일을 할 필요 또한 없었다. 연비는 그중 몇 개를 징검다리 삼아 가볍게 몸을 움직여 나에린 옆에 내려섰다.
"무사해서 다행이에요, 연비."
안심한 듯한 미소를 지으며 나에린이 말했다.
"뭐, 별거 아니었어요. 수고랄 것도 없죠. 겨우 물고기 두 마릴 잡았을 뿐인걸요."
대수롭지 않다는 투로 연비가 대답했다.
"린이야말로 다친 데는 없어요?"

연비의 상냥한 물음에 린이 미소 지으며 대답했다.

"네, 덕분에 괜찮아요. 고마워요, 연비."

"어멋, 공치사받을 정도는 아닌데요 뭐."

연비가 손사래를 치며 말했다.

"제가 좀 더 힘이 못 되어드려서 죄송해요."

그녀가 힘을 쓴 것은 맨 처음 날아오는 화살비를 두 번 막은 것뿐이었다. 그다음은 모두 연비가 맡아서 처리했다. 나예린은 그 사실이 못내 미안했다.

"그걸로 충분한데……."

"아니요, 불충분해요."

나예린이 단호한 목소리로 말했다. 만족스럽지 않았다. 친구로서 대등하게 있고 싶었지 보호받고 싶지는 않았다. 이제 자기 자신의 몸은 자기 힘으로 지킬 수 있다는 것을 연비에게 보여주고 싶었다. 이제 십 년 전의 힘없는 소녀가 아니라는 걸 증명해 보이고 싶었던 것이다.

"앞으로 또 기회가 있겠죠. 그럼 그때……."

그 말이 채 끝나기도 전에 기회는 생각보다 빨리 찾아왔다. 적들은 연비를 쉬게 할 생각이 전혀 없는 모양이었다.

쉬리리리리릭!

검고 가늘고 길쭉한 무엇이 마치 채찍처럼 예리하게 연비들을 노리며 사방에서 날아들었다.

"생각보다 끈질긴 사람들이군요."

가볍게 한숨을 내쉰 연비와 나예린은 그 움직임에 즉각적으로 반응했다. 나예린은 세 방향에서 날아오는 채찍을 향해 날카로운 검광을 내뿜었다.

그녀의 검광에 당한 채찍이 놀란 뱀처럼 그녀들 주위에서 물러났다.

연비는 접은 우산으로 날아오는 두 마리의 뱀을 두들겨 팼다. 한 채찍이 검은 우산을 휘감으려 했지만, 연비가 재빨리 우산을 뒤로 뺀 다음 그것의 머리를 내려쳤기 때문에 실패하고 말았다.

마지막 하나에는 두 사람의 우산과 검이 동시에 달려들었다.

연비와 나예린은 서로 등을 맞대고 경계 태세를 취했다. 어느새 그들의 주위에는 여섯 명의 사내가 검은 줄을 머리 위로 붕붕 휘두르며 포위망을 형성하고 있었다. 그중 세 명은 오른쪽 어깨에 상처를 입고 있었다.

"방금 그건 뭐였죠? 채찍이었나요? 베려는 마음으로 검을 휘둘렀는데 베지 못했어요."

나예린이 아직 놀라움이 가시지 않은 목소리로 말했다. 다만 검으로 때리기라도 한 듯한 묵직한 감촉만이 검신을 타고 느껴질 뿐이었다.

부웅! 부웅! 부웅!

그 검고 기다란 줄들은 마치 수천 마리의 벌 떼들이 움직이는 것 같은 불길한 소리를 내며 회전하고 있었다.

"저건 채찍이 아니에요."

연비는 호박색 눈동자에 안력을 집중하며 말했다.

"저건 밧줄이에요. 배를 묶을 때 쓰는!"

뱃사람들은 삭(索), 즉 밧줄을 잘 다루어야 한다. 뱃사람에게 있어서 밧줄은 곧 생명선이다. 풍랑에서 자신을 구해주는 것도 밧줄이요, 배가 떠내려가지 않도록 잡아주는 것도 밧줄이다. 남의 배를 털기 위해 최우선적으로 연결하는 것도 밧줄이고, 돛을 올렸다 내렸다 묶거나 방향을 조절하는 것도 모두 밧줄이었다. 때문에 뱃사람은 밧줄을 잘 묶고, 잘 풀고, 잘 던지고, 잘 당겨야 한다. 때문에 그들에겐 밧줄을 묶고 푸는 법만 수십 가지가 존재했다. 밧줄을 수족처럼 다루지 못하고서야 한 사람분의 뱃사람이라고 할 수 없었다. 그러니 이들 장강수로채의 무공 중에 가장 빛나는 무공이 밧줄을 이용한 무공이라 해도 그것은 전혀 이상한 일은 아니었다.

지금 이들이 머리 위에서 돌리고 있는 밧줄은 배를 정박할 때 사용하는 계류삭이었다. 보통 계류삭은 황색인 데 비해 이들이 들고 있는 밧줄은 검다는 게 다르다면 다른 점이었다. 이 검은 계류삭은 몇몇 특수한 재료와 약품들을 사용해 꼰 것이라 어지간한 창칼은 물론이고 검기로도 상처는 입힐지 몰라도 벨 수는 없었다.

그들 중 세 사람은 오른쪽 어깨에서 피를 흘리고 있었다. 임시방편으로 상처 부위를 백포로 싸매두긴 했지만 그 위로 피가 배어 나왔던 것이다.

"저런, 상처가 심한 것 같은데 치료하지 않아도 괜찮아요?"

걱정이 한가득한 목소리로 연비가 묻자 일강이 대답했다.

"아, 아닙니다, 괜찮……."

그런데 대답하다 보니 뭔가가 이상했다.

"괜찮을 리가 있나! 쌍! 이게 다 누구 때문인데!"

"어멋, 누구 때문이죠?"

"이게 다 네년 때문이잖아!"

장강육용사가 일제히 연비를 향해 삿대질을 했다.

"년이라니, 말조심하세요. 그 불손한 입을 확 꿰매 버리기 전에 말이에요. 그리고 삿대질도 하지 말아요. 교양없게시리. 척 보니 화살에 당한 상처 같은데 그 화살은 애초에 누구의 화살이었죠?"

연비가 날카로운 어조로 힐문했다.

"그, 그거야… 우리들의……."

일강의 말이 조그맣게 잦아들었다.

"것 봐요. 그 화살은 댁들 건데 그걸 가지고 나한테 뭐라 하면 안 되죠. 무엇보다 남한테 아무 말 없이 화살을 날린 쪽은 그쪽 아닌가요?"
"그, 그거야 그렇지만……."
어째 자꾸만 궁지로 몰리고 마는 일강이었다.
"여성들은 원래 섬세해서 좀 전 같은 그런 갑작스런 접근을 별로 안 좋아해요. 좀 더 은근한 맛이 있어야지. 여자들에겐 마음의 준비라는 기간이 필요한 거라구요. 알겠어요?"
"아, 예, 알겠습니다."
얼빠진 목소리로 일강이 대답했다. 아무래도 통증을 줄이기 위해 사용한 '진통환'이나 피를 멈추게 하기 위해 바른 '금창약'의 부작용 때문인지도 모르지만 그는 연비의 말이 지당하다는 듯 고개를 끄덕이고 있었다.
"대형, 정신 차리쇼!"
그 얼빠진 모습을 멍하니 지켜보던 이강과 삼강이 기이함을 깨닫고 소리쳤다. 그 외침 소리에 그제야 일강은 정신이 번쩍 들었다.
"사, 사술(邪術)이었냐……."
연비는 고개를 가로저었다. 그리곤 대답했다.
"아뇨, 화술(話術)이죠."
일일이 심각하게 생각하지 말라는 얘기였다. 그러나 그 말이 장강십용사의—비록 지금은 네 명이 빠져 있지만—분노를 더욱 부채질한 것은 두말할 것도 없었다.

밧줄의 무궁무진한 쓰임에 대한 고찰
―흑삭포룡진 발동

"이게 무엇인지 아느냐?"
분노한 일강이 검은 밧줄을 든 채 시근덕거리며 외쳤다.
"척 보니 별거 아닌 밧줄이네요."
시큰둥한 어조로 연비가 대답했다. 별 관심 없다는 듯한 태도에 일강이 발끈했다.
"이 밧줄을 무시하지 마! 이건 보통 밧줄이 아냐!"
"보통 밧줄이 아니면?"
"이건 흑룡삭이라 불리는 밧줄이다."
"흑! 룡! 삭!"
연비가 경악한 표정으로 외쳤다. 또박또박 강세까지 주어가며 외친 외침이었다.
"그래! 그 흑룡삭이다!"
그러자 연비가 어깨를 으쓱하며 물었다.

"근데 그게 뭐죠?"

굉장히 시큰둥한 목소리였다. 조금 전엔 일부러 놀란 척한 것일 뿐이었다.

"그 유명한 흑룡삭을 모른단 말이냐?"

"몰라요. 정말이지 물에 사는 인간들은 용에 대한 알 수 없는 동경을 품고 있는 모양이죠? 겨우 시시한 밧줄 따위에까지 룡 자를 붙이다니."

그러자 성난 목소리로 일강이 외쳤다.

"밧줄을 무시하지 마라! 밧줄은 쓰임에 따라 무궁무진한 용도가 있어! 이 몸만 해도 밧줄 묶는 법에 관해선 수십 가지나 알고 있지."

"수십 가지나요?"

그제야 연비는 약간 놀란 얼굴이 되었다.

"그래, 수십 가지다!"

의기양양한 얼굴로 일강이 대답했다.

"밧줄로 묶는 걸 어지간히 좋아하나 봐요? 사람도 묶나요?"

"그 정돈 기본이다. 그 오묘함을 몰라서 그래. 특히 너 같은 애들은 한 번 묶이면 절대로 빠져나올 수 없지! 암, 없고말고!"

"아, 네, 오묘함 말이죠."

"그렇다! 밧줄의 세계는 심오하다!"

조금 흥분한 일강의 목소리는 열에 들떠 있었다. 그러자 연비가 싸늘한 어조로 한마디 했다.

"변태!"

이 싸늘한 한마디는 단숨에 일강의 심장을 꿰뚫었다.

"뭐, 어… 어째서 내가 변태란 말이냐!"

피를 토할 것만 같은 정신적 충격을 받은 일강이 쿨럭거리며 반박했다.

"방금 자기 입으로 그랬잖아요."

"내, 내가 언제!"

일강으로서는 도저히 납득이 안 가는 천인공노할 모함이었다. 자신들이 죄없는 무구한 여인 두 명을 암습하는 것은 천인공노할 일이 아닌지에 대해서는 잠시 제쳐 두는 편리하고 유연한 사고방식 또한 그는 소유하고 있었다.

"여기 있는 이 사람도 분명 들었어요. 그렇죠, 린?"

그러자 나예린은 마치 짐승이나 벌레를 보는 듯한 표정으로 일강을 흘 깃 바라보며 고개를 끄덕였다.

"나, 납득할 수 없다!"

"납득할 수 없긴. 정말 기억력이 나쁘네요. 방금 전에 그랬잖아요. 자신은 밧줄 묶고 조이는 법만 수십 가지를 알고 있다고."

"그, 그랬지."

"그리고 그랬죠, 밧줄의 세계는 심오하다고. 나 같은 사람은 빠져나오지도 못한다면서요?"

"그, 그것도 그랬지."

"여자를 밧줄로 수십 가지 방법으로 묶으면서 좋아하는데 그게 변태가 아니고 무엇이겠어요."

그러자 장강육용사—그들은 어느새 육용사로 줄어 있었다—쪽에서도 웅성거림이 일어났다.

"설마 대형에게 그린 취미가……."

"밤마다 밧줄 가지고 묶고 풀고 할 때부터 알아봤어야 했는데……."

"그런 짓을 몰래 하고 다녔단 말이지……."

수군수군수군! 쑥덕쑥덕쑥덕!

적들뿐만 아니라 동생들에게까지 그런 소리를 듣게 되자 일강은 어떻게 해야 될지 알 수 없게 되었다.
"아, 아냐, 난 억울해! 난… 난……."
그러자 연비가 날카롭게 한마디 쏘아주었다.
"시끄러워요, 변태!"
그 말을 결정타로 일강의 정신은 심연의 바닥으로 침몰했다. 남은 빈 자리엔 분노가 들어찼다.
"이이이이익! 도저히 참을 수 없다! 네년들을 몽땅 잡아서 밧줄 맛을 보여주마!"
될 대로 되라는 식이었을까? 조금 전의 대사로 그의 변태 의혹설은 진실로 확정되었다.
"역시 그랬던 거야."
"사실이었군."
"대형, 믿었는데……."
"나도 끼워주지……."
이제 아우들의 마음속에 일강은 완전한 변태로 공인되고 말았다.
"네 녀석들도 주둥이 닥쳐!"
분노로 눈이 먼 일강에겐 이제 뵈는 게 없었다. 자신을 가지고 논 저 시커먼 여자에 대한 복수심만이 이글이글 타오르고 있었다.
장강십용사 필두 번강수 일강! 향년 삼십팔 세에 변태로 낙인!
한 많은 인생이었다.
"아냐! 변태 아니라니깐!"
이대로 변태로 낙인찍힌 채 있을 수 없다고 생각한 일강이 거세게 항의했다. 동생들에 대한 위엄도 있었다. 앞으로 남은 긴 시간 동안 변태대형이란 소릴 들으면 맨 정신으로 살아갈 수는 없었다.
"강한 부정은 강한 긍정이게 마련이죠."

안됐다는 표정으로 연비가 고개를 주억거렸다.
"아니라니깐 그러네! 잘 들어! 이 흑룡삭은, 뿌득, 보통 밧줄과는 격이 다른 물건이지. 뿌득. 고래의 힘줄과 가늘게 뽑은 쇠줄과 비전의 용액에 담근 튼튼한 새끼줄을 꼬아 만들고, 뿌득, 그 위에 쇳조각과 쇳가루를 입힌 그런 물건이라 이 말씀이야. 뿌득뿌득. 이 밧줄에 얻어맞으면 쇠몽둥이로 얻어맞는 것 같은 충격에, 뿌득뿌득, 살이 찢어지고 뼈가 부러지지, 뿌득. 아가씨들의 야들야들한 여린 살가죽 따윈 금세 피에 젖어 너덜너덜해진다 이 말씀이야. 뿌드드드득!"
아직 분이 가시지 않은 일강이 이를 뿌득뿌득 갈며 으름장을 놓았다.
"흥, 수준 낮긴. 어린애도 그런 도발엔 안 넘어갈 것 같군요. 것보다 이빨 상하지 않을까 걱정하는 게 더 생산적인 것 같은데요?"
연비가 살짝 코웃음을 치며 말했다.
"겁먹을 필요 없어요, 린. 저렇게 싸우기도 전에 자신들의 기문병기에 대해서 주절주절 떠벌리는 건 단순한 심리적 압박이니까요."
"저 정도로 겁먹진 않아요. 하지만 왜 저리도 쓸데없이 말만 길게 하는지 의문이었는데 그런 의도였군요."
이런 계략 부분에선 순진했던 나예린은 그제야 엄포의 기세가 이해되는지 학생 같은 얼굴로 고개를 끄덕였다.
"아, 린도 그쪽은 아직 경험이 적죠? 저렇게 주절주절 평범하지 않은 방식으로 만들어졌고 그 위력이 어쩌구저쩌구 떠드는 건 그냥 입이 심심해서라던가 저자가 단순한 변태라서 그런 게 아니에요. 인간의 상상은 공포의 그림자 또한 만들어내고 그 그림자는 무의식중에 사람의 반응을 제약하죠. 저들이 노리는 건 바로 그런 반응들이죠. 하지만 저게 그냥 검게 칠한 보통 밧줄인지 누가 알겠어요?"
"흠, 그런 거군요."

몰랐던 것을 알게 된 나예린은 자신이 방금 배운 사실에 대해 심도 깊게 심사숙고하는 듯했다. 주술처럼 마음을 속박하는 사슬이라……. 상상의 그림자가 그토록 무서운 위력을 발휘한다는 사실이 놀라울 뿐이었다.

'그러고 보면 나도 남 말할 처지는 못 되는구나.'

그녀 역시도 마음속에 짊어진 짐이 있다. 아직도 어두운 과거는 그녀의 정신 중 일부를 구속하고 있었다. 그녀 역시 그것에 대해 완전히 자유롭지 못했다. 아마 대부분이 그러하리라.

"아무리 대단하게 만들어졌다 해도 저건 그냥 단순한 밧줄이에요. 게다가 그걸 쓰는 자들의 실력 또한 한 짝을 모아와도 린 한 사람만 못해요. 그러니 빨리 끝내고 차나 마시러 가죠."

"좋은 생각이에요. 저도 마침 좀 피로하던 참이었어요."

차분한 목소리로 나예린이 대답했다.

"끝까지 무시하기냐!"

자신들을 거기 없는 공기 취급 하자 열받은 일강이 사납게 외쳤다.

"흑삭포룡진(黑索捕龍陣)을 발동해라!"

초반의 기선 제압에 실패한 일강은 곧바로 공격 명령을 내렸다. 사방에서 벌 떼처럼 붕붕거리던 검은 삭들이 영활한 뱀처럼 여인들을 노리며 날아들었다.

"죽어라!"

조금 전엔 사로잡는다더니 일관성이 없는 일강의 외침이었다.

"그렇겐 못하죠."

파바바바바밧!

연비가 오른손을 움직이자 검은 우산의 그림자가 방패처럼 그들의 주위를 감쌌다. 거대한 사발을 뒤집어놓은 것 같은 검은 장막은 두 사람의 신형을 안전하게 숨길 수 있을 만큼 크고 단단했다.

"저… 저게 무슨 무공이냐……."

얼빠진 목소리로 일강이 물었다.

"그, 글쎄요……."

마찬가지로 당황한 동생들에게서 쓸 만한 대답이 나올 리 만무했다.

사방에서 날아오는 흑룡삭을 완벽하게 막아낸 연비가 검은 우산을 어깨에 걸치며 말했다.

"이거요? 검막은 아니고… 음… 산막(傘幕)이라고 해야 할까요?"

숨기려고 하는 게 아니라 정말로 이름이 없었다. 아직 초식명도 지어지지 않은 모양이다.

"원래 알고 있던 초식이 아니었어요?"

나예린이 놀라서 반문했다.

"응용이죠, 응용."

별거 아니라는 투로 연비가 대답했다.

"그런……."

갑작스런 응용만으로도 저런 변화가 가능하단 말인가. 나예린으로서도 금세 믿음이 가지 않는 일이었다.

"요즘 같은 험한 시대를 살아가는 연약한 여성들에겐 호신술은 필수 아니겠어요. 가벼운 재주죠."

그 말에 일강은 놀란 토끼처럼 눈을 동그랗게 떴다.

"호신술이라니……."

저런 기예를 두고 어떻게 단순한 호신술이라고 평할 수 있을까. 그것보다 문제되는 건 그다음 발언이었다.

"누, 누가 연약하다는 거냐!"

그런 언어도단을 용서할 수 없다는 듯이 일강이 외쳤다.

"어멋! 둔하긴~ 보는 눈이 없군요, 쯧쯧. 멀리 가서 찾을 필요 있나요? 여기 있잖아요."

연비는 검지손가락으로 자신을 가리키며 활짝 웃었다. 그 미소가 비록 귀엽긴 했어도 일강이 보기엔 가증스럽기만 했다. 일강은 다시 한 번 자칭 연약한 여성을 향해 사정없이 흑룡삭을 날렸다.

팟! 팟! 팟!

나예린은 다시 한 번 새하얗게 빛나는 검을 휘둘러 백광의 막을 만들어냈다. 그러나 생각만큼 쉽게 방어할 수 없는 듯했다. 흑룡삭이 사방에서 날아오는 데다가 무엇으로 만들어졌는지 몰라도 나예린의 검기에 의해 베어지지 않았다. 오히려 흑룡삭은 검을 자신의 몸에 박아 넣은 채 역으로 휘감겨 들어오기까지 했다. 붙잡히면 아무리 일류고수라 해도 끝장이었다. 나예린에게 무기는 이 검 하나뿐이었지만, 그들에겐 흑룡의 다른 머리들이 아직까지 건재했다.

"악! 꺅! 악! 이런!"

연비의 입에서 비명이 터져 나왔다. 사방에서 달려드는 검은 밧줄의 공세 때문에 힘겨워하는 티가 역력했다. 이리저리 검은 우산을 무기 삼아 휘두르곤 있지만, 나예린의 날카로운 보검으로도 잘리지 않은 밧줄이 상할 일은 없었다.

"괜찮아요, 연비?"

심려가 가득한 목소리로 나예린이 외쳤다.

"아, 아직은요. 하지만 언제까지 버틸 수 있을지 모르겠어요."

연비가 절박한 목소리로 대꾸했다. 두 사람의 비명이 높아지면 높아질수록 일강은 속으로 더욱더 기뻐했다.

'이제 조금만 더 하면!'

한 자루 검과 한 개의 우산만 봉쇄되면 흑룡의 나머지 머리들은 그 기회를 놓치지 않고 그녀를 물어뜯기 위해 달려들 것이 분명했다.

"에잇에잇에잇!"

기합인지 아닌지 모호한 소리를 지르며 연비는 검은 우산을 휘둘렀다.

"저리 가! 저리 가!"

그러나 그런다고 해서 순순히 말을 들을 리는 없었다.

"린, 아직 괜찮아요? 버틸 수 있겠어요?"

가쁜 숨을 몰아쉬며 연비가 외쳤다.

"아뇨, 어떡하죠? 저도 이제 한계예요. 사부님으로부터 전수받은 비설 보는 일 대 일 대결에서는 무한한 효능을 발휘하지만 이런 포위 공격에서는 그다지 큰 쓸모가 없어요. 저 역시 이런 변칙적인 합동 공격에는 익숙지 않고요."

요령이 없다 보니 그저 검 한 자루에 몸을 의탁한 채 무조건 휘두를 수밖에 없는 모양이었다. 그러다 보니 불필요한 체력 소모가 많아지게 되어 있었다. 나예린은 점점 수세로 몰리고 있는 듯했다. 연비도 마찬가지로 검은 우산을 이리저리 힘겹게 휘두르며 흑룡의 공격을 가까스로 막아내곤 있지만 초반에 비해 현저히 속도나 위력이 떨어져 있었다.

두 여인의 절박한 비명 소리를 듣고 있던 장강육용사의 입가에 회심의 미소가 떠올랐다. 그들의 포룡진은 봉황을 잡는 데도 효과가 있는 것이 입증된 것처럼 보였던 것이다. 이제 조금만 더 하면 두 미녀는 그들의 품 안에 들어오게 된다. 거기까지 생각하자 웃음을 참을 수가 없어졌다.

"크하하하하하! 비명 소리가 마치 아기 새의 지저귐 같구나! 울어라! 더 울어! 하지만 어쩌겠느냐? 그것이 너희들의 운명인 것을. 아가씨의 눈 밖에 난 것을 원망해라!"

그리고 이제 마무리를 하려는 그 순간, 나예린이 연비에게 한마디 툭 던졌다.

"그렇대요, 연비."

"아, 그랬군요. 이제야 알았네."

명랑하게 대답하는 연비의 목소리엔 조금 전까지 궁지에 몰린 것 같던 절박함이 싸그리 사라지고 없었다.

"뭐… 뭐… 뭐지?"

필사적으로 휘두르는 것 같던 검초도 어느새 툭툭 치는 듯이 가볍게 변해 있었다. 그런데도 여전히 흑룡삭의 공격은 두 사람의 옷깃 하나 스치지 못하고 있었다. 헉헉거리던 가쁜 숨도 어느새 너무나 평온하게 변해 있었다.

"이… 이게 대체……."

너무나 급작스런 변화에 일강은 상황 파악이 잘 되지 않았다. 마치 꿈이라도 꾸는 것 같았다. 여우에게 홀린 것 같은 표정을 짓고 있는 일강에게 연비는 전에 없는 친절을 발휘하기로 했다.

"아직도 모르겠는 모양이네요? 쯧쯧, 이래서 머리 나쁘면 고생이라니까요. 여자를 어떻게 묶을지만 궁리하지 말고 공부도 좀 하지 그랬어요. 쯧쯧. 배워서 남 주는 것도 아닌데."

"뭐… 뭐라고?! 지금……."

그러나 연비는 일강의 말허리를 단호하게 자르며 말을 이었다.

"멍청하긴. 왜 당신들이 아직도 멀쩡하게 숨을 쉬고 있을 수 있다고 생각한 거예요? 그건 우리들에게 궁금증이 있어서였어요. 개인적으로 좀 호기심이 많은 편이라 의문이 풀리지 않으면 마음이 편하지 않은 성격이거든요."

"서… 설마……."

"맞아요. 우린 누가 이 암습을 사주했는지 그게 궁금했죠. 그래서 일부러 수세에 몰린 척한 거예요. 하나도 안 힘든데 절박한 표정 지으려니까 정말 힘들더라고요."

"그… 그러니깐 지금까지 모두 연기였다 그거냐?"

설마 설마 하는 마음으로 일강이 말을 꺼냈다. 그러나 연비가 보기엔 그것조차도 너무 늦었다.

"이제 좀 나쁜 머리가 돌아가는 모양이네요. 하긴, 이렇게까지 말해줬는데도 못 알아먹으면 죽어야지 어쩌겠어요."

혀에 칼이 달려 있는 게 아닐까 의심될 정도로 날카로운 말들이 연비의 입에서 마구 쏟아졌다.

"장강수로채 채주 흑룡왕에게는 딸이 한 명 있다고 들었어요. 아마 이들이 말한 아가씨란 분명 그 사람이겠죠."

나예린이 단정적인 어조로 확신하며 말했다.

"혹시 이름을 알아요, 린?"

"아니요. 전 잘 몰라요. 들어보지 못했어요."

나예린은 고개를 가로저었다. 연비가 어깨를 으쓱 추켜올렸다.

"쳇, 명성도 없는 별 볼일 없는 '것' 이었던 모양이네요."

김샜다는 표정으로 한마디 내뱉는다. 일강이 발끈했다.

"벼, 별것없다니! 아가씨를 무시하지 마라! 우리 아가씬 교룡미 해어화라 하면 흑도에서 모르는 사람이 없을 정도로 유명한 분이시다!"

반짝 충성심이 발휘된 일강이 주먹을 불끈 쥐며 외쳤다. 정말 눈물겨운 충성심이 아닐 수 없었다. 연비는 옳다구나 주먹으로 손바닥을 때렸다.

"아하, 역시 장강수채 사람이 맞군요. 흐흠, 그런 이름이었단 말이지……."

만족스럽게 원하던 정보를 모두 빼낸 연비는 흡족한 미소를 지었다.

"이걸로 확실해졌군요."

나예린도 조용히 한마디 거들었다.
"허거덩!"
그제야 자신의 실수를 알아챈 일강의 안색이 창백해졌다.
"혀… 형님……."
"그… 그걸 말하시면……."
한마디씩 하는 동생들의 얼굴도 새하얗게 탈색되어 있었다. 이 일은 어디까지나 은밀하고 비밀스럽게 처리되었어야만 했던 것이다.
"아가씨가 알면……."
"우린 죽어요."
감추어야 될 주인의 정체를 보란 듯이 낱낱이 까발렸으니, 만일 그 사실이 그 성격 폭급한 해어화의 귀에 들어가는 날엔 그들은 더 이상 물 위에서 숨 쉴 일은 없어질 것이다. 곧바로 바위에 매달려 장강 밑바닥에 처박힐 테니 말이다.
"조… 조금 전에도 연기였던 거냐?"
"물론이죠."
연비가 싱긋 웃으며 대답했다. 일강이 연기가 끝났다고 생각하는 그 순간에도 사실 연기는 계속되고 있었던 것이다. 연비와 나예린 두 사람은 모든 사실을 알고 있는 사람처럼 행동했고, 일강은 무의식중에 두 사람이 그들의 배후에 있는 해어화의 존재를 이미 알아챘다고 믿어버렸다. 마음의 빗장이 헐거워진 일강은 격장지계의 좋은 밥이었다.
"그런 가증스런 연기를……."
여자들은 다 꼬리 아홉 달린 불여우라더니 옛말에 틀린 말 하나 없었다.
"실례되는 말을. 믿은 게 잘못이죠. 아, 웃음 참느라 혼났네."
이젠 굳이 연기를 안 해도 되는 연비가 넋두리를 늘어놓았다.

"그럼 이제 약한 척 안 해도 되나요?"

"그럼요. 물론이죠. 훌륭한 연기였어요, 린. 나도 하마터면 속아 넘어갈 뻔했다니깐요."

연비가 엄지손가락을 치켜 올랐다. 솔직히 상이라도 주고 싶은 마음이었다. 나예린은 수줍게 고개를 숙였다. 본인 역시 나름대로 즐기고 있었는지도 몰랐다.

"이… 이렇게 된 이상 이판사판이다. 생포할 필요 없어! 죽여 버리겠다!"

평생 당한 것보다 더 많은 바보 취급을 오늘 하루에 다 당한 일강은 분노로 눈이 뒤집혀 버렸다.

"글쎄, 그게 가능할까요? 린, 이제 그만 놀아야겠어요."

"그렇군요. 그렇다면 연비. 이 싸움, 저에게 맡겨주지 않겠어요?"

그 말에 연비의 눈이 휘둥그레졌다. 린이 이렇게 적극적으로 나오는 것은 좀처럼 없는 일이었던 것이다.

"특별한 이유라도 있어요?"

"아, 이게 좀처럼 오기 힘든 좋은 기회가 아닌가 하는 생각이 문득 들었거든요."

진지한 얼굴로 나예린이 대답했다.

"어멋, 그건 왜죠?"

"사부님께 새로 배운 검기를 시험해 보기에 딱 좋은 것 같아서요."

"그것참 좋은 생각이에요, 린."

연비는 박수를 치며 좋아했다.

"보름 뒤에 시합도 있으니 기회가 있을 때 연습해 둬야죠."

그 학구열 넘치는 성실한 대답을 들은 일강이 소리쳤다.

"뭐, 뭣이라! 우리가 무슨 수련용 목각 인형이라도 되는 줄 아느냐!"

그러자 연비가 한심하다는 어조로 말했다.
"어멋, 쓸모없는 당신들을 그거로라도 써주는 게 어디예요? 영광으로 알아야지. 불평할 일은 아니라고 보는데요? 밝힐 줄만 알지 자기 주제를 돌아볼 줄은 모르는군요. 아아, 이래서 남자들이란 대부분 자기들이 대단한 줄 아는 착각 속에 산단 말이에요. 쯧쯧. 겁쟁이들."
일강이 얼굴이 시뻘게져서 외쳤다.
"누, 누가 밝힌다는 거냐! 게다가 누가 겁쟁이라는 거냐?! 도대체!"
"쯧쯧, 그런 사소한 것만 집요하게 물고 늘어지다니, 사내 주제에 속이 좁군요."
비웃음이 가득한 어조였다. 졸지에 소인배가 되어버린 일강의 안색이 붉으락푸르락 시시각각 변화했다.
"하지만 일단 물었으니 대답해 주죠. 현실을 직시하지 않고 자기 자신조차 마주 볼 용기가 없으니 그게 바로 겁쟁이가 아니고 뭐겠어요? 안 그래요?"
"닥쳐! 닥쳐! 닥쳐! 닥쳐! 닥치란 말야!"
목청이 찢어져라 격렬하게 일강이 외쳤다. 저 심장을 후벼 파는 듯한 말을 더 이상 듣고 싶지 않았다. 저 입을 막을 수만 있다면 어떤 대가라도 치를 수 있을 것만 같았다.
"좋다! 날더러 주제 파악이 안 됐다는데, 그렇다면 네 주제는 얼마나 대단한지 한번 보자! 얘들아!"
"예, 대형!"
그의 동생들이 일제히 대답했다.
"흑삭구두룡살진을 발동해라!"
흑삭구두룡살진!
'흑삭진법'의 마지막 공격법으로 상대를 사로잡는 게 아니라 철저히 말살시키기 위해 존재하는 진법이었다. 일강의 구령에 따라 진세가 변화하자 연비와 나예린 두 사람에게 쏟아지는 살기도 더 강해졌다. 그러나 그런 와중에도 연비는 웃었다.

"여섯 개밖에 없는데 무슨 구두라는 건지."

연비가 피식 웃으며 지적했다.

"그쪽이야말로 사소한 것엔 신경 쓰지 마쇼!"

일강이 버럭 소리 질렀다. 계속 당하기만 하니 속에서 열불이 날 지경이었다. 빨리 진세를 발동시켜 이 세상에서 없애 버리고 싶었다.

"이게 다 누구 때문인데! 누군 좋아서 이러고 있는 줄 알아?"

원래 흑삭구두룡살진에서 아홉이 머리고 나머지 하나는 숨겨진 꼬리였다. 그러나 다리 위에서 잠복했다 공격했던 둘은 실신 상태였고, 물속에서 합격했던 둘은 지금 익사 직전이었다. 그러니 아홉 머리를 채울 수 있을 리가 없었다.

"그거야 당연히 자업자득이죠!"

연비의 대답엔 한 점 꿀림도 없었다.

"남의 목숨을 노리려면 자신의 목숨을 걸어야죠. 그게 강호의 상식 아닌가요?"

"……."

그렇게 당당히 힐문하는데 대답할 말이 있을 리 없었다.

"하지만…… 뭐, 이번엔 특별히 기다려 주죠."

갑자기 연비가 불쑥 말했다.

"뭘 기다려 준단 말이냐?"

여전히 밧줄을 빙빙 돌리던 일강이 눈을 끔벅이며 물었다.

"멍청하긴. 보는 눈이 없을 뿐만 아니라 귀도 어둡군요. 육두룡이 구두룡이 될 때까지 기다려 준다는 거예요. 정말 고맙죠?"

그 말인즉 널브러진 애들을 수습해서 태세를 다시 정비하라는 뜻이었다.

"이렇게 친절한 피암습인이 또 어디 있겠어요? 이야, 세상 참 좋아졌어요. 그렇지 않아요?"

하지만 일강은 하나도 즐겁지 않았다. 비현실적인 괴리감이 계속해서 그를 괴롭히고 있었다.

"그래서 얻는 이득이 뭐요?"

긴장을 늦추지 않으며 일강이 물었다. 그렇게 해봤자 저 여자들에게 득될 것이 하나도 없었다. 그렇다면 미치지 않고서야 도대체 무슨 꿍꿍이로 그런 제안을 한단 말인가?

"안 미쳤어요. 멍청하긴!"

마치 그의 마음을 읽은 듯한 대꾸에 뜨끔했다.

"그… 그럼 왜?"

"지금 이 상태로는 너무 시시하니까 그렇죠. 그래서야 제대로 된 연습이 되겠어요? 우리 예린의 연습거리도 안 되면 어떻게 해요. 그거야말로 큰일이죠. 어느 정도 실력이 돼야 우리 예린이도 실력 발휘를 좀 하지 않겠어요?"

"그게 정말이냐?"

"이런 걸 가지고 농담할 것 같아요?"

하긴 그런 정신 나간 놈은 없을 것 같았다. 아니면 저 둘은 애초에 정신이 나가 있었는지도 모른다. 아니면 자신들이 정신 나가 있거나. 지금 자기들이 들은 게 몽땅 다 환청인지도 모르는 일 아닌가.

"그러니 맘 바꾸지 전에 빨리 애들 깨워요."

그리고는 검은 우산을 늘어뜨린 채 편한 자세를 취했다. 나예린도 검을 다시 검집에 집어넣었다.

이렇게 개무시당하긴 생전 처음이었지만, 알량한 자존심 때문에 멀쩡히 찾아온 기회를 버릴 만큼 열혈바보는 아니었다. 그는 냉정, 침착함을 유지하려고 애쓰며 동생들에게 지시했다.

"물에 빠진 녀석은 건져 올리고 기절한 녀석들도 당장 깨워. 뺨을 때리든 물을 뿌리든 당장! 뭐, 숨을 안 쉰다고? 그럼 인공호흡이라도 해줘. 싫긴 뭐가 싫어! 해준다고 닳는 것도 아닌데. 지금 너 비위 상하는 게 문제냐? 그게 싫으면 주먹으로 배를 치던가. 어쨌든 깨우기만 해."

장강육용사 중 일강을 제외한 나머지 다섯 명은 바쁘게 움직였다. 수공의 달인인 주제에 익사할 뻔한 애들을 건져 내고, 기절한 녀석들을 두들겨 깨웠다. 그 과정에서 몇 번의 마찰이 있었지만 연비와 나예린은 아무런 방해도 하지 않고 진득하게 기다려 주었다. 혹시나 둘이 허튼짓을 할까 봐 두 눈이 벌게질 정도로 감시하던 일강에겐 무척이나 허탈한 일이었다.

"끝났나요?"

"끝났소."

일강이 대답했다. 조금 전까지 육용사였던 그들은 다시 십용사가 되어 있었다. 진세의 기세 역시 조금 전과는 판이하게 달랐다. 빈자리가 모두 메워지자 진법이 제 힘을 온전히 발휘하기 시작한 탓이었다.

"그럼 난 기다리고 있을게요, 린."

"신경 써줘서 고마워요, 연비."

나예린이 꾸벅 고개를 숙이며 인사했다.

'이게 어디가 인사받을 만한 일이란 말인가? 결국 더 힘들어진 것 아닌가?'

일강으로서는 그 기제가 죽었다 깨어나도 이해될 것 같지 않았다.

연비는 한 발 물러서고, 나예린은 한 발 앞으로 내딛었다.

연비가 그녀를 위해 마련해 준 무대였다. 그렇다면 최고의 검무(劍舞)로 그 기대에 답할 뿐이다.
'그래, 그 검기라면!'
분명 그것이라면 이 강력한 진세를 단 한순간에 파해할 수 있으리라. 다만 문제가 있었다.
'그것은 아직 미완이라는 것.'
불안의 요소는 아직 잔재했지만 나예린은 이내 결심을 굳혔다. 항상 만전의 상태로 적과 조우한다는 보장은 어디에도 없었다. 그녀는 아직 더욱더 강해지지 않으면 안 된다. 운명과 맞서 싸우려면 아직 부족했다.
우뚝!
나예린의 발걸음이 멈췄다. 정확히 진법의 정중앙이었다.
"전 준비가 끝났습니다."
조용하고 차분한 목소리로 나예린이 말했다. 그녀의 분신과도 같은 검은 그녀의 손에서 조용히 명령을 기다리고 있었다. 그녀의 마음은 이제 명경지수처럼 맑아져 있었다. 그녀의 귀와 눈과 마음으로 사방의 정보들이 쏟아져 들어오기 시작했다. 대지가 그녀에게 말을 걸고 바람이 그녀에게 속삭였다. 눈을 감아도 주변의 모든 것을 하나도 놓치지 않을 수 있을 것 같았다.
"발동!"
일강의 수신호와 함께 열 명의 사내는 흑룡삭을 머리 위로 붕붕 돌리며 나예린을 중심으로 원을 그리며 빙빙 돌기 시작했다. 처음에는 그 움직임이 매우 느렸으나, 시간이 갈수록 주위를 도는 속도가 점점 빨라지기 시작했다.
파바바바바바밧!
어느새 장강십용사는 나예린의 주위를 질풍처럼 돌기 시작했다. 회전하는 흑룡삭의 소리가 말벌 떼 소리처럼 귀에 거슬렸다. 연비는 그 광경을 조용히 지켜보았다. 연비는 린을 믿었고, 그 믿음을 행동으로 옮겨야 했다.

"이 검기를 익히려면 먼저 비설보를 익혀야 한단다."

서서히 은빛 검이 움직이기 시작했다. 한 동작 한 동작에 기품이 배어 있어 저것이 정말로 살기 어린 검술인가 하는 의문을 품게 되는 그런 움직임이었다. 마치 한 사위 검무를 보는 듯 아름답고 우아했다. 만상이 그녀의 검끝에서 시선을 떼지 못하고 있었다.

어떻게 그런 일이 가능한지는 알 도리가 없었다. 나예린의 검기는 이미 그들의 인지 범위를 벗어나 있었기 때문이다. 그저 그것이 단 한 여인의 몸으로 가능했다는 것이 더욱 놀라울 뿐이었다.

어느새 정신을 차리자 새하얀 눈보라 같기도 하고 꽃보라 같기도 한 검기의 빛무리가 장강십용사가 그린 검은 원 바깥에 하얀 원을 그리고 있었다. 눈보라 같은 검기가 점점 거세지더니 그 안에 있던 검은 원을 지워 나가기 시작했다. 그러자 눈보라가 그린 하얀 원이 새하얀 반구 안에 갇혀 버렸다. 그리고 바람 소리가 서서히 잦아들자 침묵이 찾아왔다.

은빛 눈보라가 가시자 연비는 조금 전 눈보라가 감싸 안았던 내부의 풍경을 볼 수 있었다. 장강수로채가 자랑하던 정예 장강십용사는 모두 바닥에 널브러진 채 정신을 잃고 있었고, 그들이 자랑하던 질기디질긴 흑룡삭은 토막토막이 난 채 사방에 흩어져 있었다.

나예린은 자신이 만들어낸 눈보라 후의 풍경을 무심히 바라보더니 들고 있던 검을 다시 검집에 넣었다. 찰칵, 검이 맞물리는 소리가 울렸다.

"후우……"

그리고 나서야 나예린은 깊이 들이마셨던 숨을 내뱉었다. 몇 번 더 눈을 깜빡이며 사방을 둘러본 이후에야 조금씩 잊혀졌던 감각이 돌아왔다. 그녀는 검기를 펼치는 동안 완전한 몰아 상태에 빠져 있었기 때문에 한동안 자신을 잃어버리고 있었던 것이다. 그 망아의 경지 속에서 그녀는 검이자 곧 바람이고 또한 눈보라였다. 그녀는 은빛으로 반짝이는 자신의 몸이 세상을 뒤덮을 수 있다는 것을 알았다. 그래서 그녀는 그렇게 했다. 조그맣게 빙글빙글 움직이던 검은 원은 그렇게 해서 사라졌다. 더 이상 지울 것이 없어지자 그녀는 비로소 자신이 무엇이고 누구였는지 생각해 낼 수 있었다. 그 순간 망아가 깨지고 그녀의 정신은 다시 현실로 돌아왔다. 조금 전까지 자기 자신이었던 차가운 은빛 검은 여전히 자신의 손에 들려 있었다. 잊혀졌던 것 중에 가장 먼저 돌아온 것은 바람이 피부를 스치는 감촉이었다. 그다음 돌아온 것은 청각이었다. 잊어버렸던 소리들이 하나둘씩 그녀의 안으로 돌아오기 시작했다. 아득히 멀게만 느껴졌던 풍물들이 점점 그녀와 가까워졌다. 그리고 나예린은 자신의 눈앞에서 미소 짓고 있는 친구를 볼 수 있었다.

"멋진 검무였어요, 서서 넋을 잃을 만큼."

나예린은 연비의 칭찬에 수줍게 고개를 끄덕였다.

"고마워요, 연비."

아마 연비가 아니었다면, 연비가 믿어주지 않았다면 성공하지 못했으리라. 남들이 그 행동을 이상하게 여기더라도 무슨 대수란 말인가. 자신과 연비만이 그것을 이해하면 충분했다.

차가운 바람이 무척이나 기분 좋게 귓가를 스친다. 물 냄새가 코를 간지럽힌다. 좋은 밤이었다. 그러나 피곤한 밤이기도 했다. 이제 쉬고 싶었다.

연비는 즉각 동의했다.

숙박 업소가 모인 곳에 도착해 적당한 숙소에다 방을 잡은 다음 여장을 풀었다. 오늘 하루 많은 힘을 소진한 나예린은 무척 피곤했다. 지금 침상에 누우면 곧바로 잠에 빠져들 것만 같았다. 그런데 연비가 보이지 않았다. 어디 갔을까? 자리에서 일어난 나예린은 방문을 닫고 후원에 있는 정원으로 발걸음을 옮겼다.

그곳에, 밤의 한가운데에 연비가 서 있었다. 연비는 밤보다 더 깊은 밤을 두르고 조용히 별과 달이 잠들어 있는 하늘을 올려다보고 있었다. 밤과 같은 색을 두르고 밤 속에 있는데도 어둠 속에 녹아들지 않고 오히려 빛나고 있는 듯 보였다. 이렇게 현의가 잘 어울리는 여인을 나예린은 따로 알지 못했다. 연비가 자신처럼 하얀 옷을 입거나 아니면 '진홍의 검희'라 불리우는 석류하처럼 붉은 옷을 걸치고 있는 모습은 잘 상상이 가지 않았다. 저 깊은 밤 같은 현(玄) 색은 오직 연비 한 사람만을 위해 존재하는 것 같았다. 하늘의 색을 현(玄)하다고 한 것은 하늘이 검어서가 아니라 그 깊이의 끝없음을 상징하기 위해서이다. 조용히 밤하늘을 직시하고 있는 지금의 연비는 깊은 물과 밤처럼 그 깊이를 헤아릴 수 없을 것 같았다. 사람의 마음을 꿰뚫어 본다는 그녀의 용안도 그 심저에는 도달하지 못한다. 나예린은 그 사실이 너무나 기뻤다. 안식할 곳이 없다는 것만큼 슬픈 일은 없기 때문이었다. 비류연의 빈자리를 연비가 대신 채워 주고 있었다. 비류연이 그랬듯 지금은 연비가 그녀에게 쉴 그늘을 드리워 주고 있었다. 마치 강한 햇살과 세찬 비를 막아주는 그녀의 우산처럼.

살며시 연비 곁으로 다가가 나란히 선 나예린이 조용한 목소리로 물었다.

"연비, 무슨 생각을 그리 골똘히 하고 있었어요?"

연비가 빙그레 웃으며 대답했다.

"운명의 장애요."

"운명의 장애?"

"네, 시시한 사람이 되고 싶지 않다는 생각이 문득 들어서요."

고소를 머금으며 연비가 말했다.

"연비, 당신은 절대 시시하지 않아요. 당신은 멋진 사람이에요."

진심이 담긴 말이었다.

"고마워요. 하지만 그건 지금까지의 이야기였죠. 이제 운명이 나를 따라붙었어요. 난 선택해야만 하죠. 그것에 맞설 것이냐, 아니면 도망갈 것이냐."

운명에 굴복하는 사람은 시시하다. 그런 시시한 사람이 되는 것만은 피하고 싶었다.

"하나의 운명이 펼치는 장애를 조그맣게나마 방해해 보는 것도 흥미로운 일 아니겠어요?"

그리고는 잠시 말을 멈추었다가 무언가를 곰곰이 생각한 다음 다시 말했다.

"아니면 단순한 화풀이인지도 모르죠."

그 말에 나예린이 눈을 크게 떴다.

"무엇에 대한 화풀이요?"

그녀가 화풀이할 만한 일이 최근 들어 있었는지 나예린은 의문이었다. 나예린이 알기로는 그만한 일들은 없었다. 그러자 연비가 대답해 주었다.

"운명이 날 따라잡은 것에 대한 화풀이요."

그 순간 연비의 입가에 고소가 맺히는 것을 나예린은 놓치지 않았다.

"그래서 다른 운명에 화풀이를 한 건가요?"

연비는 다시 장난스런 얼굴로 돌아와 웃으며 말했다.

"운명에게 화가 났으면 운명에게 화를 푸는 수밖에 없지 않겠어요? 그래야 공평하죠."

연비는 자신에게 다가온 운명과 맞서지 않으면 안 된다는 사실을 분명하게 깨닫고 있었다. 삶이란 끊임없이 선택하고 규정해 가는 과정이며 자유란 선택할 자유와 그에 대한 책임을 짊어질 자유다. 선택할 자유는 우리에게 있지만 선택 문항의 출제는 세계와 운명이 공동으로 담당한다.

물론 연비라 해서 그것을 피하고 싶지 않은 것은 아니다. 될 수 있으면 그곳으로부터 도망치고 싶었다. 밤을 도와 이 땅의 끝 너머까지 간다면 그 운명으로부터 얼마간 도망칠 수 있을지도 모른다. 그러나 그 순간 자신은 도망자가 되어버리고 만다. 그 순간 자신은 패배자가 되고 만다. 운명에 패배한 자는 운명을 지배할 수 없다. 그런 패배자가 될 수는 없었다.

"결심은 섰나요?"

잠시 생각하던 연비는 결연한 의지를 담은 채 고개를 끄덕였다.

"도망치진 않겠어요, 그건 취향이 아니니까. 난 싸우겠어요. 나를 따라잡은 나의 운명과!"

"그 운명의 이름은 적인가요?"

"적이죠. 그것은 아마 '지상최대(地上最大)의 적(敵)'이라 불리기에 조금도 손색이 없는 존재일 거예요."

누구에게나 그 적이 있다. 그리고 반드시 한 번은 그 적과 싸워야 할 때가 온다. 중간은 없다. 승리하느냐 패배하느냐 두 가지 선택지가 있을 뿐이었다.

一. 도망친다.
二. 싸운다.

세 번째 예시 같은 건 존재하지 않았다.
선택지는 둘, 선택은 하나!
양자택일(兩者擇一)!
예외(例外)는 없었다[全無].

술 창고에 떨어진 하얀 유성
―좋은 술은 때때로 좋은 무기가 된다

뚜벅뚜벅뚜벅!

연비는 홀로 강호란도의 밤거리를 걷고 있었다. 지금 가야 할 길은 자신 혼자서 가야만 하는 길이었다. 다른 사람과 함께 걸을 수 있는 길이 아니었다. 그 존재가 설령 나예린이라 할지라도 이 길은 홀로 걸어야만 했다.

돈왕은 약속을 지켰다. 어디에 묵겠다는 말은 일언반구도 하지 않았는데 전령은 정확히 그들을 찾아왔다. 서찰을 펼쳐 본 연비는 속으로 쾌재를 불렀다. 그 안에는 연비의 제안이 통과되었으며, 대대적인 준비가 필요한 관계로 삼 주 후에나 그 비싼 투기제가 시작되리라는 것을 알려주고 있었다.

'이걸로 삼십만 냥 확보!'

그렇다면 이제 해볼 만했다. 그래서 연비는 지금 이렇게 혼자서 어딘가로 향하고 있었던 것이다, 묵묵히 자신의 무기를 찾아서.

지상최대의 적을 쓰러뜨리기 위해 우선 필요한 것은 바로 '최고급 술'이었다.

숙박하고 있는 객잔에서 이미 위치를 알아온 터라 찾기는 쉬웠다. 연비는 매우 화려한 삼층짜리 건물 앞에서 발걸음을 멈추고 현판을 올려다보았다.
'환월주루.'
이곳 강호란도에서 가장 향기롭고 비싼 술이라는 평을 듣고 있는 '달의 이슬[眞月露]'을 팔고 있는 주루였다. 이 한 잔의 술이 같은 무게의 금과 동일한 가치로 거래된다고 하니 이 술이 얼마나 비싸고 가치있는지를 쉽게 알 수 있었다.
"주인장을 만나고 싶군요."
연비의 신비로운 미모에 압도당한 점원은 순순히 주인의 위치를 가르쳐 주었다. 현재 주인은 후원의 술 창고 쪽에 술을 가지러 갔다는 것이었다. 연비는 후원의 위치를 물은 다음 그곳으로 발걸음을 옮겼다. 점원의 이야기에 따르면 술이 워낙 귀하다 보니 특급 술을 주문받으면 주인이 직접 술을 가지러 간다고 했다. 다른 사람은 믿지 못하는 것이다. 하긴 금보다 귀한 술이니까 이해 못할 일도 아니었다.
끼이이이익!
연비가 후원으로 통하는 문을 열고 정원에 발을 디디는 그 순간,
콰쾅!
후원 뒤쪽에서 지축을 울리는 듯한 엄청난 굉음이 울려 퍼지며 돌가루와 먼지가 우수수 연비의 머리 위로 쏟아졌다. 연비는 재빨리 검은 우산을 펴서 머릿결을 보호했다. 그리곤 굉음의 진원지를 향해 시선을 돌렸다. 그곳엔 창백하게 질린 얼굴로 엉덩방아를 찧은 채 주저앉아 있는 여

기 주인인 듯한 중년 사내와 그의 뒤에서 역시 얼빠진 얼굴로 서 있는 두 명의 호위가 보였다. 주인의 시선이 향하고 있는 곳은 오래되었지만 세월의 때가 묻어 있어 연륜이 느껴지는 창고였다. 그곳으로부터 풍겨 나오는 술 냄새를 통해 연비는 후각적으로 그곳이 이곳 환월주루가 자랑하는 최고의 명술 '달의 이슬'을 보관하고 있는 '달의 샘'이라는 것을 알 수 있었다. 그런데 지금 그 달의 샘의 지붕 위에 커다란 구멍이 뻥 하고 뚫려 있었다.

챙캉챙캉챙캉! 챙그랑!

그리고 창고 안으로부터 항아리 깨지는 듯한 소리가 계속해서 들려오고 있었다.

*   *   *

약 일각 전.

환월주루의 주인 주월산은 '달의 이슬' 두 병을 주문받자 두 명의 호위를 거느리고 후원의 술 창고로 향했다. 그가 가장 신뢰하는 두 명의 호위만이 이 중대한 과정에 동참할 수 있었다.

'달의 샘'이라 불리우는 오래된 술 창고는 이 환월주루와 그 역사를 함께하는 곳이었다. 그동안 몇 번의 개장과 증설을 통해 확장되어 온 환월주루와는 다르게 처음 시작했던 그 모습 그대로 이곳의 후원에 자리 잡고 있었다. 환월주부의 역사가 묻어 있는 곳이라 해도 과언이 아니었다.

주문자는 요즘 강호에서 명성을 얻고 있는 중앙표국의 국주 장우양이었다. 현재 그는 그들의 주루에 머물고 있지는 않았다. 그는 지금 환월주루 가까운 곳에 위치한 유명한 객잔에 머무르고 있었다. 강호란도 내에서 술에 관해서라면 그 어느 곳에도 꿇릴 게 없는 '환월주루' 였지만, 숙박의 질에서는 그곳 '신라각' 에 밀리는 경향이 있었다. 때문에 주월산은 그 뒤처짐을 만회하기 위해 이번 봄에 대대적이고 전면적인 개장보수공사를 해야 하는 게 아닌가 하는 고민에 머리를 쥐어 싸매고 있었다. 어쨌든 아무리 경쟁자라 해도 손님은 손님, 매상이 오르는 이상 판매를 거부할 이유는 없었다.

'달의 샘' 은 사슬로 자신의 몸을 묶은 채 타인의 접근을 단호히 거부하고 있었다. 주인은 곧 품속에서 열쇠를 꺼내 조심스럽게 창고 문을 열었다. 호위로 데려온 듯한 장정 두 명이 열린 창고 문을 지키고 있는 동안 주인만 홀로 그 안으로 들어갔다. 그들은 주인의 호위가 아니라 창고 문을 수호하는 호위였던 것이다.

잠시 후, 주인은 어떤 물건 하나를 비단 주머니에 싼 채 신주단지 모시듯 소중히 들고 나왔다. 이 비단 보자기 안에 든 물건이야말로 같은 무게의 금보다 비싸다는 최고의 명주, '달의 이슬' 이었다.

그것을 본 것은 '달의 샘' 의 입구에 다시 사슬을 채울 때였다. 새하얀 별이 긴 꼬리를 그리며 떨어지고 있었다.

"유성?"

굉음이 울린 것은 바로 그다음 순간의 일이었다.

쾅!

절세의 미주를 보관하고 있던 광의 지붕이 떨어지는 하얀 별에 얻어맞아 와장창 부서졌다. 좀 전과는 비교도 할 수 없는 짙고 농밀한 술 향기가 하늘을 향해 뻥 뚫려진 구멍을 통해서 흘러나왔다. 그리고 한참 동안 창고 안에서는 무언가 와장창 깨지는 소리 후 우지끈 부러지는 소리와 벌컥벌컥, 추압추압 하는 뭔가를 들이켜는 소리가 울려 퍼졌다.

자신의 책무를 망각한 채 너무나 큰 충격에 딱딱하게 굳어 있던 주인의 입에서 노호성이 터져 나왔다.

"감히 어떤 놈이!!"

그의 얼굴은 석탄을 삼킨 것처럼 시뻘겋게 달아올라 있었는데 충분히 이해할 만한 반응이었다. 그리고 주인은 그놈이 어떤 놈이든 반드시 그에 상응하는 벌을 내리고 말겠다고 굳게 결심했다. 어떤 무례하고 경우 없는 도둑놈인지 모르지만 절대 그냥 넘어갈 수는 없었다.

"어서 나와라, 이 도둑놈아!"

다시 한 번 주인이 늠름하게, 주인으로 합당한 노기를 띠며 분노를 담아 외쳤다.

와지끈!

그에 응답이라도 하듯 닫혀 있던 창고 문이 부서져 나갔다. 그리고는 짙은 술 향기와 함께 먼지 사이로 어슬렁어슬렁 거대한 그림자가 걸어나왔다. 다시 한 번 분노의 일갈을 터뜨리려던 주인의 얼굴에서 썰물처럼 핏기가 가셨다. 조금 전까지 달구어진 석탄처럼 붉던 얼굴이 지금은 백지장보다 더 하얗게 보였다. 나타난 그것은 '놈'이 아니었다.

크르르르르!

두 개의 황금빛 태양을 번뜩이며 안개처럼 번지는 먼지를 가로지르며 걸어나온 그것은 눈처럼 새하얀 털을 지닌 산처럼 거대한 백호였다. 그리고 아름드리나무도 일격에 절단 낼 수 있을 것 같은 그 섬뜩한 아가리에 물려 있는 것은 최고급 비단으로 감싸인 '달의 이슬' 두 병이었다. 그것은 왠지 이질적이면서도 불합리해 보이는 그 광경은 매우 압도적이었다. 주인을 향해 다가오던 연비가 백호를 목격한 것도 바로 이때였다.

"앗!"

"……!!"

양쪽 다 황금빛으로 빛나는 연비와 백호의 눈동자가 한 점에서 마주쳤

술 창고에 떨어진 하얀 유성

다. 튀긴 불꽃과 함께 세상이 정지했다. 어디선가 귓가로 '휘이이잉' 찬 바람 부는 소리가 들리는 듯한 착각마저 들었다. 침묵이 내려앉은 밤의 후원엔 시간이 멈춘 것 같았다.

 돌발 상황은 사람을 당황하게 만든다. 당황은 마음을 흐트러뜨린다. 흐트러진 마음은 몸의 둔화를 가져온다. 그러나 꾸준하고 반복적인 수련은 돌발 상황에서 마음보다 먼저 몸을 움직이게 한다. 마음이 흐트러지기 전에 이미 몸은 움직이고 있는 것이다.

 "……."
 "……."
 인간은 너무 황당한 일을 겪고 나면 말을 잊게 되는 모양이다. 그것은 발생한 상황이 인간의 언어와 표현력을 뛰어넘었기 때문인지도 모른다. 그래서 주월산은 말을 잊은 채 침묵했다. 그래서 그에게 먼저 말을 건 것은 연비였다.
 "아무래도 상황을 보아하니 저 창고 안에 술은 남아 있지 않을 것 같군요?"
 현재 술 창고 안의 상황을 설명하는 데는 '처참(悽慘)' 이 두 글자로 충분했다.
 "아… 아마도 그렇겠지요. 그… 그래도 서너 개 정도는 멀쩡한 게 있으면 하는 바람입니다만……."
 마침 그 일 때문에 절망하고 있던 주인의 목소리에 물기에 배어 있었다.
 "혹시 주인장이 들고 있는 거랑 저 아가리에 물려 있는 것 말고 다른 곳에 비장하고 있는 것들이 있나요?"

만일 없다고 말한다면 그냥 몸을 휙 돌려 나갈 기세였다.
"이, 있습니다. 제, 제 방에 특별 손님들을 위한 '달의 이슬'이 딱 한 병 남겨져 있습니다. 극상품 중의 극상품이죠."
주인의 대답이 만족스러운지 연비는 고개를 끄덕였다.
"그것 잘됐군요. 그렇다면 거래하지 않겠어요?"
연비가 주인을 향해 웃으며 말했다.
"무… 무슨 거래를 말씀하시는 것인지요, 소저?"
공포가 가시지 않은 주인의 이빨은 말을 할 때마다 아래 윗니가 딱딱 방정맞게 부딪치고 있었다.
"간단해요. 내가 지금 필요한 건 주인장이 비장하고 있는 마지막 남은 '달의 이슬'이에요. 내가 이 주루를 위해 뭘 해주면 주인장은 내가 원하는 그 술을 주면 되죠."
"대체 소저께서 무엇을 해주실 수 있다는 것인지요?"
지금 이 상황에서 저 연약해 보이는 처자가 할 수 있는 일은 거의 아무것도 없는 것 같았다. 주인이 생각하기에 자고로 여자들이란 금 잘 타고 춤이나 잘 추며 술이나 잘 따르면 되는 것이다. 물론 연비의 금 솜씨와 춤 솜씨는 비범했다. 그러나 연비에겐 그것 말고도 몇 가지 더 장기가 있었다.
"호랑이 퇴치!"
"예?"
"저 백호를 퇴치해 주죠. 나쁜 거래는 아닌 것 같은데요? 저 백호가 술주정으로 이곳 손님을 잡아먹는 일이라도 생기면 가게 평판에 참으로 좋은 영향이 미칠 것 같지 않아요?"
그제야 자신이 잡아먹힐 수 있는 가능성 이외의 가능성에 생각이 미친 주인장의 얼굴이 창백해졌다.

"히힉!"

그가 내뱉을 수 있는 말은 그것이 다였다. 만일 그런 일이 벌어지면 그가 할 수 있는 일은 가게 문을 닫는 것밖에 없었다. 그리고 수십 년 동안 터잡고 장사해 오던 이 바닥을 떠나야만 했다. 그런 불상사가 일어나서는 안 됐다.

"그, 그 일만은… 손님들은 안 됩니다, 손님들은!"

잠시 동결되었던 상인의 혼이 다시 깨어나자 주인장이 다급한 목소리로 외쳤다. 어떤 장사든 고객이 왕이었다. 고객을 외면하고 살아남을 수 있다고 생각한다면 그건 망상이었다.

"어때요? 나쁜 거래 조건은 아닌 것 같죠?"

연비의 웃음은 묘하게 사람을 압박하는 힘이 있었다.

"조, 좋습니다. 손님께서 그 일이 가능하시기만 하다면! 이 거래, 응하겠습니다!"

선택이 여지가 없는 주인장은 마침내 거래에 응했다.

"좋아요. 아주 잘 생각하셨어요. 음, 언제 어디서나 일을 할 때 계약서는 필히 쓰자는 주의지만, 상황이 상황이니 어쩔 수 없군요. 구두계약으로 만족하는 수밖에요. 만일 계약이 이행 안 된다면 그땐 저 백호가 아니라 날 원망해야 될 거예요."

"그, 그런 일은 절대 없을 겁니다. 구두계약도 계약은 계약. 이런 걸로 수십 년을 쌓아온 신용을 내팽개칠 만큼 어리석진 않습니다. 부디 성공만 해주십시오."

백호가 자신의 퇴치를 획책하는 주인장을 향해 잠시 눈을 부라렸기에 주인장은 이를 악물어야 했다. 오금이 저려 조금이라도 방심하며 그대로 주저앉을 것만 같았다. 그래도 가업을 지켜야 했다. 손님들을 지켜야 했다.

"좋아요. 만족스럽군요."

연비는 고개를 끄덕인 다음 술 냄새를 풍기며 서 있는 백호를 향해 몸을 돌렸다. 그리곤 말했다.

"안녕하세요?"

고개를 들고 환하게 미소 지으며 연비는 인사했다. 그 순간 등 뒤에서 '커흑' 하는 괴상한 소리가 울려 퍼졌다. 그것은 딱딱하게 얼어붙어 있던 객점 주인장이 해동되며 내는 소리였다. 지금 한가하게 통성명이나 하고 있을 땐가?! 그러나 더 놀라운 일은 그다음에 일어났다.

크릉!

산만 한 백호가 마치 연비의 인사에 답하기라도 하듯 그 거대한 고개를 끄덕였던 것이다. 두 자루의 거대한 송곳니가 위아래로 흔들렸다.

"음… 혹시나 오해가 생기는 것을 막기 위해서 뭐 하나만 물어보죠. 그 왜… 세상 살다 보면 사람 잘못 봤다, 라는 일도 종종 있잖아요. 그런 일은 당하기 싫거든요. 왠지 꼴불견이잖아요! 그런 꼴 당하면. 그래서 그런 한심한 꼴불견을 피하려면 어떻게 해야 하나 생각해 봤어요. 그랬더니 그냥 막연히 혼자서 추측만 일삼는 것보다 직접 물어보는 게 훨씬 더 합리적일 것 같더라구요. '백사불여일문'이란 말도 있잖아요. 백 번 혼자 생각하는 것이 한 번 직접 묻는 것보다 못하단 이야기죠. 그래서 묻는 거예요. 뭐, 별거 아닌 질문이니까 솔직하게 대답하셔도 돼요."

어쩐지 연비는 평소의 그녀답지 않게 주저리주저리 말이 많았다. 도대체 왜 저러는 건지 이해가 가지 않았다. 너무 극심한 공포로 인해 미친 게 아닌가 싶기도 했지만, 흔들림없는 눈동자를 보니 꼭 그런 것도 아닌 모양이었다. 그리고 백호는 연비의 말을 귀담아듣고 있었다.

"우리 전에 만난 적이 있지 않나요?"

크릉! 크릉!

백호가 두 번 크르렁거리며 고개를 끄덕였다. 아무래도 그렇다는 뜻이 모양이었다. 연비는 잠시 밤하늘을 쳐다보며 깊은 한숨을 내쉬었다.

"하아, 역시 착각이 아니었군요. 아쉽네요. 이게 단순한 착각이거나 혹은 오해이거나 혹은 너무나 현실 같은 꿈이었다면 참 좋았을 텐데 말이에요. 하긴, 그렇게 황금색으로 번쩍번쩍 빛나는 눈.탱.이.를 가진 호랑이는 많지 않죠. 안 그래요?"

크르릉!

다시 한 번 백호가 고개를 끄덕이자 연비는 희미한 미소를 머금었다.

"동의한다는 뜻이군요. 역시 그럴 줄 알았어요. 나도 그렇거든요. 그럼요, 그렇고말고요. 그래도 혹시나 하는 마음이 있었어요. 한 백만에 하나, 혹은 천만에 하나라는 게 있잖아요. 무한히 영에 가까워도 영이 아니라는 사실에 기대를 걸었는데 참으로 안타까운 일이 아닐 수 없어요. 아마 내일 하늘이 갈라지고 바다가 범람해 이 땅이 바닷속으로 가라앉는다 해도 이처럼 슬프지는 않을 거예요."

크룽! 크룽! 크르르룽!

다시 백호가 대답했다. 연비는 계속해서 혼잣말을 계속했다.

"음, 나도 얼마 전에 안 건데 오랜만에 만남을 가진다는 건 참 좋은 일이에요. 얼마 전에도 그런 일이 있었거든요. 그런데 인연이란 게 참 신기해서 꼭 좋은 인연만 있는 게 아닌 모양이에요. 음, 안타깝지만 확실히 이 세상에 악연이란 게 존재하거든요. 좋은 인연만 잔뜩 있으면 참 좋을 텐데 말이에요. 하긴 그러면 좋은 인연이란 말도 의미가 없겠군요. 아아, 나쁜 인연이 있어야만 좋은 인연이 뭔지 알 수 있다니…… 씁쓸한 일이에요. 그래도 그렇다고 해서 이렇게 입으로만 나불나불 불평불만을 터뜨린다고 해서 뭔가 바뀌는 건 없겠죠? 몇 번 실험해 봤는데 다 소용이 없더라구요. 역시 거저 먹기란 없는 거예요. 그렇죠? 나 같은 게으름뱅이

한텐 참 잔인한 일이죠. 그냥 놀고먹는 게 나의 원대한 꿈인데, 세상이 그 꿈을 방해하고 있으니 말이에요. 등가교환이라고 하나요? 나도 원하는 결과를 얻기 위해선 노력을 하지 않으면 안 된다는군요, 이 세.상.이."

그리고는 연비는 활짝 펴져 있던 우산을 조용히 접었다. 조금 전 광이 부서진 충격의 여파로 인해 머리 위로 쏟아지던 돌가루와 먼지를 막기 위해 폈던 우산이었다. 부글부글 끓는 분노의 감정을 감추려는 듯 고개를 숙인 채 연비는 검은 우산을 비스듬히 눕히며 눈앞에 들어 올렸다.

콰드드득!

연비의 섬섬옥수가 우산대가 으스러질 듯 힘껏 움켜쥐었다. 그리곤 웃었다.

"홋호호! 그냥 산속에 처박혀 있을 것이지……."

그것은 지하 깊은 곳에서 울려 나오는 듯한 으스스한 웃음이었다. 아니면 조금 어이없어하는 헛웃음에 가까운지도 몰랐다. 그리고 그 웃음은 저 산만 한 하얀 호랑이를 움찔하게 만드는 힘이 깃들어 있었다.

과연 자연 속에서 자연의 법칙에 따라 살던 야성의 감각은 감지한 위험을 즉각 몸에 고지하게 했다.

연비가 지면을 박차며 도약했다.

"이 술주정뱅이, 흰 고양이가!"

조용히 억눌러 왔던 연비의 분노가 한순간에 폭발했다. 그것은 지하 깊은 곳에서 끓어오르던 용암이 한순간에 지표를 뚫고 산을 부수며 분출되어 나오는 것과 같았다.

이백 년이 지난 지금도 아미산의 여황으로서 현역으로 군림하고 있는 백무후는 힘도 세지만 코도 무척 좋았다. 특히 술 냄새를 맡는 데는 기가 막혔다. 아무래도 그것은 예전에 먹이 사냥이랍시고 달려든 그녀를 단숨에 제압한 다음 거의 애완동물 취급한 한 노인의 영향임이 분명했다. 그녀는 지난 세월 동안 때때로 노인의 대작 상대였던 것이다. 술을 금보다 귀하게 여기는 노인네인지라 많이 얻어 마시지는 못했지만 그녀는 상당히 감별력이 뛰어난 미주 애호가였다. 술 마신 경력만 어언 이백 년. 이젠 어지간한 술로는 그녀의 예민하고 섬세한 미각을 만족시켜 줄 수 없었다.

그렇다면 백무후는 어떻게 술을 마실까? 접시에 따라주면 마실까? 천만의 말씀. 이 고고한 산의 여황은 그런 고양이 같은 천박한 짓은 하지 않는다. 사발에다 따라 벌컥벌컥 들이켜지도 않는다. 물론 병나발도 불지 않는다. 그런 천박한 행동은 그녀의 긍지가 용납하지 않는다.

그녀는 놀랍게도 잔을 사용한다. 물론 인간이 마시는 것보다는 크다. 하지만 생김새는 비슷하다. 그것을 오른 앞 발등에 올려놓고 기술 좋게 마신다. 마치 인간처럼. 그런데 문제가 있었다. 그것은 술이 항상 부족하다는 것이었다. 술을 천금처럼 아끼는 노인이 그리 많이 술을 나눠줄 리 없었다. 석 잔도 안 되는 술에 이 덩치 큰 여인이 만족할 리가 만무했다. 그래서 그녀는 스스로 자구책을 강구하기로 했다. 자기가 마실 술은 스스로 구하는 수밖에 없었다. 목마른 자가 우물을 파는 법. 이른바 '자력갱생(自力更生)'이란 것이었다(조금 의미가 다른 것 같지만). 그다음은 말 안 해도 될 것이다. 그것은 구차해지기만 할 뿐이기에. 그리하며 백무후는 지금 저 술 창고에서 걸어나오게 된 것이고 그런 백호를 향해 연비는 검은 우산을 움켜쥔 채 달려들고 있었다.

두 손으로 우산을 움켜쥐고 백호를 향해 달려가는 연비의 모습은 매우 느려 보였다. 보는 이에게 연비의 한 걸음 한 걸음은 천 근처럼 무겁게 느껴졌다. 일부러 느리게 움직여도 그렇게 움직이긴 쉽지 않아 보였다.

그런데 연비의 신형이 반쯤 접근했을 때쯤, 순간 연비의 신형이 연기처럼 사라졌다.

사라진 연비의 신형이 나타난 곳은 백호의 꼬리 쪽이었다.

부우우우웅! 쐐애애애애액!

검은 우산이 검은 궤적을 그리며 휘둘러졌다. 야생의 본능적인 감으로 위기를 인식한 백호가 그 일격을 피하기 위해 앞으로 펄쩍 뛰었다. 인정사정없는 일격인지라 아무리 산중지여황인 백무후라 해도 그것을 맞고서는 멀쩡하기 힘들었다.

"어딜!"

그러나 이 변화무쌍한 일격을 눈치 채고 회피 동작에 들어간 것은 무진장 칭찬해 줄만 하지만 시기가 늦었다. 완전히 피하는 것은 불가능했다.

빽!

"꾸에에에엑! 꺄울~!"

괴이한 비명이 강호란도의 밤하늘로 낭랑히 울려 퍼졌다. 그것은 어째좀 인간의 그것과 너무 닮아 있었다. 연비는 방금 자신이 잘못 들은 게 아닌가 진지하게 회의해 보았으나 사실은 아무리 황당해도 어디까지나 사실이었다. 이삼백 년 살다 보면 인간의 말을 알아먹는 데서 그치지 않고 인간의 말까지 할 수 있게 되는 건가? 연비는 하도 어이가 없어서 헛웃음을 터뜨렸다. 어느 날 갑자기 어깨에 저 무시무시한 앞발을 턱하니 올려놓고 이렇게 말할지도 모른다.

―어이, 불!

그리고 사람 수십 잡아먹었을 그 입에는 곰방대가… 뻐끔! 뻐끔!

'에잇, 설마 그럴 리가 없지! 과민한 탓이야, 과민한 탓.'

연비는 망상을 떨쳐 내기 위해 고개를 도리도리 세차게 저었다.

크릉! 크릉! 크르르릉! 끼이이잉!

검은 우산으로 볼썽사납게 엉덩이를 얻어맞은 백무후가 맹렬히 항의했다. 하마터면 자신의 우아하고 탱글탱글한 엉덩이 살이 쑹텅 떨어져 나갔을 수도 있었던 것이다. 아직까지도 얻어맞은 엉덩이 부분이 얼얼했다.

크르르르르르릉!

복수를 다짐한 듯 백무후는 앞발을 들어 발톱을 날름 핥았다.

"호오? 아직 포기 안 했니?"

연비가 검은 우산의 첨단을 앞으로 내밀며 말했다.

"얌전히 물고 있는 술을 내려놓는 게 어떨까? 물어볼 것도 있고."

그러나 크르렁거리며 잔뜩 몸을 웅크리는 백무후는 그만둘 생각이 전혀 없었다. 지금 몸을 낮게 움츠린 것은 뒤로 도망가기 위해서가 아니라 앞을 향해 도약하기 위해서였다. 누워 있던 백무후의 하얀 털이 바늘처럼 일제히 일어섰다. 백무후의 꼿꼿이 일어선 하얀 털이 밤하늘 아래에서 새하얗게 빛을 발한다고 생각한 순간, 백무후는 하얀 뇌광이 되어 연비를 향해 날아들었다. 그 속도는 가히 '신속'이라 칭할 만했다.

쉬잉!

발톱 끝에서 뿜어져 나온 새하얀 광선이 연비의 몸을 일순간에 갈랐다.

"이런!"

연비는 재빨리 몸을 뒤로 눕히며 그 일격을 피했다. 이 기습적인 일격은 연비로서도 너무나 의외일 정도로 빠르고 강했기 때문에 잠시 대응이 늦어졌던 것이다. 부드러운 버드나무 가지처럼 허리를 뒤로 젖힌 연비는 다시 유연하게 몸을 틀어 상체를 일으켜 세움과 동시에 신형을 날렸다.

조금 전 연비가 서 있던 곳에 새하얗게 빛을 내는 털이 가진 백호가 착지했다.
 스르륵.
 그다음 순간 백호의 좌우 등 뒤에 자라 있던 아름드리나무가 반 토막이 난 채 쓰러졌다. 절단면은 거울처럼 매끈했다.
 저 아름드리나무를 발톱으로 우악스레 부순 게 아니라 예리하게 베어 버리다니…….
 "쳇, 검기인가? 짐승 주제에……."
 형체가 되어 뿜어져 나온 날카로운 기의 칼날, 그것은 발톱 끝에서 나왔지만 분명 검기라는 이름이 어울릴 만한 섬뜩한 날카로움을 품고 있었다.
 짐승이 검기를 사용하다니, 강호사에 전후무후한 일이 아닐 수 없었다. 짐승이 기를 다룰 수 있다는 이야기는 어릴 적 어머니가 머리맡에서 들려주던 옛날이야기 속에도 없었는데. 하지만 어느 한 망할 노인 때문에 세상의 상식은 불쌍하게 뒤엎이고 말았다.
 "눈동자 색깔로 짐작했어야 했는데……."
 연비는 백무후의 황금색으로 변색된 눈동자를 물끄러미 바라보았다. 저것이 원래 저런 사금을 뿌려놓은 듯한 황금색이 아니라는 것은 알고 있었다. 저 색은 자연적인 것이 아니었다. 인공적인 것이었다.
 백호의 검은 눈동자를 반짝반짝 빛나는 황금빛으로 만드는 것은 저 집채만 한 백호에게 상처를 입히거나 죽이는 것보다도 훨씬 더 어려운 일이었다. 하지만 그 밀도 안 되는 일이 가능한 인간이 딱 한 명 있었다. 지금도 아직 인간인지 아닌지 의문이 가는 망할 인간의 소행.
 연비는 잠시 숨을 들이쉬더니 작은 목소리로 짓씹듯 내뱉었다.
 "망할 사부!"
 여러 가지 감정은 한데 담긴 목소리였다.

저 호랭이가 설마 이 정도까지 기를 자유자재로 부릴 수 있었다니, 불찰이었다.
"호랭이한테 대체 뭘 가르친 거야?"
일단 옆에 있든 없든 항의 한마디 내뱉지 않고선 참을 수 없는 연비였다.
그러니까 다 망할 사부가 나빴다.

백무후의 회상
―지옥의 동물 실험

    지금으로선 선뜻 믿겨지지 않지만 지금 백무후라 불리우며 아미산에 군림하는 이 순백의 호랑이도 처음에는 무척 약한 호랑이였다. 그녀도 연․약․한 소녀였던 때가 있었던 것이다. 몸집도 그리 크지 않고 힘도 센 축에 속하지 못했다. 그리고 무엇보다 암컷이었다. 호랑이의 세계는 수놈들의 세계였다. 그 속에서 암컷인 백무후는 천대받을 수밖에 없었다. 약육강식의 세계에서 힘이 약한 암컷은 그저 노리개나 심부름꾼에 불과했다, 놀고먹는 수컷들에게 오락과 먹을거리를 제공해 주는.
    수컷들의 저녁 식사 거리를 마련해 오는 것은 이 불쌍한 암백호의 일이었다. 게으른 수컷들은 동굴에서 꼼짝도 하지 않았다. 강하기 때문에 모든 것이 용납되고 용서받을 수 있다고 그들은 믿고 있었다. 그런 세계에서 암놈인 그녀는 천대받을 수밖에 없었다. 그때는 백무후가 아니라 백묘라 불려도 할 말이 없었다.
    어느 날, 그날도 이 힘없고 연약한―상당히 상대적인 관점이긴 하지만―암

백호는 게으른 수컷들의 배를 불리기 위해 먹이 사냥에 나섰다. 다행히 얼마 지나지 않아 먹이를 발견할 수 있었다. 눈처럼 새하얀 백염백발의 노인이었다. 하지만 털의 질과 색깔이 자신의 것이 훨씬 더 뛰어났다. 그녀의 눈부실 정도로 새하얀 털은 그녀의 많지 않은 자랑거리 중 하나였다. 노인의 오른손엔 술병이 들려 있었는데, 조금 나이가 들어 질겨 보이긴 했지만 의외로 살이 실해 보였다. 술에 잰 고기는 분명 야들야들할 게 틀림없었다. 비록 그녀에겐 찌꺼기만 돌아온다 해도 말이다.

불행한 점이라면 그 백발백염의 노인이 바로 인간의 척도로는 재기에 상당히 규격을 벗어난 인간이라는 점이었지만. 그리고 설상가상으로 이 때 그 노인은 할 일이 없어 무척 심심해하던 참이었다. 그러나 아무리 심심하다 해도 자신을 노리고 달려든 짐승을 그냥 내버려 둘 만큼 호인은 아니었다.

노인은 그 지랄 맞은 성격에 자신을 저녁 식사 거리로 삼겠다고 달려드는 짐승을 가만 놔둘 리 없었다. 원한과 적의는 언제나 백 배로. 그것이 노인의 지론이었다. 암놈이든 수놈이든 상관없었다. 배제해야 할 적! 상대에 대한 정의는 그걸로 충분했다. 그날 이 암백호는 완전히 떡이 되었다.

"상대가 나빴구나!"

노인은 무감정한 목소리로 한마디를 내뱉은 다음 손을 치켜들었다.

"눈보다 더 새하얀 모피구나. 무척이나 비싼 값에 팔……."

노인은 치켜든 손을 우뚝 멈추었다. 그리고는 유심히 백호의 이곳저곳을 뜯어보고 털들을 쓸어보고 만져 보고 뽑아보고 햇빛에 비춰보았다. 그 노인의 눈엔 미미한 감탄의 기색이 어려 있었다. 도대체 이 괴노인이 원하는 것이 뭘까? 의문은 곧 풀렸다. 노인이 대뜸 질문했다.

"오, 정말 새하얀 털이구나. 관리 비결이 대체 뭐냐?"

음, 내 백아를 능가하는 털은 없다고 생각했는데……. 노인의 목소리엔 미미한 감탄과 사소한 질투가 배어 있었다.

그녀는 조금 우쭐해졌다. 그녀 역시 자신의 흰털에 자부심을 가지고 있었던 것이다. 물론 특수한 비법으로 철저히 관리를 한 덕분이었다. 비바람에 완전 노출되는 자연산인 만큼 더욱더 세심한 관리가 필요했다. 그 처절한 노력을 알아준 수컷은 이 노인이 처음이었다. 자신은 사냥감의 붉은 피가 튀어도 비가 자국을 씻어줄 때까지 내버려 두는 야만적이고 천박한 수놈들하고는 달랐다. 그러나 계속 좋아할 수만은 없었다. 분명 이 노인은 자신의 멋진 털을 벗겨 가죽으로 남길 거라고 생각하니 우쭐했던 기분은 금방 우울하게 변했다. 그때 노인이 다시 말했다.

"가죽을 벗길 수도 있지만 그러면 너무 아깝지. 좋다. 어르신을 습격한 네 행동이 괘씸하지만, 내 특별히 선심을 베풀도록 하지. 그 털의 관리 비법을 알려주면 네 목숨을 살려주도록 하마!"

그것이 죽음의 문턱에서 살아남을 수 있는 유일한 방법이라고 노인은 말하고 있었다. 그런 건 굳이 인간의 말을 알아들을 필요도 없었다. 그녀는 재빨리 고개를 끄덕였다. 일단 살아야 털도 있는 것이다. 죽어서 가죽을 남겨봤자 하나도 기쁘지 않았다. 변태도 아니고, 자기 가죽이 인간의 눈요기를 위해 걸려 있는데 얼씨구나 좋다고 할 호랑이가 어디 있겠는가. 자기 비전의 흰털 특수 표백 관리 비법이 타인의 손에 넘어가는 것은 실로 안타까운 비극이었지만, 그것으로 목숨을 살 수 있다면 손해 보는 거래는 아니었다.

"오, 좋다고? 짐승 주제에 똑똑하구나."

노인은 만족한 듯 고개를 주억였다.

"흠, 그런데 어쩐다? 이미 뼛속까지 상해 있는 것 같으니. 내장도 엉망이고…… 이거이거, 곤란하게 되었군. 살살 한다고 살살했는데……. 허허, 어쩌다 이 지경이 되었느냐?"

그 장본인이 바로 눈앞에 있었지만 야성의 직감을 가진 그녀는 감히 그 질문에 대답할 수 없었다.

"네가 처세를 아는구나."

노인은 더욱 그녀가 맘에 든 모양이었다.

"흠, 어디 보자…… 짐승한테는 이쪽에 장심을 놓아야 하나……?"

노인은 손바닥을 이리저리 움직이며 그녀의 배 쪽을 여기저기 눌러보았다. 어떤 위치를 찾고 있는 것 같았다.

"확률은 반반이지만…… 안 해보는 것보다는 해보는 게 낫겠지. 네가 죽으면 미용 관리 비법도 알아낼 수 없고…… 그럼 곤란하지."

대충 몸의 중심인 듯한 곳에 올려놓은 노인의 손이 상서로운 황금빛으로 빛나기 시작했다. 그땐 몰랐지만 그것이 바로 자신의 내공을 이용해 상대의 상처를 치료하는 운공요상법이었다. 그러나 그녀와 같은 짐승에게 시전되기는 아마 무림 역사상 초유의 일이었을 것이다. 그리고 그 도박은 성공했다. 그리하여 그녀는 용케 죽음의 문턱에서 살아 돌아올 수 있었다. 그러자 그녀의 생명을 구해낸 노인은 이렇게 말했다.

"어? 되네?"

본인으로서도 설마 했던 모양이다. 그런데 죽음의 경계선에서 간신히 살아 돌아온 그녀에겐 부작용이 하나 생겼다.

"흠, 눈동자의 색까지 황금색으로 변할 줄이야……."

노인에게도 그건 예상치 못한 일이었다. 상처를 치유하기 위해 상당량의 내공을 주입한 결과 발생한 일이었다. 무인의 생명 같은 내공을 자신을 습격한 맹수에게 주입하다니. 그것도 겨우 미용 관리법을 알아내기 위해서. 기행이 아니라 괴행이라 해야 마땅한 행동이었다. 그러나 노인의 괴행은 그게 끝이 아니었다.

한참 심심에 절어 따분해하던 노인은 한 가지 매우 획기적이면서도 혁명적인 생각을 해낸다. 인간이 쌓아놓은 기가 짐승에게도 효과를 미친다는 사실이 입증되자 노인은 다음과 같은 생각을 하게 된 것이다.

"어? 먹히네? 신기하군. 흠, 그렇다면 호랑이도 기를 축적할 수 있지 않을까?"

그때까지 호랑이의 단전이 어디인지 아는 사람은 아무도 없었다.

"하지만 따지고 보면 인간도 호랑이도 다 같은 동물이잖아?"

요는 기를 인지할 수 있느냐 없느냐 하는 차이일 뿐일 것이라고 노인은 생각하게 된다. 어차피 기라는 것은 자연에 가득 차 있는 기운이니까. 단지 인간은 그것을 인위적인 방식으로 축적하고 통제할 수 있을 뿐이었다. 게다가 노인이 보기에 그녀는 보기보다 무척 똑똑해 보여서 가르치면 될 것도 같았다. 어지간히 심심했던 것이다. 노인은 그날부로 실험에 착수했다.

거대한 백호를 대상으로 한 동물 실험이 시작되었다. 물론 피실험체는 이 불쌍 가련한(?) 암백호였다. 그녀에겐 이미 운기요상을 받을 때 노인으로부터 받은 강대한 기운이 사지 곳곳에 면밀히 흐르고 있었다.

노인이 해줄 것은 그것을 기맥을 통해 돌게 해서 그녀가 그 기란 것을 인지할 수 있도록 도와주는 것뿐이었다. 말로 가르쳐 줄 수는 없지만 행동으로 직접 느끼게 해줄 수는 있었다. 그런데 문제는 호랑이의 혈맥과 사람의 혈맥은 그 위치가 상당히 다르다는 것이었다. 노인은 일단 찔러보기로 했다.

그 혈도의 효과를 알아보기 위해 침으로 그것을 찌르거나 손가락으로 점혈하듯이 찔러보며 가상의 기맥을 살펴보았다. 정말 할 일이 없고 심심하기 짝이 없었으니 가능한 작업들이었다. 어쩔 때는 잘못 혈을 찔러 사지가 꼬이는 경우도 있었다. 한마디도 반항 못하는 백호가 불쌍할 뿐이었다. 그러나 노인은 포기하지 않았다. 실패는 성공의 어머니라면서. 차라리 포기해, 라고 백호가 외쳤지만 사부의 귀에는 단지 크르렁거리는 시끄러운 소음으로밖에 들리지 않았다. 그리하여 실험은 끝없는 실패 속에서도 멈추지 않고 계속되었다.

그리고 드디어 오랜 시행착오 끝에 이 말 못하는 짐승인 그녀도 드디어 자신의 몸 안에 도는 기의 존재를 느끼고 그것을 한곳에 모을 수 있게 되었다. 그녀의 몸 안 어딘가에 존재하는 임의의 단전 안에 기를 축적시키는 것에 성공한 것이다. 딱 일만 번째의 일이었다.

심심하기 짝이 없던 노인에게 있어 구천구백구십구 번의 실패는 실패가 아니라 만 번째의 성공을 위한 과정일 뿐이었다. 그리고 훌륭한 시간 때우기이기도 했다. 설마 정말로 만 번씩이나 시도했겠느냐는 의문을 품을 수도 있겠지만, 그건 엄연한 사실이었다.

"오, 겨우 만 번 만에 성공하다니 좀 아쉬운걸!"

마침내 그 실험이 성공했을 때 노인의 입에서 나온 것은 기쁨의 탄성이 아니라 더 이상의 심심풀이 거리가 떨어져 버린 것에 대한 안타까움이었다. 그 말을 알아들은 그녀는 식겁하며 그 실험이 만 번 만에 끝난 것에 대해 감사해야만 했다. 그렇지 않으면 이만 번이고 삼만 번이고 실험은 계속되었을 것이기 때문이었다.

하나의 경지에 도달할 경우 어떤 이는 만족하고, 어떤 이는 더 높은 곳을 꿈꾸게 마련이다.

갱상일층루(更上一層樓)!

더 멀리 오르기 위해선 누각을 한 층 더 높이 올라갈 필요가 있었다. 그리고 노인은 전자가 아니라 불행히도—특히 그녀에게 있어—후자였다.

기의 고착 성공에 낙심(?)하며 다시 며칠간을 실의에 빠져 심심하고 따분해하던 노인의 머릿속으로 번쩍 하며 유성처럼 스쳐 지나가는 한 가지 발상이 있었다.

'단전에 기를 모아두기만 하고 쓰지 않다니, 이 얼마나 아깝기 짝이 없는 일이란 말인가!'

일단 무엇이든 능력을 가졌으면 그것을 사용해야만 의미가 있었다. 모아놓고 쓰지 않으면 없는 거나 마찬가지 아닌가. 돈도 모을 줄 알면 쓸 줄도 알아야 하고, 무한한 가능성도 발현되지 않으면 말짱 헛것인 것과 같은 이치였다. 그리하여 어떻게 하면 그녀의 단전에 축적된 기를 이리저리 활용할 수 있을까, 하는 노인의 고민이 시작되었다. 그런데 노인은 머리로만 고민하는 것보다 이런저런 시도를 해보며 실패─심심풀이─의 과정을 차근차근─백호의 입장에선 잘근잘근─밟아나가는 것을 더 선호했다.

"음, 역시 호랑이 하면 호조겠지? 그에 본딴 무공도 있고 말이지."

아무리 생각해 봐도 그것 이상의 것은 없었다. 호랑이가 검이나 창을 들고 싸울 수도 없는 노릇 아닌가. 게다가 호랑이에게는 선천적으로 가지고 있는 천혜의 무기가 있었다. 그것은 바로 날카로운 이빨과 발톱이었다. 우선적인 목표는 발톱에 검기를 맺히게 하는 것이었다.

"좋아! 새로운 목표가 생겼군. 좋아! 훌륭해!"

무엇보다 극상인 점은 다시 시간을 때울 만한 수단이 생겼다는 사실이었다. 보다 진취적인 학구열에 불타며 또다시 노인은 새로운 실험에 도전했다. 그 앞에 기다리는 구만 구천구백구십구 번의 실패도 따분한 노인에게는 오로지 환영할 만한 번거로움에 불과했다. 그리고 결과는 연비가 지금 보고 있는 그대로였다.

한 번 터를 닦아놓았더니 그다음은 금방금방 내공이 모이고 강해지기 시작했다. 게다가 기를 운용해 호조를 쓸 수 있게 되면서부터 달음박질도 훨씬 더 빨라졌다. 그래서 호기심 삼아 경공도 가르치기 시작했다. 그 뒤론 바람이 그녀의 뒤를 쫓기 시작했다. 원래 말보다 빠른데 더 빨라졌으니 그때부터 멀리서 그녀를 목격한 사람들에 의해 하얀 뇌광이라 불리기 시작했다. 그리곤 그녀는 수컷들을 모두 때려눕히고 아미산의 군림자가 되었다. 그 후론 그 수컷들이 그녀에게 저녁 식사를 갖다 바쳐야 했다. 그 후로 지금까지 그녀는 아미산 짐승들의 여황으로 군림하고 있었다.

"그렇다고 검기 정도 쓸 수 있게 되었다는 걸로 우쭐거리지 말아요. 그러다 큰코다치는 수가 있으니깐요."

연비는 검은 우산을 검처럼 잡은 채 조용한 목소리로 말했다.

"조금은 진지하게 상대해 주죠."

놀이는 이제 끝났다. 연비의 눈동자는 그렇게 말하고 있었다.

크르르르르!

백무후는 낮게 위협적으로 갸르릉거렸다. 그녀는 다시 한 번 몸을 웅크렸다. 그녀에겐 자연이 준 천혜의 준족과 괴력이 있었다. 기까지 쓸 수 있는 그녀에게 패배란 있을 수 없었다.

크허어어어어엉!

백무후의 전신에서 뿜어져 나오는 새하얀 기세가 더욱 강렬해졌다. 그 동안 모아두었던 힘을 일순간에 개방하며 백무후가 달려들었다.

네 줄기의 검기가 돋아난 호조가 연비의 몸을 찢어발기기 위해 날아들었다. 연비는 급히 우산을 들어 그 무시무시한 일격을 정면으로 받았다.

쾅!

엄청난 힘이 격돌하며 흙먼지를 자욱이 쌓아 올렸다. 백무후는 자신의 일격이 성공했을 거라는 데 일말의 의심도 품지 않았다. 그러나 그것은 잘못된 생각이었다. 백무후의 발톱은 지금 연비의 검은 우산에 막혀 있었다. 그녀의 빛나는 발톱은 연비의 방어를 뚫는 데 실패하고 말았다.

"이 현천은린은 좀 특제 물건이라서 말이에요, 생각보다 무척 질기답니다."

연비가 웃었다. 그걸 본 백무후의 꼬리가 쭈뼛 섰다.

"자, 그럼 이제 실패의 대가를 치러야겠죠?"

백무후가 다시 전열을 가다듬기도 전에 연비는 이미 다음 수의 예비 동작에 들어가 있었다.

삼복구타산(三伏狗打傘) 전력(全力) 발동(發動)!

궁극(窮極) 말살기(末殺技)

패고패고막패고(霸拷捬苦藐敗叩).

"빠샤!"

현천은린은 검은 뇌광이 되어 새하얀 백호의 전신을 향해 쇄도해 들어갔다. 무시무시한 속도, 무시무시한 빠르기였다.

빠바바바바바박! 뚜쉬! 뚜쉬! 빠바바바박! 빡빡빡! 트핫! 닷닷닷! 퍽퍽퍽!

이 초식은 패도적으로 세게 때리고[霸拷], 엄청 고통스럽게 패고[捬苦], 아득할 정도로 마구 차고 두드린다[藐敗叩]는 의미를 지닌 피도 눈물도 없는 비정하기 짝이 없는 궁극의 말살기였다. 소낙비처럼 쉴 새 없이 쏟아지는 이 죽음의 공세에서 빠져나갈 방법은 없었다.

빠악! 빡!

별을 이렇게나 가까이서 본 것은 백무후에게도 처음 있는 일이었다.

노란 꽃들이 만발하게 핀 아름다운 강가가 보였다. 건너편에서 누군가가 그녀를 향해 손짓하고 있었다. 지나온 세월들이 주마등(走馬燈)처럼 빠르게 그녀의 곁을 스쳐 지나가기 시작했다.

아직 돌아가도 늦지 않은 때[時]…

―버키지 않습니다! 하지만…….

"응? 이제 정신이 들었니?"
크릉!
"잘됐구나."
크릉크릉!
"한 가지만 물어보자. 사부… 여기 와 있지?"
끄덕!
"휴우~ 역시 그렇구나. 혹시나 싶었는데… 역시나라 이건가……."
끄덕끄덕!
"그럼 한 가지 부탁해도 될까? 뭐? 된다고? 고마워라."
백무후는 아직 아무런 대답도 하지 않은 터였다.
"날 사부 있는 곳까지 데려다 줘. 할 수 있겠지?"
백무후는 대답 대신 멍청한 눈으로 연비를 뚫어지게 바라보았다. 연비가 그 모습을 보곤 한숨을 내쉬며 말했다.

"날 그런 눈으로 바라보지 말아줄래? 난 아직 제정신이거든? 짐승한테까지 그런 시선 받고 싶진 않아, 솔직히."

백무후는 다시 연신 고개를 끄덕였다.

"좋아, 그럼 가볼까? 이럇!"

동시에 백무후가 지면을 박차고 날아올랐다. 백호는 여러 개의 지붕을 박차며 밤하늘 아래를 달렸다. 바람이 연비의 뺨을 스쳐 지나갔다. 집들이 작게 보일 때도 있었다. 그만큼 백호의 도약은 높고 빨랐다.

백호는 금세 '신라각'이란 간판이 달려 있는 객점의 후원에 살포시 내려앉았다. 경공씩이나 배운 영물이라 그런지 거의 소리가 나지 않았다. 백무후가 조심스레 몸을 바닥에 붙였다. 그러자 백호의 등으로부터 검은 옷을 걸친 여인이 내려왔다. 물론 그녀는 연비였다. 백호를 기승물로 쓰다니, 실로 터무니없는 배짱이 아닐 수 없었다.

"여기?"

백무후가 고개를 끄덕였다.

"정확한 위치는?"

그러자 백무후는 고개를 들어 삼층 끝에 있는 창을 가리켰다.

"흠, 저기란 말이군. 고마워. 그럼 또 보자, 하양아!"

그러자 백무후의 황금색 눈동자가 동그래졌다.

'진짜 다시 볼 수 있을까?'

백무후의 눈동자는 그렇게 말하고 있다.

"다시 보게 될 거야, 꼭!"

그리고 곧 연비의 신형은 누각 안으로 빨려 들어가듯 사라졌다.

오해가 없도록 하자.

연비라고 해서 지금 좋아서 이 건물 안으로 들어가고 있는 것은 아니었다. 좋아서 이 계단을 오르고 있는 것도 아니었다. 이층에서 그만 돌아가고 싶지만 다시 한 층 더 올라간다. 내키지 않지만 오른쪽으로 열 걸음을 걸어 왼쪽 끝에 위치한 방문 앞에 이른다. 아직 늦지 않았다. 지금이라도 돌아가려면 돌아갈 수 있다. 그냥 몸을 돌려서 조용히 아무 기척도 내지 않고 걸어나가면 그만이다. 시간을 끌면 끌수록 위험은 중대한다. 그러니 돌아가려면 지금이다. 좋아서 여기까지 온 건 아니잖아!

시선을 들어 문을 바라본다. 특실인 것만 빼면 특별할 것 없는 문이다. 마천각의 귀문처럼 불을 뿜지도 않는다. 흉신악살의 기괴한 상들도 달려 있지 않았다. 그러나 쉽사리 문을 두드릴 엄두가 나지 않는다.

마천각의 귀문으로 들어갈 땐 조금도 두렵지 않은 연비였다. 두렵기는커녕 오히려 새로운 흥밋거리가 생겨 즐거울 정도였다. 그러나 이 평범한 문은 들어가기가 두려웠다. 이 문 너머로 발걸음을 옮기는 순간 모든 것이 뒤바뀌어 버릴지도 몰랐다. 자신의 운명이 자신의 것이 아니라고 주장할지도 몰랐다.

그러니 오해는 없도록 하자.

절대 좋아서 이러는 게 아니다. 하지만 이것 이외에 방법이 없는 것도 사실이다. 도망칠 수 없다면 정면으로 부딪칠 수밖에 없는 것이다. 그러기 위해선 내키지 않는 문을 열어야 할 때도 있는 것이다. 애석하게도 그 순간이 지금 이 순간이 된 것뿐이었다. 그렇다면 무엇을 망설이는가. 각오는 이미 끝나지 않았는가. 손을 들고 문을 두드려라. 자, 어서!

똑똑!

마침내 연비는 문을 두드렸다. 그리곤 대답을 기다리지도 않은 채 느르륵 닫혀 있던 문을 열고 그 안으로 발을 내딛었다.

날이 따뜻한지 화로에 불은 들어 있지 않았다. 공기는 따뜻하게 데워져 있었다.
　백발백염이 노인은 방 안 중앙에 있는 탁자 앞에 앉아 술잔을 기울이고 있었다. 더 좋은 술을 가져오겠다며 나간 장우양은 아직 오지 않았기에 혼자 자작을 하던 중이었다. 그런데 두 번 문 두드리던 소리가 나더니 대답도 하기 전에 드르륵 문이 열렸다. 노인은 천천히 고개를 돌려 그 무례한 방문객을 바라보았다. 방문객은 검은 옷을 걸치고 한 손엔 우산을, 다른 한 손엔 비단 보따리를 들고 있었다. 바로 연비였다.

　노인은 입을 다문 채 한동안 조용히 연비의 눈을 바라보았다. 심연보다 더 깊은 깊이를 가진 시선이 연비의 호박색 눈동자를 물끄러미 바라보았다. 숨 막히는 정적이 흘렀다. 연비는 그 시선을 피하지 않았다. 두 사람 모두 침묵으로 일관했다.
　먼저 움직인 것은 노인 쪽이었다. 석상처럼 굳어 있던 노인이 시선을 움직여 연비를 아래위로 훑어보더니 의아한 표정으로 말했다.
　"수청이라도 들려고 왔느냐? 여자를 찾은 적은 없는데?"
　아무래도 노인은 방금 들어온 여인을 기녀로 착각한 모양이다. 물론 연비는 출장 영업 중이 아니었다. 그 사실을 알리지 않으면 안 되었다.
　연비가 한쪽 눈을 찡긋하며 교태 섞인 목소리로 부끄럽다는 듯이 대꾸했다.
　"아잉, 오빠도 참!"
　허리랑 다리를 한 번 꼬는 것도 잊지 않았다.
　"……"
　"……"
　순간 시간이 얼어붙고 공간이 정지했다. 조금 전보다 더 무겁고 서늘한 침묵이었다. 시간과 공간이 얼어붙어 가는 것이 피부로 느껴질 정도였다.

"허허허……."

기가 막히다는 듯 헛웃음을 터뜨리며 노인은 주위를 둘러보았다.

마침 노인의 눈에 추울 때 불씨를 넣어놓는 쇠로 만든 화로가 보였다. 저거면 충분했다. 노인은 양손으로 무쇠 화로의 양쪽을 잡더니 서서히 양손을 한데 모으기 시작했다. 그 순간 말랑말랑한 진흙처럼 무쇠 화로가 한 점으로 닫히기 시작했다. 노인은 도자기를 빚기 위해 진흙을 매만지는 도공처럼 무쇠 화로를 주물럭거렸다. 노인이 가볍게 손을 움직일 때마다 무쇠 반죽은 이리 접히고 저리 접히며 본래의 형체를 잃어가기 시작했다. 슬슬 무쇠 화로가 한 덩어리를 이루자 노인은 그것을 돌돌 말아 가래떡처럼 무쇳덩이를 늘리기 시작했다. 곧 적당한 크기의 굵고 단단해 보이는 쇠몽둥이 하나가 만들어졌다. 노인은 마무리의 의미에서 그 쇠몽둥이의 끝 부분에 손가락으로 '타격각성 정신봉(打擊覺醒 淨身棒)'이라고 적어 넣었다. 마치 두부에다 쓰기라도 하는 것처럼 노인의 손가락은 아무런 거침도 없었다.

작업을 모두 마친 노인이 벌떡 자리에서 일어났다. 그리고는 여전히 어이없어하는 표정으로 비딱하게 연비를 바라보았다.

"허허허… 허허허……."

다시 한 번 허탈한 웃음이 터져 나왔다.

저벅저벅저벅!

태산처럼 멈춰 있던 노인의 몸이 움직였다. 노인은 쇠몽둥이를 돌바닥에 끌며 저벅저벅 앞으로 걸어갔다.

키르르르르릉! 파바밧!

돌 바닥에 긁힌 쇠몽둥이의 끄트머리에서 불꽃이 튀기 시작했다.

제자의 잘못을 계도하는 것이 사부 된 자의 도리!
"어허허, 이 오빠가 좀 부드럽게 쓰다듬어 주마!"
노인의 용건은 무척 단순하고 간단하고 무시무시했다.

〈『비뢰도』 제23권에서 계속〉

비류연과 그 일당들의 좌담회

전격(電擊) 신 연재!
연비와 미소저들의 오붓한 다과회

(방 안, 자단목 탁자에 둘러앉아 우아하게 차를 마시는 네 명의 여인들).

나예린 : (차를 한 모금 마시며) 하나의 시대가 저무는 것을 보고 있자니 무척 안타깝군요.

연비 : 하지만 새로운 시대가 열리기 위해서는 어쩔 수 없는 일이지요. 낡은 해가 지지 않으면 새로운 해는 떠오를 수 없으니까요.

은설란 : 흠, 그런데 아까부터 문 너머가 소란스러워요. 저 소리는 무슨 소리죠?

이진설 : 그러게요, 되게 시끄럽네.

(문밖)

쾅쾅쾅!

장홍: 이보오, 우리 좀 들여보내 주시오. 우린 오늘 촬영이 있단 말이오. 이보오! 이보시오!

쾅쾅쾅! 쾅쾅쾅!

효룡: 장 형, 아무 반응도 없는데요?

장홍: 계속 두드려 보세. 뭔가 착오가 생긴 게 분명하네! 이럴 리가 없어!

효룡: 앗, 장 형! 여기 뭔가 붙어 있는데요? 男… 子… 出… 入… 禁… 止! 남자출입금지라고 적혀 있습니다.

장홍: 뭣이라! 어, 어째서! 어째서 남자출입금지인 거야! 원래 이 코너는 항상 우리들 남자들의 차지였단 말일세!

효룡: 저… 아무래도…… 이번부터 우리들 잘린 모양인데요?

장홍: 그러언 바보 같으으은~!

(다시 방 안)

연비: 자, 우린 신경 쓰지 말고 차나 마시죠. 저건 과거의 망령이 남겨놓은 메아리 같은 거예요. 최후의 발악이라고나 할까요?

은설란: 하지만 이렇게 소란스러워서야 어떻게 신경을 안 쓰겠어요?

나예린: 그러네요. 이 메아리엔 남자들의 덧없는 명예욕, 그리고 퇴락한 기득권의 한탄이 느껴져요. 안타까운 일이지만 듣고 있긴 괴롭군요.

이진설: 누군지 모르겠지만 진짜 시끄럽네요. 남자라면 좀 진득한 맛이 있어야지.

(문밖)

장홍: 이런 중요한 때에 비류연 그 녀석은 어딜 간 거야!

효룡: 지난 권 끝나고부터 계속 안 보여요. 지난번에 이계 어쩌고 하던데, 이

계로 날아가 버린 게 아닐까요?

장홍: ······이 작품 촬영은 어쩌고! 안 되겠네, 효룡! 비상 수단을 써야 할 것 같아.

효룡: 장 형, 무슨 비상 수단이요? 애초에 그런 게 있긴 있었습니까?

장홍: 그딴 건 지금부터 만들면 돼. 자, 효룡, 출동하게.

효룡: 아니, 제가 왜요?

장홍: 저 안에 진설 소저도 있지 않나. 자네가 한번 그녀에게 탄원해 보게. 그럼 문을 열어줄지도 몰라. 자넨 호동왕자와 낙랑공주 이야기도 모르나? 자, 힘 내게, 효동!

효룡: ······제 이름은 효룡입니다만.

장홍: 사소한 건 넘어가세.

효룡: 알겠어요. 그럼······. (똑똑!) 진설, 진설, 안에 있소? 나 효룡이오. 잠깐만 문 좀 열어주오. (쾅쾅쾅!)

(문안)

이진설: (안절부절못하며) 어, 어떡하죠? 어떡해요? 효룡이 절 불러요, 언니. 자, 잠깐만이라는데, 열어줘도 될까요?

연비: (당황하는 진설을 붙들고 고개를 가로젓는다) 남자들은 처음엔 다 저렇게 말해요. '잠깐만'이라거나, '조금만'이라거나, '괜찮아'라고 말하고는 마지막은 결국 '크크크크'로 끝나게 된답니다. 제가 잘 아는데, 저런 얄팍한 속임수에 넘어가면 나중엔··· 흑흑흑!

나예린: 여··· 연비!! 그랬군요, 울지 말아요. (연비를 도닥인다)

은설란: (파들파들 떨며) ······!

나예린: (진설을 싸늘하게 돌아보며) 마음을 굳게 먹으렴. 여기엔 나와 다른 동료들이 있잖니.

이진설: 헉, 어, 언니! 제가 잘못했어요! 절대 문 열지 않을게요! 효룡, 미안해요! 전 언니를 따르겠어요.

(문밖)

효룡: 크허어어어어억! 자, 장 형. 실패했어요! 거기다 나… 뭔가 엄청난 모욕을……!
장홍: 큭, 좌절하면 안 돼! 그럼 지는 거야! 이럴 수가! 이토록 방어가 두터울 줄이야!
효룡: 이제 어쩌죠?
장홍: 할 수 없지! '그'를 부르는 수밖에.
효룡: (맞장구치며!) 아, '그' 말이군요! 그래요, 그라면 할 수 있을 거예요. 누가 뭐래도 그는 준주연이니까요.
장홍: 바로 그걸세!

(문안)

나예린: 이래저래 아쉽게도 조용하던 다과회 분위기가 깨지고 말았네요.
연비: (대뜸) 린이 그렇게 말한다면 지금 당장 쫓아버리도록 하죠. (짝짝!) 경비병!

(문밖)

장홍&효룡: (질질질…….) 안 돼에에에에에에~!!

(문안)

이진설: 이제 안 들리네요.
나예린: 그렇구나.

연비: 휴, 이제 좀 조용히 차를 마실 수 있겠죠?

은설란: (찻잔을 들며) 그렇군요, 바라던 바예요.

연비: 아참, 은 소저, 휘이… 아니, 모용 공자 만나러 간 일은 어떻게 됐나요?

은설란: 하아, 왜 이렇게 남자들은 여자들의 맘을 모르는지…… 정말이지, 한심해 죽겠어요.

나예린: 저도 예전엔 이 세상의 반이 남자라는 사실이 너무나 무시무시하고 두려웠던 때가 있었죠.

연비: 쯧쯧, 남자들이란… 이제 슬슬 진화할 때도 된 것 같은데 말이죠. 자기 자신밖에 모르고. 대부분 여자들이 받들어주길 기다리는 것밖엔 모르니, 여전히 생각이 짧단 말이에요.

은설란: 정말 그래요. 그 사람도 정말 한심해 죽겠다니까요. 여자 마음은 요만큼도 못 읽으면서 청소는 얼마나 잘하는지.

연비: 그나저나 본 문에서도 생각했던 거지만, 은 소저, 나중에 정말 괜찮겠어요? 그 기준에 맞춰서 청소하려면 아침부터 저녁까지 쓸고 닦고, 머리카락 한 올 떨어질 때마다 경기를 일으키게 될 텐데.

은설란: 그건 그 사람이 한다고…… 아니, 그보다 그 질문에는 이상한 전제가 깔려 있는 것 같군요. 왜 이런 질문을 저에게 하는 거죠? 이거 혹시… 유도신문인가요?!

연비: 알면서 시침은. 안 그래요, 린?

나예린: (끄덕이며) 얼굴이 빨개졌군요, 은 소저.

이진설: 우와! 진짜 빨갛다~!

은설란: (도리도리 고개를 저으며) 흐, 흥! 하마터면 넘어갈 뻔했군요. 하지만 더 이상 유도신문에 넘어가지 않겠어요. 묵비권을 행사하겠어요!

연비: (손가락을 딱! 튕기며 작은 목소리로) 아깝다! 조금만 더 했으면 넘

어오는 거였는데…….

나예린: 정말 안타까워요. 거의 다 열렸던 마음의 문이 다시 굳게 닫혀 버리고 말다니. 이제 오늘은 두 번 다시 열릴 것 같지 않군요.

연비: 이런, 역시 차가 아니라 술을 마셨어야 했나?

나예린: 제 감으로도 그쪽이 훨씬 더 확률이 높을 것 같아요.

이진설: 저도 술 잘 마셔요! 술 만세!

나예린: 넌 너무 많이 마셔서 탈이다. 효 공자는 너의 그런 모습을 알고 있느냐?

이진설: 걱정 마세요, 언니. 앞으로도 이삼십 년은 거뜬히 감출 수 있어요!

연비: 아아, 안타깝지만 다음 기회를 노릴 수밖에 없겠군요. 칫! 약점 하나 잡을 수 있었는데…….

은설란: (쫑긋) 연 소저, 지금 방금 뭐라고 하셨죠?

연비: 네? 아무 말 안 했는데요? 어, 그것보다 문밖에서 다시 무슨 소리가 들리는 것 같지 않아요?

은설란: 딴청 피우지 말…… 어, 정말이네요.

(문밖)

쾅쾅쾅!

모용휘: 은 소저, 접니다. 모용휘입니다. 드리고 싶은 말씀이 있습니다. 문 좀 열어주십시오.

장홍&효룡: (작은 목소리로) 잘한다, 준주연!

(문안)

은설란: (의외의 목소리에 당황하며) 어, 어떡하죠. 호랑이도 제 말 하면

온다더니……. 할 말이 있다는데 잠깐만 문을 열어도…….

연비: (큰 눈에 갑자기 눈물이 그렁그렁 맺히며) 예, 예린……!! 흑흑흑!! 여기 또 어리석은 여인이……!

나예린: 여, 연비!! 괜찮을 거예요, 진정해요! (착 가라앉은 목소리로) 은 소저.

은설란: 웃… 하지만…….

이진설: 훗, 설란 언니. 저도 한때는 아팠지만 결국 극복해 냈어요. 우리 함께 이를 악물고 마음을 굳게 먹어요! 유혹에 넘어가면 안 돼요.

은설란: (눈물을 훔치며) 알았어요! 참을게요. 배신하지 않겠어요. (밖을 향해) 누구신지 모르겠지만 이만 돌아가 주세요.

(문밖)

효룡: 장 형, 준주연이 쓰러졌습니다! 막대한 정신적 타격을 받은 것 같은데요.

장홍: 크읔. 이렇게까지 방어가 두텁단 말인가……. 아앗! 아저씨, 아저씬 또 왜! 친구들까지 데려와서. 왜 돌아왔냐니, 여긴 원래 우리 자리…….

질질질!

장홍&효룡&모용휘: 안 돼에에에에에에에에에~!!

(문안)

연비: 휴우, 겨우 처리된 것 같군요. 깨끗하게 승복했으면 저런 추한 모습 보이지 않고 끝났을 것을. 안타까운 일이에요.

은설란: 저, 정말 잘한 걸까요?

연비: 그럼요. 다음 권에서도 이 다과회를 유지하려면 독한 마음을 먹는 수밖에 없어요. 그보단 독자 분들께 인사하고 마무리나 합시다. 첫 자리인

만큼 사내들보다 훨씬 더 잘할 수 있다는 걸 보여주자고요.

은설란: 물론 그래야죠. 그런데 이거 화제 돌리기는 아니죠?

연비: (싱긋) 물론 아니죠.

은설란: 좋아요, 그럼. 제가 먼저 하죠. (갑자기 당당해져서) 안녕하세요. 앞에서도 미리 이야기했다시피 오늘부터 남자들의 땀 냄새 나고 술 냄새 나는 구질구질한 좌담회 대신 저희들의 산뜻하고 가벼운 다과회가 이 자리를 대신 차지할 것 같습니다. 앞으로도 미련을 떨치지 못한 남자들이 다시금 복귀를 위해 도전할 것으로 보이지만, 수복 가능성은 희박하다고 느껴집니다. 이미 윗선에서 이야기가 끝났거든요. (단호)

이진설: 언니, 조금 전에 미안해하던 모습이랑 너무 달라요. 박력있는 대사도 그렇고. 서, 설마… 지금까지는 단지 이미지 관리?

은설란: 오호호호. 어머, 아니에요. 그건 오해예요, 오해.

나예린: 진설아, 너무 깊이 파헤치지 않는 게 좋을 것 같구나. (연비에게 소곤소곤) 하지만 은 소저, 요즘 진짜 성격이 변한 것 같지 않아요?

연비: (린에게 소곤소곤) 그게 다 눈치코치없는 누구 때문이죠.

은설란: 다 들려요!

연비&나예린: (움찔)

은설란: 자, 마무리는 진설 소저가 하는 게 어때요?

이진설: 네! 안녕하세요, 비뢰도를 사랑하고 아껴주시는 독자제현 여러분. 드디어 비뢰도 22권이 나왔습니다. 무한 서바이벌 생존 경쟁 소설 비뢰도! 연비는 과연 살아남을 수 있을 것인가!! 23권도 많이 기대해 주세요!

…….

…

연비: 나… 죽는 건가요? 서바이벌이라뇨. 생존 경쟁이라뇨! 안 돼요. 그

럴 리 없어요. 난 살아야 돼요! 난 편하게 살고 싶다고요!

　나예린 : 연비, 진정해요. 이제 다 끝났어요. 괜찮아요, 여긴 다괴회장일 뿐이에요.

　연비 : (식은땀을 흘리며) 정말일까요? 어째 이제 시작일 뿐이라는 느낌이 드는 건 어떤 이유에서일까요?

　나예린 : 기분 탓일 거예요. 아마도요. (연비를 토닥인다)

　연비 : 으읏… 독자 여러분! 제가 23권에서도 건강 무사안녕하길 기원해주세요! 주인공은 죽지 않는다! 네버어어어어어—!!

학생이라면 반드시 읽어야 할—그러나 거의 아무도 읽지 않는—천무학관 지정 필독 추천 도서 108종

■ 六十四. 삼재(三才)의 비밀에 대한 고찰

알았다! 드디어 깨달았다!
　나는 드디어 삼재의 비밀을 깨달았다. 깨달은 장소가 욕탕 안이고, 깨달은 때가 목욕 중일 때였다지만, 사원에서 명상 중이 아니었으니 '무효(無效)'라고 말하진 말아주길 바란다. 깨달음에 때와 장소가 어딨겠는가. 뒷간에서 응가 하다가 깨달을 수도 있고, 침상에서 뒹굴거리며 이야기책 읽다가도 깨달을 수 있는 법이다. 나 역시 지금 욕탕에서 때 불리고 있다가 뛰쳐나와 이 글을 쓰고 있다. 군데군데 번진 것은 내 머리카락에서 물방울이 떨어지고 있기 때문이니 양해해 주길 바란다. 몸 닦는 것을 깜빡 잊은 모양이다. 그러고 보니 알몸이다. 꽤 먼 거리를 달려온 것 같은데…… 뭐, 사소한 일엔 신경 끄자!
　그보다 삼재(三才)다. 하늘 천, 땅 지, 사람 인의 그 삼재다. 삼재검법 할 때의 그 삼재다. 종으로 내려치고 횡으로 베고 찌르는 그 삼재다. (·), (一), (丨), 천지인의 그 삼재다. 다시 한 번 난 삼재의 비밀을 깨달았다. 서방 먼 나라의 현인이 외쳤듯 나도 지금 여기서 '심봤다!'를 외치고 싶다.

　심~봤~다~!!

삼재의 비밀은 대주천과 연관되어 있다. 우리는 소주천과 대주천의 개념을 새롭게 정립하지 않으면 안 된다. 우리는 오랫동안 진정한 대주천의 비밀을 잊고 있었던 것이다. 임독양맥, 혹은 생사현관을 타동해 그곳으로 진기를 도인할 수 있게 되는 것이 대주천이 아니다. 아무리 노력을 기울여도 인간의 몸 안, 그 한정된 공간 안에서 진기를 뺑뺑 돌리는 것은 어디까지나 소주천일 뿐이다. 대주천은 그런 개념으로 접근하면 안 된다. 삼재에는 그 대주천의 비밀이 숨겨져 있다. 지금부터 그 비밀을 말해주겠다.

삼재의 비밀의 핵심은 바로 인간[人]에 있다. 뭐든 인간이 문제인 것이다. 전쟁도 기아도 범죄도 거의 다 인간 책임 아닌가. 아, 또 이야기가 바깥으로 샜다. 다시 본론으로 들어가자. 그러니까 인간이란 '과'와 같다. '과'가 뭐냐면 '여(輿)'다. 하늘과 땅 사이에 무엇이 있나? '과'가 있다. 썰렁한 농담이라고? 예전엔 그랬을지 모른다. 하지만 난 지금 심각하다. 왜냐면 인간이란 이 '과', 즉 '여(輿)'와 같은 것이니까. 그러니깐…….

퍽!
"으악!"
퍽퍽!!
"부, 부인……."
퍽퍽퍽!
"왜, 왜 그러시오? 엉덩이가 어떻다는 것이오? 지금 깨달음을 설파할 의무가 있소. 진리 앞에 고작 엉덩이가 대수겠소?"
퍽퍽퍽! 찰싹! 찰싹! 찰싹!
"아, 아야! 아, 알겠소 당장 가서 옷 갈아입으면 되지 않소. 물론 물도 닦겠소. 사람들에게 사과도 하리다. 그러니… 엉덩이 좀 그만 때리시오. 엉덩이에 불나겠소……"

　* 저자의 사정상 미완으로 끝난 원고임. 군데군데 물에 젖은 흔적이 있어 보기 불편함.

〈청법십이도(淸法十二道)〉

―칠절신검 모용휘 著

一. 방어구는 확실하게
 청소 시에는 가급적이면 앞치마와 머릿수건을 착용한다. 먼지가 많을 때는 복면 착용도 적극 고려한다. 먼지가 싫다면서 먼지를 뒤집어쓰는 바보 같은 짓은 피하라.

二. 작업은 수순대로
 환기→정리 정돈→세탁물 별도 수거→먼지 털기→비질→걸레질→청소→도구 정리의 수순대로 철저히 행하도록 한다. 엉성한 일 처리는 후회를 낳는다.

三. 방향은 위에서 아래, 안에서 밖으로
 먼지 털기와 정리정돈은 반드시 위에서부터 아래로 행하며, 비질과 걸레질은 반드시 안에서 밖을 향해 한다. 이는 물이 위에서 아래로 흐르고, 새싹이 씨앗 안에서 밖으로 자라는 것과 같은 이치이다.

四. 모든 사물들은 오(伍)와 열(列)을 맞추도록
 사물의 흐트러짐은 곧 마음의 흐트러짐을 뜻하니, 사소한 것 하나라도 철저히 줄 맞추어 정리하는 것을 잊지 말자.

五. 보이지 않는 먼지를 조심하라
　높은 가구 위나 침상 밑 등등, 눈에 잘 띄지 않는 부분도 빠뜨리지 않도록 주의한다. 보이지 않는 적이 더 위험한 것처럼, 보이지 않는 먼지는 당신의 호흡기를 갉아먹는다.

六. 빗자루는 고품격 말총 소재로
　빗자루는 부드럽고 내구성 강한 양질의 말총이 달린 것을 사용한다. 싸구려 싸리비는 먼지만 날릴 뿐 미세한 오염 물질들을 제거하기엔 역부족이다. 깨끗해지고 싶다면, 투자하라.

七. 걸레는 늘 새하얗게
　걸레니까 색상이 칙칙하거나 더러워도 된다는 편견은 버려라. 걸레는 방 안의 청정도를 가늠하는 척도. 더러운 것으로 닦으면 더러움이 옮을 뿐이다.

八. 쉬고 있는 걸레는 솜털처럼 보송보송하게
　축축한 채로 보관된 걸레는 악취와 병균의 어머니다. 대기 중이거나 업무를 마친 걸레는 일광 처리를 통해 늘 보송보송한 상태를 유지하도록 하라.

九. 마무리는 재깍재깍
　앞치마와 수건을 포함해 그날 쓴 청소 도구들은 그날이 가기 전에 반드시 깨끗이 세탁 및 살균한다. 내일은 내일의 청소가 기다리고 있다.

十. 유비무환, 여벌은 필수다
　비상시를 대비해서 청소 도구들은 항상 여벌을 상비하도록 한다.

十一. 센물은 단물로 바꿔라

세탁이나 청소 시 적합한 물의 선택은 중요하다. 강물이나 빗물이 가장 좋으며, 우물물 등의 센물은 때를 뭉치게 할 뿐이다. 센물은 끓여서 단물로 바꿔 쓰도록 하라. 그것도 용이치 않으면 불석(沸石) 가루를 희뿌옇게 물에 풀어서 단물로 바꿔라.

十二. 온고지신, 옛 것을 익히고 새로운 것을 배워라

청소에는 왕도가 없다. 날마다 성실히 기본에 충실하면서 항상 새로운 것들에 귀를 열어라. 신개발 도구들과 새로운 기술은 청결의 장(場)에 새로운 지평을 열어준다.

Book Publishing CHUNGEORAM
FANTASTIC ORIENTAL HEROES

무한 상상 · 공상 세계, 청어람 신무협 & 판타지

화정당의 당주 일도일살 송백이
다시 움직이기 시작했다!

평화로운 백 년의 세월이 지나 마교와
무림맹 간의 전쟁이 시작되었다!!

『송백 2부』
-마검혈로(魔劍血路)-

마교와 무림맹 간의 피 튀기는 다툼 속에 피어나는
애절한 사랑의 처절한 몸부림, 그리고 쓰린 상처!
가시밭길을 걷는 송백의 고뇌가 스쳐 가는 바람
속에 묻어난다.

송백(松百) 2부 | 백준 지음

유행이 아닌 자유추구 -
WWW.chungeoram.com

Book Publishing CHUNGEORAM

Book Publishing CHUNGEORAM

무한 상상 · 공상 세계,
청어람 신무협 & 판타지 용검풍 | 한성재 지음

오랜만에 만나보는 달콤쌉싸름한 기정 신무협 소설!!
『용검풍(龍劍風)』

한 낭인무사가 대막의 모래폭풍 속을 떠났다. 그리고 한 여인의 억지에
호위가 되었다. 부끄러움이라곤 티끌만큼도 없는 그녀의······.

그와 그녀의 상큼 달콤한 동행! 길고 긴 여정 속에 남겨지는 건 환희? 아니면 절망?

도무지 목적을 알 수 없는 길을 가는 두 남녀의 독특한
행보에 절로 시선이 쏠린다!

유행이 아닌 자유추구 -
WWW.chungeoram.com

Book Publishing CHUNGEORAM

Book Publishing CHUNGEORAM

무한 상상 · 공상 세계, 청어람 신무협 & 판타지

일룬 新무협 판타지 소설
FANTASTIC ORIENTAL HEROES

보법무적

**소년에게 보법은 미래요,
희망이요, 원대한 이상이었다!!**

"정말로 제가 안 넘어지고 잘 걸을 수 있나요?"
"그럼! 이건 비밀이라 잘 말해주지 않지만, 네게만 특별히 알려주마. 우리 문파의 특기가 잘 걷기다."
"안 넘어지고 똑바로요?"
"흘흘흘, 당연하지!"
"갈게요, 가겠어요!"

십이 세 소년 등천화와 오십 년 만에 세상에 나온 사부의 만남.
그리고 10년이 흘러 세상에 나온 엉뚱한 청년의 강호 행보!
그의 십보는 무림인들에게 악몽이 되었다!
어느 누구도 붙잡지 못할 거대한 광풍이 되었기에!

 유행이 아닌 자유추구 -
WWW.chungeoram.com

Book Publishing CHUNGEORAM

무한 상상 · 공상 세계,
청어람 신무협 & 판타지

흡정마공 | 진격 지음

흡정마공

Book Publishing CHUNGEORAM

吸精魔功

진격 新 무협 판타지 소설 FANTASTIC ORIENTAL HEROES

그를 화나게 하지 마라!

그 순간, 그대의 진기는
형체 없는 안개처럼 스러질지니…

아비의 욕심에 의해 무당의 제자가 되다.
아비의 목숨과 맞바꿔 인형설삼과 이름 없는 무경을 얻다.
무림천하를 오시할 천하제일의 무공을 익히다.

그로부터 시작된 흡정마공(吸精魔功)의 신화!
마공이라 불리나 그 어떤 신공보다 오묘한 혼돈의 이름 아래, 전 무림이 전율한다.

유행이 아닌 자유추구 -
WWW.chungeoram.com
Book Publishing CHUNGEORAM

Book Publishing CHUNGEORAM

무한 상상 · 공상 세계, 청어람 신무협 & 판타지

이인세가

김석진 新 무협 판타지 소설
FANTASTIC ORIENTAL HEROES

최고 장수 인기작『삼류무사』의 완결 후 1년. 마침내 드러나는 새로운 대작!
기연을 찾아 떠난 주인공이 마주치는 다채로운 여정 속에 깊이 빠져든다!

『삼류무사(三流武士)』의 묵직한 명성은 잊어라!
빠르게 이어지는『이인세가(二人世家)』의 화려한 시대가 도래하리니!!

"건강 도인술로 내공을 돌리고 육합권법보다 못한 주먹질로 강호의 안녕을 지키려 나서는 천하제일가의 무상(武相)이라?"
가문의 비기, 황하육권은 약을 팔 때나 쓰는 편이 나을 듯했다. 그래서 필요했다.
극강하면서도 획기적이며 단시간에 가능한 무엇!

그것은 기연(奇緣)!! "기연에 임자가 어디 있어? 먼저 가서 얻으면 땡이지!"

- 유행이 아닌 자유추구 -

WWW.chungeoram.com

Book Publishing CHUNGEORAM

다세포 소녀
원작 만화 출간!!

2006 부천 국제만화상 일반부문 수상!!

전국 서점가 최고의 화제작!
OCN 슈퍼액션 드라마 시리즈 방영!

왜? 사람들은 다세포 소녀에 주목하는가!
상식을 뒤엎는 기발하고 엉뚱한 상상력!

『다세포 소녀』의 숨겨진 힘!!

다세포 소녀 원작만화 (전 5권 예정)
B급 달궁 글·그림 | 값 9,000원 / 부록 예이츠 시집

몇 페이지만 읽어도 좌중을 휘어잡을 이야깃거리가 넘쳐난다!
둔감해진 머리에 영감을 주는 아이디어가 마구마구 솟구친다!
원작을 더욱더 빛내주는 기발한 댓글 퍼레이드!
300만 다세포 폐인을 열광시킨 상식을 뒤엎는 엉뚱한 상상력!

또 하나의 이야기! 또 하나의 재미!
소설 『다세포 소녀』

초우 장편소설 | 값 9,000원 / 원작자 B급 달궁

"그건 모르겠고, 나는 외눈의 사랑이야. 사랑을 줄 수는 있어도 마주 할 수 없는 사랑이지. 두 눈을 가진 사람은 주고받을 수 있지만, 나는 주는 것만 할 수 있어. 나는 주는 사랑으로 족해. 외사랑이지."
- 외눈박이

초등학생이 반드시 읽어야 할 좋은 책 49권

각 학년별로 초등학생이 반드시 읽어야할 좋은 책을 선정하여 통합논술의 기본이 되는 '올바른 독서법'을 일깨워 줍니다.

교과서와 함께하는 초등학교 통합논술

초등1학년 | 값 12,000원 / 초등2학년 | 값 9,500원 / 초등3학년 | 값 11,000원 / 초등4학년 | 값 9,500원 / 초등5학년 | 값 9,500원 / 초등6학년 | 값 11,000원

♣ 혼자 할 수 있어요.
엄마가 책 읽는 방법을 가르쳐 주어도 좋아요.
독서지도하는 선생님이 가르쳐 주어도 좋답니다.
"초등 교과서와 함께하는 **통합논술 시리즈**"는
아이 스스로 독서할 수 있도록 꾸며진 책이에요.
엄마와 선생님은 요령만 가르쳐 주시면 된답니다.

♣ 교과서의 중요한 내용이 총정리되어 있어요.
각 학년별로 중요한 교과 내용이 함께 수록되어 있어요.
초등학생은 교과서 내용을 충실하게 공부해야 합니다.
아울러 그와 병행한 독서가 대단히 중요하지요.
"초등 교과서와 함께하는 **통합논술 시리즈**"는
두가지 방법 모두 알려준답니다.

♣ 이 책은 훌륭하신 선생님들이 함께 쓰신 책이랍니다.
동화작가 선생님들이 쓰셨어요. 소설가 선생님도 쓰셨답니다.
국어 논술독서지도 선생님들도 함께 쓰셨지요.
"초등 교과서와 함께하는 **통합논술 시리즈**"는
엄마의 마음으로 모든 선생님들이 함께 꾸민 책이랍니다.

입소문을 통해 아는 분은 다 알고 계십니다!
올 한해 공인중개사 최고의 화제작!

1~2권 합본 | 이용훈 지음
3~4권 합본 | 이용훈 지음
5~6권 합본 | 이용훈 지음
용 어 해 설 | 이용훈 지음
1~2차 문제풀이집 | 이용훈 지음

수험생 기본 필독서
만화 공인중개사

제목 : 만화공인중개사 쓰신 분에게 감사드립니다.

학원을 두달 다녔어요. 근데 과연 그 숫자 외우기 그런게 몇 문제나 나올까 생각을 했어요. 아니라는 생각이 드네요. 학원강의를 뒤로 하고 서점을 갔어요. 내 머리에 가장 이해될수 있는 책이 없나 하구요. 거기서 만화를 발견했어요. 무조건 세번 봤어요. 3개월 걸렸어요. 문제집을 보라고 했는데 그건 시행을 못했어요. 근데 합격을 했네요.
어떻게 감사의 말을 해야 될지…
도서관에서 만화책 들고 다니니까 사람들이 바웃더라구요. 만화책으로 공인중개사를 공부한다고 미친사람처럼 보더라구요. 근데 그거 다 감수하고 했던 내가 자랑스럽습니다.
어떻게 감사의 말을 해야 할지 정말 감사합니다.
부디 행복하세요. 제 나이 41살에 좋은 스승을 만난 거 같습니다.
엎드려 감사드립니다.

-본사 홈페이지에 독자분이 올린 메일 中 에서 발췌-

잘나가고 싶은 사람은 읽어라!

그에게 한눈에 반했다! 그것은 분위기 탓?
애인과 나란히 걸어갈 때 당신은 좌, 우 어느 쪽에 서는가?
이성은 왜 서로 끌리는 걸까? 그 심층 심리를 해명한다!

30초의 심리학

■ **30초의 심리학**
아사노 하치로우 지음 / 계일 옮김 | 값 8,500원

처음 본 사람인데 와 닿는 느낌이
너무나도 강렬한 사람이 있다.
흔히 하는 말로 '끌이 꽂힌 사람',
그래서 잊혀지지 않는 사람,
한눈에 반했다고 하는 것이 바로 그것이다.
이런 인간의 감정을 논하는 데
남녀의 구분이 있을 수 없다.
사랑하는 그, 혹은 그녀를
생각하는 것만으로도 가슴이 두근거린다.
이상할 것 없다. 당연히 그럴 수 있는 것이다.
그렇기에 인간을 감정의 동물이라 하지 않는가.
그러나 그렇게 좋아하는 그 사람이
어느 날 갑자기 싫어지는 경우는 왜일까?

Psychology